主编 凌翔 周佩芳

慢时光 荷锄而归

王新芳 著

民主与建设出版社
·北京·

© 民主与建设出版社，2020

图书在版编目（CIP）数据

慢时光　荷锄而归 / 王新芳著 . —北京：民主与建设出版社，2020.7

ISBN 978-7-5139-3058-1

Ⅰ.①慢… Ⅱ.①王… Ⅲ.①散文集—中国—当代 Ⅳ.① I267

中国版本图书馆 CIP 数据核字（2020）第 091441 号

慢时光　荷锄而归
MAN SHIGUANG　HECHU ER GUI

著　　者	王新芳
责任编辑	周佩芳
封面设计	陈　姝
出版发行	民主与建设出版社有限责任公司
电　　话	（010）59417747　59419778
社　　址	北京市海淀区西三环中路 10 号望海楼 E 座 7 层
邮　　编	100142
印　　刷	唐山楠萍印务有限公司
版　　次	2020 年 7 月第 1 版
印　　次	2020 年 7 月第 1 次印刷
开　　本	710 毫米 ×1000 毫米　1/16
印　　张	14
字　　数	200 千字
书　　号	ISBN 978-7-5139-3058-1
定　　价	39.80 元

注：如有印、装质量问题，请与出版社联系。

序　淡逝的风物

　　我对故乡热切地牵挂着，故乡却对我日渐陌生。每一次回家都空前的萧疏断肠，村庄里我认识的人和认识我的人越来越少了，生怕有一天，我就很自然地被排除在村庄之外了，这会是怎样的痛彻与悲哀啊！这个已经现代化的村庄，还是我在暗夜醒来泪水悄然洇湿枕角的地方吗？我茫然地在村庄中东寻西找，拿起相机，忘情地凝视和拍摄着儿时居住的小山村，水流长，菜根香，那是一方水清木华的地方。看不见最后的石磨，幽深的老井，槽头边没有耕牛，小河旁也难觅洗衣女的芳踪。那一幅幅记忆深刻、意境深远的水墨小品，怎么就淡出视线之外了呢？那些深深刻在童年石壁上的风物，都已然生锈，随风淡去。

　　那一盘古老的石磨，被安置在破旧的棚屋里，一个磨盘是天，一个磨盘是地，转进去的是粮食，转出来的是光阴。夕阳透过小木窗洒进来微弱的光亮，浮尘就在光亮中上下纷飞。小脚的三婆婆迈着碎花小步，紧跟在蒙着眼睛的毛驴身后，用小笤帚把溢到边上的粮食再一次扫进磨盘中间，金黄的米面上就泛了一道白光。剥落的土台子旁，小媳妇正在筛面，小细箩一前一后，细细的面粉如雪花般轻盈地飘落，小媳妇年轻的脸庞沾了一层白，白得妩媚好看。婆媳俩各自做着自己的活，虽不过多交谈，但是配合默契，蕴含着无言的情意。一群麻雀"扑棱棱"飞来，落在碾棚外的梧桐树上伺机啄粮。三婆婆的眼睛马上犀利地瞪过去，手中的小笤帚举起来，呈欲打之状，麻雀没敢轻举妄动，最后只好无奈地展翅飞走了。

老井是沉默的，幽幽的石壁生满厚厚的青苔，辘轳是它的知心人，会在月夜陪着老井说说话。井台边是热闹的，扁担、水桶放了一大片，家长里短也散播了一大片。"咣当"一声，水桶在井水中倒了个儿，水面荡起一个美丽的水花，辘轳一转一圈，水桶一升一截，湿漉漉的井绳清凌凌的水，布满老茧的大手伸过来，一桶水稳稳当当地安放在井台。打了水的汉子并不马上离开，他挪开了地歇一歇，抽完一支烟，才不紧不慢地挑起水桶，晃晃悠悠哼着小调回家去。见了站在碾棚外看天色的小媳妇，也不忘打趣："大妹子等谁呢？不会是等我吧？"小媳妇半嗔半怒地扭头跑开了，汉子满足地走开去，路上漏下了一条弯弯曲曲的水线，苦涩的日子里有了欢愉的气息。

村庄是景，野外也是景。一块不太规则的土地，一个壮汉和一头牛构成了图画的中心。老牛把头低下，身体前倾，用力拉动犁铧。晶亮的犁铧插进泥土，一道湿润的新土像是在海上劈开的浪，那些老土纷纷向两边败退，高高的犁把指向天空，它的命运掌握在一个全是硬茧的手掌中。壮汉头上的手巾不再雪白，带着洗不下来的黝黑。许是干活热了，他敞开了怀，每走一步，那小褂的衣襟就带劲地向后飘一飘，脚下的鞋在泥土中埋没，他的脸上是笑，是劳动的激情和对生活的知足。牛老了，犁杖还血气方刚，在稳重的前行中，泥土的印章在壮汉的心头翱翔。有了牛的沉着坚韧，才开垦出水草丰美的春种秋收；有了犁杖的奋勇向前，才抒发出乡土的雄浑壮美。与泥土亲切依偎着，农人的一生都不会寂寞。

我知道，淡逝的风物，是童年的叠影，那无法折返的时光，成了故乡的风向标。在故乡，好女子的标准除了贤良淑德，还必须会做女红，女红带着农村的特征，不外乎是纺花、织布、纳鞋底，谈不上高雅，全和生计息息相关。寒冷的冬夜，那些采下来的棉花，全被母亲纺成了线，做成了衣，为我遮蔽寒冷的恐惧。纺车样子古朴，木质的部件散发着母性的光辉。纺车摇了一圈又一圈，一正一反，嗡嗡嘤嘤的，线穗子像个白萝卜由小变大，脆生生的，透着一个美。母亲盘腿而坐，像一个圣洁的女神，左手抻线，右手摇柄，昏黄的灯光把她的剪影夸大，然后拉长。这是一种枯燥呆板的劳作，而母亲却近乎沉醉。纺车的声音在冬夜里分外柔软，似乎是一首安眠曲。而我，早已经在纺车的安抚中，沉沉入睡。

那时候，村庄没有电视、手机，我很多的娱乐都和风箱有关。姥爷家的屋檐下，砌着一口大锅，安着一只油漆斑驳的风箱。风箱里永远有用不完的空气，薄薄的木板，外加一副光滑的拉杆，就成了风箱的样子。每一次抽拉，小盖板自由开合，风箱就会吐出一股风，给了火苗动力，火苗"呼呼"的，锅里的水就"咕嘟嘟"冒起了白气。在田野上跑累了，我就去姥爷家串门，坐在蒲团上帮他烧火。姥爷弯腰驼背，搭一条毛巾，在灶台前忙活着。这个从富家子弟沦为赤贫的老人，从来不谈生活的苦难，永远是淡然面对。姥爷给我讲故事，还教我下象棋。我仰着稚气的小脸，对姥爷一脸的崇拜。

这些消失的风物和场景，如果让诗人看到，他一定会灵感大发，生出持重与轻盈相辅相成的野趣，敦实与机巧搭配的哲理，憨厚与灵慧共生的诗情。如果是让画家看到，他会将一幅水墨在心头铺开，顺手拾起几个细节：磨盘青青，毛驴前行，铁犁如船，翻开的土垡如波如浪……这些风物，无疑象征了古老的农耕文明。时代前行，它们渐行渐远，逐渐隐藏在历史的帷幕后，我翘着脚跟远望挥手，像是送别村庄里最后的小脚女人。在惆怅和依恋中我再次深情凝视，这一片充满古老野趣的故乡，是我们这些从简朴的远古中出去的现代人永远的牵挂。

随着风物远去的，还有恩怨情仇。小时候时常见到有人在大街上打架，有人因为拉架而受伤。灯光如豆的夜晚，正端着碗吃饭，会突然听到一声长嚎，有人在房顶上骂街。纠纷不断，有威望的长者，往往肩负着管闲事的责任。那时候的村庄是热闹的，鸡飞狗跳，烟火红尘。现在，村庄只剩下一些老人和孩子，年轻人忙着出门打工挣钱，谁有功夫置那些闲气呢。

小娥大娘最痛恨的仇人是她的亲妯娌，因为赡养老人闹意见，两家人有了矛盾。她的妯娌非常恶毒，在小娥大娘的儿子娶媳妇当天，竟然拿着冥币在花轿前焚烧。这农村最恶毒的诅咒，气得小娥大娘哭了一晚上。事有凑巧，媳妇过门一个月，去河里洗衣裳，一个闪身掉下去死了。小娥大娘认定媳妇的死和妯娌的诅咒有关，发誓到死都不会原谅她。多少年过去了，小娥大娘成了个健忘的人，上次在一家吃婚宴，小娥大娘和她妯娌坐在一个桌子上，有说有笑的。端上热菜，小娥大娘还夹起一筷子给她妯娌吃呢。

有人偷偷问小娥大娘："你们啥时候和好了呢？"小娥大娘一副无所谓的样子说："都是半截子入土的人了，还提那些陈年旧事干什么，让下一辈的孩子们好好的吧。做人往前看，要能容人呢。"

都过去了，都消失了，现在想找一座纯粹的石头房子是再也没有了。如今村庄已经整体北移，在原来的棉花田里盖起一座座规划整齐的红顶砖房，年轻的农民像候鸟一样在城市中飞翔，他们操着不标准的普通话，聊着大城市里的见闻，上网聊天网购，还买了小汽车，生活水准一点不比城市的人差。故乡在变，富裕的同时，人们也变得大度起来，村庄里分外和谐。我不知道村庄喜欢过去还是现在，它也不管我是什么感受，它该怎么走就怎么走。有谁知道我在怀念那些淡逝的风物，在祭奠我逝去的童年，屋矮，巷小，风瘦，我却自得清欢。

乡愁，挥之不去。

目　录

第一辑　村庄：云朵上的脉脉凝望

宁家庄素描　002

邢西边城茶旧沟　008

春到韩家庄　013

义满两口村　019

春风里的崔路　023

魅力太子井　027

绿水池上　031

坚硬的于家　034

第二辑　笊篱：有情有义的度量衡

一把笊篱在等你　040

有关麦子的章节　045

粉条，有情有义的度量衡　050

父亲和他用过的锄　054

碎布门帘　059

鞋底上的深情　063

红薯窖藏　067

九月花开天下暖　072

第三辑　故人：明清版画中一抹茶烟

花枝巷叙事　078

与母亲的战争　084

像酸枣一样活着　089

父亲三题　097

盛装出行　102

临花而居　108

院里有棵石榴树　112

乡下那片向日葵　116

第四辑　时光：牵一头牛慢慢回家

蒹葭苍苍　122

乡间有鼠　132

寻味内丘之大锅菜　138

养鸡的村庄那么温暖　141

养牛记　146

心间的猪　152

黑狼记　158

柿柿如意　166

第五辑　民俗：农耕时代的在场叙事

石河村里话初一　176
百花深处有牛王　179
七夕：散落在内丘的传说　184
月夜说书　189
年前年后都是节　193
捎话　200
顾盼生姿的村戏　205
屋顶上的集体主义欢歌　210

第一辑　村庄：云朵上的脉脉凝望

　　寂寞的村庄，历经生死轮回。月光洗过，青苔走过。许多年前，曾点亮一个人的眼神；许多年后，又暗淡了许多人的青春。走过村庄，对自然的秩序，对时光，对沉重与轻盈，对残缺与痛苦，都有所敬畏。它们共同守望一个季节的繁盛，大地长出崭新的秧苗，在眼睛里写满诗句。没有人忘记，一座村庄的丰盛给予，和给未来设下的铺垫。带上你所爱的和所恨的去那儿吧，因为那里就是人间。

宁家庄素描

因为一次偶然的旅行，我爱上了一个山村。

在百度中输入"内丘宁家庄"，点击搜索，查不出关于它的任何信息。这个藏在深山中的古村，低调内敛，一如未经剖开的美玉。

淡日微阳，我们从内丘县城出发，沿隆昔线西行，到七里河折而向南，拐上一条村级公路，一共走了大约 30 公里，才到宁家庄。白草离离，旷野斑斓，漂浮的白云饱满成熟，树上的果实好像摇一摇就落。

秋虫嚌声。在这个寒凉的时刻，生存的智慧隐藏在草叶下。触角，不是用来对抗或者攻击，是试探风声。

一

我在桥上等人，桥上几个人也在看我，彼此的眼神都是好奇。

宁家庄的老桥有两座，从东数的话，这是第一座。桥全部由石块砌成，典型的半圆形拱桥。桥没有栏杆，两边各放两块长条白石，村民们坐在条石上，闲话家常。他们都住在河边，桥下的水流不完。河岸上的花开了，河岸上的树绿了，草木悠悠，一渡就是千年。

一位老太太包着紫红色方巾，腰间扎着围裙。她正招呼一位邻居，要不要去地里摘柿子。每一个乡村妇人，都有过如花的少女时代。当年，木格窗棂下，一床新被，一个木讷憨厚的夫君，就构成一个乡村少女的芬芳之心。两个中年人蹲在地上，回忆1958年修桥的往事。

一场秋雨后，空气清新。桥上闲人聊天，桥下细水深流。一个转身，光阴便成为故事。一袋旱烟，过往已成为岁月。人们的交流，除了语言，还有风，传递着对方的真诚与坦荡。

相对来说，西边第二桥更为古老，也精致许多。它建于嘉庆年间，后毁于大水。1979年重修时，用的还是老桥的石料。桥中间地面高高隆起，铺着光滑的大青石。桥两边有抱鼓石，也有桥栏板。不知道多年前，有没有一个翠翠，坐在桥边凝望，在等她的傩送哥回来。

二

人活着活着，就简单了，穿一件轻松的外套，和秋天的阳光一起，我走在人口不多的山村里，和每一座老屋相遇，瞬间就交上了情谊。

我天生喜欢石头房子，喜欢它们素朴本真的原貌。那种虚伪的古村落，石头墙外刷一层黄涂料，要多难看有多难看。或者旧房翻了新，弄得不伦不类。这里的石头房子很好地保持着本来的样子，即使破旧坍塌，还是葳蕤一片，绝不让现代的砖瓦斜插进来。窄窄的石巷里，踏着厚厚的枯枝败叶，我们兴致勃勃地，拜访这些岁月的遗民。

宁家庄的民居，墙体都是青石或红石，灰沙泥勾缝。平整的墙半腰，常凸显出两块拴马石。门前有上马石，门旁边还有练武用的石锁。一般人家都有门楼，五彩的挂落雕刻精美，蕴含多子多孙之意。门楣上，或为一个大大的"福"字，或写着"和为贵"的吉祥话。门当多为方形石材，雕刻技法纯熟，图案多种多样，有"居家平安"，也有"犀牛望月"。门两边有墀头，有"卍"字型图案，也有写着"乾元"二字。后者因为正对一条巷子，所以要辟辟邪气。门上斗拱，一柄如意。柏木的门板，抵抗住岁月的剥离。

进门通常有一条过道，墙壁是土黄的泥坯。抬头看，椽子和檩条都已经乌黑。过道两旁还有过庭房，住在里面冬暖夏凉。方正的四合院，正屋的地势要高。富裕人家的正屋透着气派，屋前有前檐，两边带耳房。

走过一家一家的石屋，对自然的秩序，对时光，对沉重与轻盈，对残缺与痛苦，都有所敬畏。寂寞的老屋，历经生死轮回。月光洗过，青苔走过。许多年前，曾点亮一个人的眼神；许多年后，又暗淡了许多人的青春。

三

站在宁家庄的院子里，突然想起里尔克的《秋日》："谁这时没有房屋，就不必建筑。谁这时孤独，就永远孤独。"

腿脚不便的老人，坐在石头上休息。一群鸡在桃树下觅食，一只白猫在窗台上蜷曲。我们几个人一起用力，翻动一块石碑。用扫帚扫去浮土，却始终看不清有什么字迹。老人热情起身，指给我们看身下的石块，居然也是一座石碑。清水冲过，赫然显出"光绪九年十二月"的字样，着实让人惊奇。

在宁家庄，我们意外地发现一扇太阳门。这独特的圆形石门，没有任何木料，是用当地出产的桃红玉砌成。颜色粉红，晶莹剔透，让人爱不释手。刚过门的小媳妇给自家这道古老的石门起了个好听的名字，叫红石桥。她在院子里洗衣，街道上的人影就开始生动了。瓦垄上的狗尾草也在顶着露珠微笑。在她的一搓一揉中，都是沉淀的爱意。

张年根的家可能是村里最大的庭院，粗粗估算一下，大约有300平的面积。高大的屋檐下，挂着小筐和筐子，灶台上贴着内丘神码。木梯上搭着金黄的玉米，墙角放着金黄的莲花瓜。焗过的破缸里，栽着几棵青椒。一只小狗在狂吠。84岁的老人穿着千层底布鞋，他一笑，整个院子也跟着笑。他的老伴瘫痪在床已经14年，他天天给老伴做饭洗衣。

从前的爱情特别干净，像天空。

四

在一家老院子里，我们邂逅了一群羊。主人早已搬离，屋顶也拆去，只剩四面围墙。推门向里走，一只山羊颠颠地跟在我们身后。里面的院子，竟然有一大群的羊，浓烈的腥膻味在风中飘来荡去。

我，和一群羊为伍。

屋角有一棵高大的白杨，我听到了风吹木叶的声响。我饶有兴趣地观察着羊，它们带给我很多灵感。羊的颜色有白有黑，羊角弯弯，胡子长长，眼神清澈无邪，小耳朵向前展开，不时摇动短短的小尾巴。它们一会聚在一起，在荒地上吃草；一会又散开，玩着各自的游戏。

一只羊在用力撞一棵小树，它把小树当成了假想敌，无数次冲锋，无数次被弹回。另一只小羊调皮，竟然撞翻了同行者的水杯。温暖的阳光里，有两只羊在晒太阳。它们是高明的舞者，跳起了肚皮舞，全身哆嗦如急雨。还有一只羊是个安静的美男子，鼻子在墙缝中嗅着，嗅着大雪的气息。很多羊喜欢做同一件事，头弯过来，去挠自己的前胸和肩膀。

我凝神，在这琥珀样的时间里。

像羊一样，宁家庄从来不乏温和忠诚的动物。卧在桥下反刍的黄牛，水沟边引颈高歌的白鹅，木梯下吃草的小兔。它们守护着村庄的暖，和村庄最后的尊严。

五

时间在这里很慢，仿佛回到从前，忘了更新和刷屏。

我在石巷中漫步，忽然被什么东西绊了一下。弯腰观察，绊我脚的竟然是打铁的砧子。它锈迹斑斑，萧索荒寒。肯定有一个力大无穷的铁匠，曾站在砧子前，敲打着手中的锤，叮当叮当，正在打一副马掌或驴掌。那马，风尘仆仆，可能刚从唐朝的边境归来；那驴，可能正驮着诗人贾岛，通往月光下的柴门。

在墙角的乱草中，藏着一个铁皮柯铑和一只没了把手的木桶。少年时，我们打猪草路过菜园，还喝过三爷爷刚打上来的水呢！一间幽暗的西屋内，半截土炕，炕上铺一张芦苇编的席，炕头是颜色难辨的坐柜。屋子中间放着八仙桌，另一头还有一架织布机。一盏昏黄的油灯下，孩子可能在八仙桌上写字，而勤劳的母亲早已开始织布裁衣。

一间过庭屋中，堆放着一大摞蜂箱，主人曾是一个养蜂人。蜜蜂已经跟随养蜂人走过漫漫长路，它们不知道，一旦飞入我童年的梦中，就再也不能逃离。每一位养蜂人都是蜜蜂的使者，在搜索春天的路上与风雨同行。

还有排子车，随意地靠在门楼下躲雨，或者在孙家碾棚的一角，静待流年。村中的石碾很多，上面放一堆花生秧。碾盘和碾磙安安静静的，与蟋蟀说话，与土虫私语。

这些远去的风物，记录着先古流传的字符，记载文化与人间悲喜。没有人忘记，一座村庄的丰盛给予，和给未来设下的铺垫。

六

　　日子虽然贫苦，宁家庄人却从不抱怨。一个人生在乡村，就遗传了乡野的基因。不要高官厚禄，也不要名利云烟。只要安生的日子，在屋檐下梳着星光。

　　如果有人邀请宁家庄的人去县城小住，他们一定是拒绝的。他们会说，县城太闹了，还是住在村庄好，心静。他们听着鸡鸣和狗吠，不关心时事，也不关心风雨。

　　等我们白发苍苍，就退出江湖，住在宁家庄好了。没有网络，也不用手机。一菜一饭，一粥一茶，与一个人相守。早上在巷口看太阳，傍晚在杏花树下喝茶。在青菜簇拥的栅栏下，慢数游走的年华。

邢西边城茶旧沟

到了茶旧沟，其实就不想走了。

绿树，红灯，青石建筑群，构成太行山石头古村落的独特风情。北依白云山，面向路罗水，高低冥迷，无问西东。徜徉在老街之上，古槐浓荫，小巷幽深，心中就滋生出一种清凉的菩提之意。

茶旧沟村，位于太行山东麓邢台市西的路罗镇。小满微雨，我和朋友从内丘县城出发，沿邢汾高速至路罗出口下道，穿过一个牌坊，上一个高坡，就来到村前的广场。山河庄严，好山好水，日月安稳，一切的物事，都有着小小的富足丰盈。

进村有一个石拱桥洞，桥上桥下都可行人过车。结实，古朴，仿佛村庄的眼，深邃而多情。从这里，曾走过一代又一代。一边通沧海，一边通深山；一端归梦想，一端归田园。野花绚烂于石壁之上，桥边一棵桑树，桑椹由青变紫红。我们像武陵人一样，先是一份陌生和新奇，随后就是知己知彼的亲近。

村口照例有座土地庙，还有一棵郁郁苍苍的五龙柏。土地庙不大，土地爷静静地坐在自己的香位上，颔首低眉。他一定是在思考，找到保佑乡民出行平安的办法。白日里，庙房内只有土地。初一、十五，庙前热闹起来。善男信女，合十为礼，动作舒缓，带着一种说不出的韵律。一方是敬畏，一方是悲悯。五龙柏树干粗大，两人不能合抱。树上垂下千万条祈愿的红布条，在风中摇曳。无论这个世界色彩多么丰富，他们的信仰，都是这样明澈。乡民习惯在大树下歇脚、乘凉、送别、张望，既是乡村的标志，也是乡村的符号。

一场雨后，空气格外清新。人行村中，如同从宋朝的烟雨天青色里走出来，宜室宜家。几个农村妇女坐在门前的石凳上，听对面一位小伙说说沿途新见，旧事近况。夏雨过后，我最讨厌走路，城市里的水泥路，柏油路，方砖铺的路，一旦积雨，就成了藏污纳垢的怪兽，冷不丁含着脏水喷你一口，搞得人狼狈不堪。在这里，我诧异大街的干净，好像雨根本没有来过一样，没有一处存水的地方。如果你愿意停下来，和他们聊聊家常，就会听到一个关于排水的秘密。原来，我脚踩的大街下，其实是一条排水的暗道。无论多大的雨，都会通过预设涵洞汇入地下，再流到山下的路罗川。各家各户都有明沟水槽，平日的小雨闲水，也都流到暗道里去了。放心走吧，不会有污水脏了你的脚。

在茶旧沟，人人都是摄影师，随手定格，镜头里都是好景物好气象。门上一把生锈的老锁，形式简单，却最能读懂主人的心事。一溜儿瓷瓮倒扣在门前，无言地沉默着。石碾边没有拉碾的黄牛，石磨也被拆卸掉，随意地堆放在院子里。这些老物件，成了农村变迁史的一部分，走进纸里去，成为图片与文字。和那些一同被碾碎的乡村生活，成了需要解读的一部分。

茶旧沟的民居很有特点，不受坐北朝南的传统约束，依山就势，高低错落，仿佛镶嵌了一幅古画，让人心中生出远意。大街两边，几乎全是清一色山石造的二层楼，砌墙的石块工整细腻。房屋为抬梁式架构，房顶铺以石板来代替瓦，冬暖夏凉。窗户石质拱券，木质窗棂，古朴清雅的雕刻，多见金钱纹和元宝纹的装饰。更特别的一家，窗口刻有"五福捧寿"的造型，还有"清""寿""勤"的吉祥语，很是少见。大门上方突出几块石板，防风防雨。三两户人家，还保存着完好的门楼，墙体上挑出木构，两立柱之间有横枋、花拱，其下为垂花木罩。门框下有门墩石，鼓圆形，依稀可见门第的不同一般。

茶旧沟人喜欢住在一个大杂院里，利用地势高低落差，以台阶相连，每层平台两侧各有一栋建筑，一栋建筑就是一户人家。我们进去的这家曾住过八户，四十多口人。大家共用一个大门，共走一条小巷。大门从来不上锁，出入都很方便。东家做了饭，西家的孩子来吃。这家夫妻刚吵了两句嘴，邻居老太太就来说和。晚上，虫鸣四起，各家的灯一盏盏点亮，暖黄的灯光从木叶窗里透出来，筛在石板路上。风一吹，泛着鱼鳞一样好看的金光。还有那月光，九州一色的银霜。夏天，踩着木梯到楼顶看星星。冬夜，聚在火盆前聊聊家常。谁家也没有什么秘密，天空都是共同的。几百年的光阴刻上屋檐，和煦地照拂着山家清岁。

小巷里边，可能藏着一个大胡同，里边又套着很多胡同和人家。外边的人来了，感到有点不可思议。巷子很窄，巷子很深，巷子由低到高，石板一路铺开去。有的巷子很奇特，左边的墙被抹去棱角，呈半圆形，右边的房子一户比一户的墙角闪出半尺。石板路并不齐整，每块石材都大小不一，但走在上面很是稳当。每一块古旧的石板都那么有心，密密麻麻记满孩子成长的脚步，种下思乡的病根。靠在石墙上，听树上的雀儿清脆地叫上一两声。此处不是远方，而是当下，让人看遍了世间姹紫嫣红还回来，采菊东篱，马放南山，再不会有什么纷扰之心。

日出而作，日落而息，应该是最科学的生活方式。村民们种玉米，种板栗，种核桃，既不拒绝现代的文明，也没遗忘部分农耕文化的习俗。村里的茶臼很多，大的，小的，蹲在街角，讲述着古老的传说。圆圆的臼槽被时光磨得溜光，盛了半槽雨水，映着香椿树的绿影。杵声阵阵，那些能干的农妇在茶臼中捣粮食、蒜、韭菜花、芝麻盐，迎来一个黎明，送走一个黄昏。

追溯起来，茶臼是一种制茶工具，用于将蒸青茶叶捣烂。陆羽化腐朽为神奇，以杵臼制茶实为一大发明。宋代诗人秦观创作《茶臼》一诗，描写了茶臼的特点，表现了诗人对茶臼的喜爱之情。"幽人耽茗饮，刳木事捣撞。巧制合臼形，雅音侔柷椌。"茶旧沟人爱茶，喝茶，制茶，情趣何等高雅。村口石碑说，原来村沟中有石，形如茶臼，得名茶臼沟。也有的说，村中生产石头打磨的茶臼而得名。相传茶旧沟村最早以造茶和养蚕为生，造出的茶叶相当名贵，曾向皇上进贡，造茶时用的茶臼现在村子里到处可见，所以村名就叫茶臼沟，后改为茶旧沟。苍茫深厚的历史背景，传说掌故，给茶旧沟涂上一层神秘的色彩。

附近的太子井乡十年九旱，可茶旧沟村是不缺水的，而且水源特别好，清凉的山泉，顺着石缝涔涔渗出。街边一口口老井，上边用石头搭一个顶棚，怕风沙刮进井中。那井水距离地面只有三尺高，村民提水，只需用手提桶，或用一根带叉的木棍勾住水桶即可。水那么清，那么干净。至今，村民还用这井里的水洗衣做饭。井边簇一圈青苔，不知名的绿植被养得很好，间或还会长出红色的小果，很有生气。夏天水大，井里的水满溢出来，流到暗河里去了。一户村民的墙根下，就有一口小井，很浅的一个石窝，能看到山泉不断流进井中。他说，土改时，父亲分到一户新房子，却不想搬过去，就是因为舍不得这口小井。

村民的生活悠闲而有情趣，不是春节，却家家户户挂着红灯，灯上写有"太行人家"的字样。这一抹中国红，照亮乡村的生活。村民爱种花，石榴、蜀葵、夹竹桃……月季是最多的，有大红，也有粉色。花一开，蝴蝶自来。一丛月季开了又败，败了又开。在一个废弃的院落里，长满青草的台阶边，也有月季在开，给人瞬间温柔的感动。几根细竹，不太浓密，却簇簇相拥。花椒树也常见，还有青杏，结的果儿太多了，果儿几乎压弯了枝头。破瓦盆里栽两棵葱，丝瓜吊在搭架上，一大片密密麻麻的葡萄枝蔓爬满门口小巷。这些植物在季节里开花结果，自然又从容。读懂了这些荒寒里的微光，你会发现，这个世界的每个角落里，都有人悄悄地幸福着。

那些房子有的几十年，有的几百年了，历经风雨剥蚀。老房子住着老人们，年轻人搬到新村或城市里去了。村民都姓宋，祖上是从邢台市附近的羊范村迁来定居的。一家三子，把这里变成了宋氏宗族的栖息地，变成了500多人的大村庄。祖先定下的规矩，按"玘子进成来，怀文明思玉，诗学延振广，弘书礼义德"的辈分传家，如今最小的广字辈已经是迁来的第十五代了。镂花小窗，题字门额，古村落在日复一日的劳作中渐渐苍老，村民的容颜也不知不觉褶皱了许多。不癫狂，不豪饮，不轻佻，仍旧如往常一样，一脸微笑。这乡村，每天都这样鲜活。

他们用石头垒墙，用石板盖屋，用石头铺路，用石条砌阶，用石板架桥；用石碾、石磨、石臼加工粮食和食品；用石盆盛水喂鸡，用石槽养猪喂牲口；他们在石头缝里种植，在石头缝里抠钱讨生活……住在这里的人，具有石头一样的品质，善良、敦厚、朴实、坚韧。住在山村的人嘲笑住在城市的人，住在摩天大楼的居民又看不起住在石头房的人。一种文明嘲笑另一种文明，一种生活忧虑另一种生活。而我喜欢这里，他们不认识我，我也不认识他们，但彼此，都觉得见过。

老街走到头，向左登上仄仄的石阶，就是一条高高的山岭。清风徐来，草木香一阵阵飘入鼻中。这里是奇异的观景台，左边是保存完整的古村落，右边是红砖水泥的新农村。一新一旧，阐释着如何继承，如何发展。老村看不到新村，新村看不到老村。它们共同守望一个季节的繁盛，大地长出崭新的秧苗，在眼睛里写满诗句。

有些地方，只需去过一次，就刻骨铭心。

春到韩家庄

　　清明前后的天气，最像春天。花红柳绿，春和心都渐入佳境。此时，最适合去乡下走走，因为那里的春天鲜嫩而蓬勃。

　　出内丘县城西北12公里，过小房冈，王交台，穿过老树围，地势渐渐升高。车到坡顶，视野瞬间开阔。见太行雄峻，群岭苍茫，四野逍遥而虚净，好一派北国风光。站在一处山丘上回望，虎头山下，莽林之间，一排又一排的农舍，高低错落。在三两树杏花的点缀下，那些略显质朴的砖瓦，居然秀气起来。我知道，这就是眉目生动的柳林乡韩家庄。

　　在村庄里行走，不想打搅任何人。陪着长者闲闲地漫步，是春天最有意义的事情。人和人的相逢，有时候就是为了看一座村庄，听一个未经打磨的毛茸茸的故事，或者开启一段曾经封存的记忆。

　　村头一户人家的门是开着的，一头老黄牛拴在一棵老槐树下。牛波澜不惊地看着我们，看着我好奇地为它拍照。旁边的一只狗耐不住性子，对着我们狂吠。一个农人扛着铁锨在路上走，看样子是去种几棵树。一个老头在菜园里撒粪，旁边的杏花在春风中摇曳，花瓣不时地落在他的身上。还有一个头发凌乱的老太太，牙掉光了，弯着腰低着头，也许是去邻居家串门。阳光很好，刚走一会，我就觉得很热。搬几块砖当作板凳，围着一块石头休息。喝几口水，吃一个苹果。我们坐的位置地势高，脚下的院子里，几头粉红色的小猪仔正在撒欢。还听到家禽的叫声，有鸡也有鹅。这种低碳的生活，是乡间质朴的回声，乡村原本就该是这么祥和。

韩家庄引以为豪的，当然是村东南的一片好水，那是1958年修的水库。我们来了，当然要去问候它。在乡间土路上行走，一辆越野车急速从我们身边开过，荡起一层薄薄的灰尘。等我们走到水边，越野车上下来一家人，扛着沙滩椅，拿着钓竿，原来是休闲钓鱼的。站在大坝上，触目所及，湖水碧波荡漾，风起处，闪过粼粼银光。湖中心是一座小岛，岛不大，却很有情致。小岛上只长了一棵柳树，满眼都是翠色。采采绿水，蓬蓬远山，岸边是挺拔的白杨。远处的蛤蟆石和残破的扬水站遥相呼应，一道泄洪渠记录着历史沧桑。这是一幅静默的油画，坐下来慢慢欣赏。黄昏暮色，安然守望着橘红色的时光一点点逝去，静静地等待日月轮回的到来。

在过去，按照地理方位，由东向西，韩家庄自然分为三部分，东台，上街，还有西台。我们从东台转到上街，就转到一片老房子里边了。老房子不带一点现代建筑气息，全部是纯粹的石头房，檩椽梁结构。多年前，这里曾是最热闹的所在，人来人往。现在呢，门扉紧闭，残破坍塌，只是作为一种符号存在着。但是，仍然会有人记得这片老宅，因为，土地庙的香火还是很盛，庙前的两棵老柏树还郁郁苍苍，古老的石碾上还有人请了一个神码。故乡从离开那天起，就渐行渐远。每一次的返乡和离乡，都是一种成长。

坐在石碾上，听一位长者的拿云心事，风呼呼地吹过耳畔。也许，紧闭的大门会"吱呀"一声推开，那位卖豆腐的父亲正对着你憨厚地笑。

夏夜里，满天星斗，慈祥的母亲为了乘凉，盖个被单睡在光滑的碾盘上。方正的大条石，刻着一个四四方方的跳方，几个小伙伴围着它斗智斗勇。喜欢说笑的二廷端着饭碗出来，打破几位老街坊的热烈讨论，为什么咱们生产队粮食产量高？那是我们人心齐。对面那一户人家是哪一年打的房顶呢？很多人撸着袖子，拿着打房板，喊着号子打房顶。凹凸不平的老墙，粗糙简陋的小黑板，有乡村少年写的第一首诗歌。不知道从何时开始，邻居家的二妮子眼光热辣辣地飘来，飘在少年日渐挺拔的背影上。

"少年把酒逢春色，今日逢春头已白。异乡物态与人殊，唯有东风旧相识。"最大的奢望，出走半生，归来仍是少年。多么希望，在故乡的小院里，一颗心得到修复。那少年时的纯净和自在啊，总是那么难忘。我理解春天隐藏的所有秘密，爱到极致的风物，总容易让人忧伤。

我们向村外走，可是记忆中的路找不到了，而记忆中没有路的地方反而有了路。拨开丛生的荆条，迈过不宽的沟壑，去找一条路出来。这条路，曾经走过赶牛的人，走过去田野劳作的人，走过去神头上学的人，还走过去柳林赶庙会的人。站在这样一条曾有很多人走过的轨迹上，人忽然就陷入了孤寂，就有了一分不必过于慌乱的理由。寒碜的乡间土路，只要三五天的闲疏，连天的一场大雨，都可以改变它的模样。但是，有什么可怕的呢？披着星光，拉一架排子车上路，怀揣两个干硬的馒头，心中就有了远方。只要坚定地走，自己给自己唱着歌，就一定会走出一个属于自己的美好前途。走在纯粹由人们脚踏出来的土路，总有一种他乡遇故知的亲切感。路边的野草棵子，闪烁着单纯的良善之光。

乡村的土地，长出来的树都是强壮的。村庄里的树很多，槐树、榆树、杏树、梨树、柿子树、白杨树、柳树、枣树，随便一数，就能说出好几种树。榆树刚冒出星星点点的芽，柳树也拢了一团鹅黄。柿子树的树干龟裂，枝干盘曲，这一种苍劲之美，是需要时间沉淀，需要寒冷侵蚀的。如果是秋天，圆圆的红柿会照亮乡村的眼睛。现在的柿子树还没长出新叶，树枝上空留着很多柿子蒂。柿子没人摘，任它被鸟啄了去，或者掉下来，被小虫子分了去。

和柿子树相比，白杨树高大挺拔，仰头看，一眼看不到树顶，只看到头上的日光。那树干绝对没有旁生的枝丫，只一心一意地向上生长。齐刷刷站着的一堆白杨树，就形成一片让人尊敬的气势。每一棵树上都有一个鸟巢，添了一种野性的美。长者说，沟有多高，白杨就能长多高。我想了想，认同了他的说法。这种倔强的生长，只要它愿意，没有什么力量能够阻挡。它让沉睡的人苏醒，让受过伤的人走出阴霾，让跌倒的人大可以从头再来。作家刘墉曾说，你可以一辈子不登山，但你心中一定要有座山。它使你总往高处爬，它使你总有奋斗的方向，它使你任何时刻抬头都能看到希望。

村南有一座桥，桥下是一条河。小溪缓缓地流，河中的青草慢慢地长。草把河道快长满了，绿油油的，像菠菜一样。我想知道草的名字，可没有人告诉我正确答案。我蹲下来和草说话，草也摇头晃脑地和我说话。有时候，草真的比花还要漂亮。踏着松软的泥土，我们溯流而上。有时候，一棵半倒的树挡住了前方的路，我们小心地绕开去；有时候，湿地里浸出了水，把我的旅游鞋弄湿了。我问水是从哪儿来的，长者说刘王庙那里有一眼泉，常年汩汩而出。再向上走，有三块大石头叠加在一起，形成一个奇怪的三角形状。这三块石头叫响水石，旁边的小山丘就叫响水坡。夏天水大，上游的水跑过来，响水石就"哗哗"响。夜来风静，声音传到村庄里去了，一些人就坐起来听水唱歌，听着听着，就觉出几分寒凉。

最兴奋的，是遇到一群羊，我粗略地数了一下，却怎么也数不清。说实话，我的数学不好，羊群一直在移动，数起来就有点困难。羊是山羊，可山羊和山羊也不一样。有的半黑半白，披着长长的毛，顶着弯弯的角。有的羊纯白色，长着一对小耳朵，身上的毛也短，眼神温顺而无辜。一只领头的山羊混在羊群里，让我一顿好找，它的脖子下带着一个铃铛。我们远远地问，你是韩家庄人吗？放羊的大声回，我是韩家庄的。我们又问，你是谁啊？放羊的有点赌气，你们是谁啊？一问一答，一只牧羊犬跑过来，吓得我站在原地不敢动。无论何时何地，我看到羊总是很亲切，总想抱起一只小羊，把脸贴到它的身上。羊在山坡上低头吃草，吃那些干啦啦的茅草。这是多么难以下咽的粗劣食物啊，但羊毫无怨言，心满意足的。

对一个客居他乡的游子来说，用十年、二十年甚至更多的时间，有千万种方式梦回韩家庄。春天，当双足再次踏上这块深沉的土地时，心里有点惶恐，也有点不安。那座位于村下的白石桥已消失不见，那棵长在破屋烂瓦间的老槐树中空到只剩了一张皮，几截枝干已断掉枯朽。和村庄同龄的老槐，一阵清楚一阵明白，有时竟忘了该在春天发芽长叶的事。当你以为它已经死得彻底时，又有几条嫩枝冒出了新芽。

念着村庄的名字，从少年走向中年再到老年。山鸟穿梭林间，悦耳的鸣叫，让归乡的步伐频频迟疑。熟悉的面孔，被时光烙上印记，温暖的笑容牵出纯正的乡音。踩着生养自己的故土，踏着悠悠的经年往事，熟稔与陌生，兴奋与沉思，让人的脚步更加迟缓。

郭家沟嘴、小寨垴、炮楼山的崎岖山道上，曾走着一位挑着柴草的少年。贫苦的岁月中，他曾拾到一头迷失的小猪，曾和乡亲们在虎头山上扛石盖房，曾听父亲讲述当年如何被鬼子抓夫到炮楼上遭受毒打，如何冒着呼啸的子弹拼死抵抗的血泪往事。带一颗温暖的心走进大山，大山却呈现出地老天荒的混沌和空荡。空荡得让人想要努力寻找一棵树，一条小路，哪怕一片绿叶。被大大小小的采石场、养鸡场、垃圾场攻陷的山体满目疮痍，总给人以迟暮之感。镰刀已经锈迹斑斑，挂在心上的疼啊，久久，不能消散。

在韩家庄走走看看，就看到无边的春色。我什么也不想说，和草木待久了，语言就失去了意义。一个村庄的气息是独特的，包括种出来的庄稼，流过的水，飘过的空气，还有村庄里的人。顺着内心的感悟踽踽而行，就显示出一种非常远大、至死不渝的真诚。

  时间是一种酶，它能帮助人慢慢回味。草木依照四时节气过日子，而节气存在的意义，正是让人不要走得太快太急。阳春召我以烟景，大块假我以文章。血脉里的回望，最重的是回望乡愁。韩家庄很小，可是很有质量。

义满两口村

  两口子,是夫妻的口语别称。两口村,这个热辣辣的名字,第一次听到就很难忘记。
  在河北省临城县的西南边,有个两口村,三面小山,一水东流,建村于后周显德年间,可谓历史悠久。一座老村,在北方的黄土地上,活了千余年。废弃的石磨,做了饮牛的石臼。杂草中的柱石,犹如散落在民间的文物,带着岁月风尘,静卧在时间深处,等待重新捡拾。
  小满时节,我和朋友驾车前往。五月的两口村,风吹过那些山坡。荞麦青青,土豆开着白色的花儿。核桃挂了果,月季花一片鲜红。村妇在田埂上弯腰除草,小孩在白杨树下玩着纸飞机。天色阴沉,空气有点闷。我们鼓足勇气,贸然闯进两口村。在这里,没有一个认识的人。
  抬着头,以搜寻的眼光,在街巷中慢慢地走。一个电工从超市买了包烟,正要骑着摩托离开。我们拦住他,请教两口村得名的原因。他很健谈,停下来,给我讲了一个有趣的故事。
  据说,这村原来不叫两口村,而叫魏村。村北有个范家坟,和村子距离很近。人生穷苦，穷了就要找原因。有人说，因为范家坟犯了地名忌讳，魏（喂）范（饭），粮食都让范家吃了，咱们咋能不穷？为了改善生活，人们做了两个石人，一男拿碗，一女拿勺，安放在崇福寺殿后，面对范家坟，取"两口吃一范"的意思，后来村名就改为两口村了。

传说毕竟是传说，让人听了，心头涌起淡淡的心酸。横桥，深巷，石阶，红砖房，蓝砖房，土坯房，传统老民居，构成两口村特有的风貌，更能品出几许沧桑。尤其那黄色土坯房，矮墙土院，固守着一份贫瘠和辛苦，一任山风吹老容颜，吞吐着人间的安然与慈祥。

两口村的桥，是村庄的眼。在弯曲如带的水道上，完好无损地保存着三座石桥。最西侧的桥叫安定桥，单孔石拱，桥边有石栏板和望柱。中间一座桥岁数最老，应是村里最早的桥。东侧的桥叫义合桥，桥头立有一块"流芳百世"碑。三座桥古意拙朴，建造精美，如长虹卧波，西子回眸，安静地注视着外边的世界，任时光走过，岁月飘过，沉默是最好的态度。

我们站在桥上看风景，远处传来一阵歌声。桥下有个老太太，拿着铁锹清理河道。我热情地和她搭讪，她说雨马上要来，淤泥把河道堵住了，再不清理，水就会漫上她的家。多少年了，她就住在桥边，看树绿了又黄，黄了又绿。看一场雨来了又走，走了又来。风，再一次涨满衣襟。

两口村的寺，是村庄的根。《临城县志》记载："崇福寺，在县西二十五里两口村，弘治二年修。"老人们回忆，原寺院有山门、前殿、后殿及东西配殿。而我看到的寺是什么样呢？只剩一座破旧的大殿孤寂地挺立在村小学院墙外，在风雨剥蚀中，透着一股无奈和落寞。坍塌的房顶上，长满野草。踩着一堆垃圾来到大殿前，心中一片苍凉。

大殿坐北朝南，抬梁架结构，面阔三间，左右两间开方格窗。前檐明间中部辟木门，门上枋有四个雕花墀头，墀头上有题字，分为"日""清""月""规"。七架梁用三柱，两侧有异形拱，梁架上有彩绘，脊檩枋上有"……康熙叁拾肆年岁次乙亥……"题记。梁架上有斗拱。屋顶为筒瓦，正脊两端有吻兽。可惜，屋顶漏着天，门窗尽失，烂砖坯头，碎石坏檩，昔日的辉煌已成云烟。学校的女教师说，只知道这殿叫北大殿，原来当过学堂，她的父辈在里边读过书，现在成了危房。雕梁画栋，香烟袅袅的昔日盛况，只能存在于想象中了。

两口村的老房子，是村庄的脸。我们先看到的是一处四合院，它的门楼吸引了我们。起脊式门楼，筒瓦铺砌，单坡顶，显示出高大的气势。盘头上有砖雕，刻有吉祥纹饰。木门框芯，上有雕花门罩，门枋上有格芯。历经百年，风姿绰然。门是紧闭的，主人不在家。我们扒开门缝向里瞧，看不清院子是二进还是三进，庭院深深，除了享受一方安静，想来也并不寂寞。

我们后看到的是一座二层楼，巍峨矗立，门前有一棵梧桐树。女主人从家里走出来，听我们夸赞她家的房子好，很热心地把我们让到家里去。她说，这房子大概是乾隆年间的，一直没舍得翻修。仰望小楼木窗，是否传来一家人温柔的话音？我猜，住在这里的人一定是有情趣的，夏天的早晨在林间散步，飘雪的夜晚坐在炉火边，静静望着窗外的雪花，看尽湖光山色，迟暮与晚霞。

两口村的义，是村庄的魂。两口村宋代王氏家族是近年发现的邢台地区望族，内丘县张家沟村的王氏墓地，就葬有王氏家族的十数世人，其中包括苏轼的学生王适和王遹二兄弟。元丰二年，苏轼被人诬陷，亲朋好友唯恐避之不及，王适兄弟不但不走，还设宴为其践行，并照顾他家眷多年。后来，苏轼因"乌台诗案"被贬黄州后，王适还前去看望他，并同游武昌西山，苏轼写下了《武昌酌菩萨送王子立》诗："送行无酒亦无钱，劝尔一杯菩萨泉。何处低头不见我，四方同此水中天。"这是朋友之义。义合桥头立有"流芳百世"碑，碑文记载着清光绪十九年修筑桥梁的情况："临邑南两口村夹河而居，旧有石桥两座，惟东头沟深岸阔，车马不通，忽有村中善人张、王、宋三姓者，面然欲起，不惮输财，赴公议添石桥一座，村中人亦无不慨然捐资趋事，此所以不几日而告阙成功，因名之谓义合桥。"这是村民大义。在附近的驾迴北村南，有座"鲁义姑大贤塔"，讲述鲁义姑的感人故事。乡间贫妇，肩负大孩，手拉幼子，幼子哭声连连。行人颇感奇怪，问其情由，说道，背上大孩母已病故，所拉幼子乃是亲生。不以私害公，真乃公义。义文化是这一方土地的骄傲。

小小的两口村，却和宋代大文豪苏轼有着很深的渊源。苏轼屡次遭贬，仕途失意。在出知定州期间，御史赵挺之等人搬出苏轼所撰的贬斥吕惠卿的敕文，弹劾他"诽谤先帝"。绍圣元年四月，苏轼又被贬岭南。路过临城、内丘时，连阴几天的天气忽然转晴，西望太行，草木可数，冈峦北走，崖谷秀杰。苏轼挥笔作诗一首《太行山·临城道中作》："逐客何人著眼看，太行千里送征鞍。未应愚谷能留柳，可独衡山解识韩？"他借景抒情，浮想联翩，韩愈从贬所北还，经过衡山，天气由阴转晴。这次自己途经临城、内丘，天气也很晴朗，是否意味着"吾南迁其速返乎"？困顿之中不忘发现生活之美，心胸何等豁达！

村庄里的姓氏很杂，王、史、宋、张等，在这个包容的村庄里交融，用多元的养分相互滋润，交织出欢快的村庄基调，把日子过得实在而热闹。母亲在灶台烧出五味杂陈的琐碎，父亲扛一把锄头，站在村庄的渡口。炊烟袅袅升起，乡村，在一片脚步声中成为发黄的底片。

一遇两口误终身，从此烟火满人间。对于两口村，我想只能说，带上你所爱的和所恨的去那儿吧，因为那里就是人间。

春风里的崔路

古老幽深的庭院，一盏大红纱灯高高挂起。雪无声飘落，红与白构成和谐的光影。深邃的夜，贞静安闲的崔路，一张照片瞬间打动了我柔软的心扉。

崔路，一个温暖而澄澈的名字，东距邢台市区 10 公里，隶属邢台县南石门镇。村庄历史悠久，建村于隋唐，兴盛于明清。虽名崔路，村里却连一个姓崔的也没有，以王、刘、赵、姚姓氏为主。因为大片保存完整的古民居，所以是个寄放乡愁的理想所在。

三月小阳春，白的梨花，粉的桃花，一眼望去，春天特别丰满。约同学三五人，乘兴而来，以相濡以沫的姿态，去欣赏它藏在山坳皱褶里的素朴。幸好，崔路的街道上还有土堆碎石，墙壁上还有青苔苍绿。幸好，大街小巷没有嘈杂的叫卖声，人们总是悠闲而从容。

崔路庙多，村东村西，以及每一个街巷的丁字口都有庙宇。较早的建于明清，晚的建于民国。关帝庙、观音庙、土地庙、马神庙、五贤祠、玉皇庙……在古树掩映之下，巍峨庄严，香烟缭绕。村西关帝阁，原为村西门所在，为二层建筑。下为石拱，上属楼阁。登楼远眺，旷野千里，鸡犬相闻。从高处向古朴的生活致敬，人生的刻度也在无形中攀升。

崔路如一块包浆的古玉，温润，斑驳，满是隐约的苔痕。在"唧唧""嗤嗤"的虫声里，在小径古井旁，在灯笼呼唤的人声里，依天意，顺天时。七夕来，沐浴更衣地祭拜。清明了，中秋了，除夕了，都要回到祠堂庙告先人。花是有名的，草是安静的，树木是葱茏的，有信仰的民间生生不息。这些民俗，其实是一种生存的记忆，是还没有落幕的农耕时代的诗意。

我喜欢有古旧感的老房子，安静，不打搅世人，但我知道这些房子是见过世面的。大门端庄威严、气势不凡，给人祥瑞高雅的感觉。门扉紧闭，铁锁生锈的寂寞农家，说不定走出过秀才、举人，政府要员或者革命烈士。四合院保留着明清的建筑风格，属典型的冀南平原民居。墙体下部是规则的青石，上部为蓝砖，屋顶为木架结构。它们历经动乱，几易其主，鲜活的人事淡出，鼎沸的人声远去，只剩下廊前的曲阶，檐上的青苔，栉风沐雨，凝结成一枚静静的标签。

我驻足在一个个门楼前，被那精美的砖雕、木雕、石雕深深迷醉。抱鼓石、门墩石、上马石，刻有各种吉祥图案。门楼与门楼也不同，有砖仿式木作门楼、平檐式门楼和起脊式门楼。或原色，或五彩，木雕雀替和垂花，采用镂刻技巧，或为牡丹、菊花、葡萄、荷花等花卉纹饰，或为文臣武将、麒麟奔马、祥云八仙，雕工精巧，形象生动。墀头上的砖雕多为文字，有的刚劲厚重，有的清秀精致，有的古朴自然，反映了主人公为人处世之道，如积善余庆、安分守己、为善最乐、福寿康宁等等，颇具教化功能。断壁残垣，你看到的是沧桑，实际上是时尚，几百年前的时尚；庭院深深，你看到的是荒凉，实际上是繁华，几百年前的繁华。这些沧桑的宅院，唤起我内心最大的尊重。

崔路的人安定，不躁不火，你是从外地来的，你惊讶村头竟然有那么雅致的村训。详明品节,紫气东来,安分守己,三多九如,周规折矩等,古风扬扬,是一种高贵。村庄里的人走路、做事、闲话,都是那么古朴。在村头择菜、洗衣服,或是挑东西上山,那些玉米盘根错节,高的谦让着低的。小超市前,一个中年人刚发动了电动车,看到刘老师过来,赶忙停车问询,说是一日为师,终身为父。墙壁上张贴着大红光荣榜,是元宵节闹花灯时各户募捐的数额。在水池边,有两个老人在下棋,即使不相让,但也不悔棋。还有一个过路的妇女,热情地给我们指路。几百年来,他们的先人惯看时事纵横、云卷云舒,孜孜以求地勤奋劳作。在这片土地上,他们如同其先人一样,有着自己的生活定力。

来到崔路,不能不看刘家大院。青灰的门洞里散发着肃穆古朴的幽光。纵横交错的街巷,错落排列的门楼,生命纯粹的原始状态和恢弘的艺术底蕴竟然在这里完美结合。它是明清顺德府商业文化的真实写照,也是一代代冀商的精神家园。走过永和巷,走过宽大的拱券大门,过瞭望阁,进了门楼。站在曾经悬挂着"七代同居"匾额的院落里,心潮澎湃不已。正房已经坍塌,小姐楼里只剩下一座逼仄的楼梯。院子里条石横卧,破瓦满地,厚厚的落叶腐烂成泥,风中吹过来一声叹息。我们兴致勃勃站在院子里合影留念,因为这是刘家七世传家的兴盛之地。

遥想当年,吃饭时,一声锣响,大人孩子,从30多座小院欢闹而来,在阳光普照下,在庭院中席地而坐,人声鼎沸。一个大家庭在上百年期间没有分家,实属难得。这和仁义、诚信、和睦的家风是分不开的。勤劳经营,家族方能鼎盛。家和文化,充分体现了和谐的精神。一个姓氏的钟鸣鼎食,大片的土地,京师沿途的客栈,邢台南关的皮货生意,无声彰显着曾经的繁华。崔路刘家自十三世刘可升开始经营杂货,以诚义待人,逐渐积累,在顺德府南关开设永盛魁商号。后转入经营生皮,开始走西口从西北贩卖皮毛,一步步推进自己的商业版图,让人相信爱情,并相信梦想。

崔路保存着许多马厩，宅院外墙拴马用的拴马石锁，有的墙上多达五六处，沿街两旁还有大量喂马用的石槽。崔路是一个商驿要道，西南通往晋南陕西，西北通往晋北蒙古。敦厚、诚信的崔路人，接待着南来北往的商贾马帮，茶马古道的冬去春来。马蹄声声的商贾文化，在岁月中无声流转。

行走崔路，如同回到了故乡，给人以丰富的想象。那个在门上刻了一个大大的"闲"字的人，会是怎样一个人？是提倡慢生活的智慧长者吗？那悬壶济世的名医，又在无偿地广施草药了吗？那个潜藏在日特机关的胖翻译官，是怎样机智地救出皇台底的村民呢？那个坐在门墩上勤奋读书的孩子，如今又在哪个城市安居？正月十五的灯火辉煌，四面八方的香车宝马，会不会在月上柳梢的时候，碰撞出一首爱情的乐章？那是一种童话的味道，那是一种难以名状的淡淡忧伤。

崔路承载着华北平原的历史记忆和岁月符号，是一个时代生活的标本。柔和的夜晚，我坐在门前石阶上，一整片星空慷慨地供我欣赏。微风玩弄着裙裾，想一些光怪陆离的事，困了就早早回归睡眠。时间之外，我遇见了自己。心绪可以如此平息。只言美好，不诉忧伤。在崔路，不知不觉，就是半日白马时光。转眼，又是风花吐信，暮日归庄。许许多多个日夜叠加在一起，悄然长成了春天的明朗。

我愿，浅墨画绿，拾取风雨，与某个人执手，在崔路的小街上漫步。浅走诗行，放牧春光，从此，天涯不相忘。

魅力太子井

在河北省邢台县西南部，距市区 17 公里处，有一老村，名曰太子井。尽管我就住在邢台县的北邻内丘，很惭愧，却对太子井村知之甚晚。

那天，云飘天上，鸟鸣树间，我无意中在手机上浏览公众号，读到邢台民俗专家冀彤军的一篇文章《英雄花开太子井》，瞬间被一则传说吸引：春秋战国时期，赵侯国太子赵襄子，曾率领士兵到封地邢西一带狩猎。那一天骄阳似火，大地生烟，干渴难行，对天长叹。赵襄子以矢卜之，箭落山凹处，掘地生泉。赵襄子先尝一口，随后士兵依次畅饮，因此后人为井取名太尝井。后来，太尝井边住下人家，形成村落，为纪念赐民于水的太子赵襄子，人们将村名唤为太子井。

家在邢台，一不留神就会走进历史。射箭寻水，掘泉筑井，传说美好而动人。翻阅《邢台县志》，赫然见"世传赵襄子为太子时，猎于此，掘井得水"之句，心中释然。久远的历史烟尘，尽在寥寥数语之间。千余年前丢失的辉煌已经摺进农家炊烟，一个山村第一次开放在心神之间。

据传，离村不远曾有一座太子观，东有龙卧洞，西有卧虎山。明代兵部侍郎赵孔昭游历至此，美景当前，感叹古人，即兴赋诗《题太子观》，其中有"曲曲山行数里程，九天仙殿碧云平。莺声柳密春三月，樵唱山空月二更"的诗句，记述了太子观的宏伟建筑与优美风光。至今读之，无限向往。太子井村，这个深藏于古老农耕文明时代的名字，泛着沧桑幽光，在现实当下，与我们久别重逢。

去看太子井村，最好的时间是夏日傍晚。卧虎山上郁郁青青，渡槽前有一标志性雕塑，一位将军顶盔披甲，跃马射箭，当是为民找水的赵襄子。邢左公路穿村而过，邢汾高速濒临村南。于磅礴余晖中，穿行在幽深石巷，熏风南来，小儿在健身器材处玩耍，姑娘在超市门前择菜，三个小脚女人坐在门槛上聊天。绿树红花，菖蒲浅芽，一切都是那么质朴而宁静。空气中荡漾着清爽的气息，缠绕在身体的每个细胞里，妥帖而安闲。

沧海桑田，洪荒远古无声，太子井沉默而孤傲。

太子井，是"井崇拜"的见证者。因为邢台这方热土和"井"这个意象息息相关。邢台作家苗庭宽在他的文章《司母戊鼎的主人是古邢台的女儿》中谈到，远古时期，黄河流经邢台古地时形成九泽之一的大陆泽，从黄河中游迁徙来的姜姓后裔，在大陆泽西岸临水而居，他们使用祖先们传授下来的技术，掘地为井解决了生活用水和农业用水，建立了邢地的生活乐园，逐渐形成一个庞大的氏族部落。人们把掘地为井的氏族及地区叫做井地，生活在这里的氏族叫做井族。古邢台有个女孩叫妇井，是商王武丁的夫人，地位相当于皇后。她就是赫赫有名的司母戊鼎的主人。妇井生前的称呼，离不开"井"字。因为她来自井地，也就是现在的邢台市。

乡民眼中，井是高贵的，任何一件和井有关的事情都庄严而隆重。太子井地处太行山脉东侧的低山区，土地瘠薄，十年九旱，水源奇缺，是邢台县有名的干旱区。所以，人们对井有一种特别的崇拜。打井、淘井都是生活中的大事，需要刻碑记之。在村中就有一口废弃的老井，附近竖着两块石碑，字迹虽然斑驳模糊，还能依稀辨认出它们的年代：一为明代，一为民国。

太子井，弘扬着文明儒雅的情怀和尚武健身的风气。在散落的现代民居中，还完整保留着两个老巷子，分别是吕家巷和孟家巷，吕孟两大姓氏都出过能人。清光绪年间，太子井村孟玉琳考中进士，同村的读书人孟祥春为表祝贺，特意刻了块"进士第"匾，赠送给孟玉琳，挂上他家的门楣。而在吕家泛黄的祖案上，载有武举人吕益谦的名字。各个门楼上的吉祥语显示着文脉的传承，杂草间那块重达300斤的练武用的石头，见证着吕益谦锻炼健身的汗水。

那些传统民居，多为清代或民国所建，方正长条石的墙体，上有少量青砖，或平房，或二层小楼，屋顶有石瓦口，墙角有锁墙石，院落气度不凡，颇为讲究。门楼高大气派，檐下门板饰有虫鱼鸟兽，花卉草木。墀头砖雕更是精美，有原色，也有彩绘。万字纹，五凳腿，砖雕门户，簪花牡丹，莲（连）年有余，菊（居）家平安。民间的智慧，把中国的含蓄、内敛、唯美，太多的美好向往融入其中。每一笔刻字，都有其独一无二的寓意。时而会心，继而会意，无论你怎样看过第一眼，也一定要看第二眼才能读懂。老旧的皱纹，在我眼里倾国倾城。老，是一个让人心疼的词语，在大自然中栉风沐雨，却又如此庄严。

那些墀头上的文字，流露出太子井人的浩然正气和精神追求。乐生于智，功崇惟志，勤惟广业，千祥云集，五福临门，日享君子，吉人天相，耕读传家……这些吉祥语，显示着文脉的敦厚绵长。就这样恍惚柳绿，就这样悠然花开，似乎每一次轮回，都重叠着旧日的足迹，喜怒哀乐的故事都从这里讲起。已经远去的追念，如开启的密码，一下子发酵，涌出万般滋味。

一文一武，让村庄有了温度。

井的前身是一眼泉,临水而居,搭房建屋,成立家庭。男人用水浇地,女人做饭洗衣,一手淘洗光阴,一手拥抱生命,从此一代一代的人便在这往复无声的岁月中,繁衍生息。村庄和井一样,开始血脉相承。井是村庄的芳邻,无形中,成了一个与生活密切相关的字眼。

我们怀着朝圣般的心情而来,当然要寻访一下传说中的赵襄子井了。在村民的指引下,我们来到西太子井村东侧,在河滩中拨草而行,在一处高地上,终于找到了传说中的太子井,静静地守望在核桃树和花椒树之间。青石井台,条石井帮,井口对着遥远的天空,不知它深邃的心底,是否还有泉水的涌动,以及水花的奔腾。一千多年来,它一直做为村中的水源。1963年上游发洪水,将水井淤没。后来村民又把太子井清理出来。站在古井前,仿佛聆听到赵国的慷慨悲吟。

其实,村庄最终是活在文化里,活在人的情感里。

夏天走进太子井,我的心里,已然盛开了一朵玫瑰。

绿水池上

绿草的绿，池塘的池，中间再加个水字，就有了水波荡漾之感。想象中的绿水池，泉水清澈，照得见人的影子，也照得见天上飞鸟的影子。

绿水池村位于河北省沙河市柴关乡，三面环山，一面傍水，风景秀丽，建村于明代永乐年间，被评为中国历史文化名村。在县城里待久了，就想去这个古村落走一走，看一看，与素色的自己不期而遇。

出邢台，走高速，来到绿水池村时，已是下午四点左右的光景。晚来风凉，山间已升起淡淡的雾岚。公路上晒着两堆金黄的玉米，公路下是一条干河，到处都是大大小小的鹅卵石和丛生的杂草。几只黑色的小毛驴正在吃草，甩着尾巴甚是逍遥。不知何处，传来一只野鸟的嚎叫。我被封印在一种不被打扰的宁静里，如一只倦飞的蝶，暗享着节气带给我的微冷。

对于这个古村的丈量，就从村口的一座明代阁楼开始。阁楼是村庄的大门，底部的券洞，是村民进出的要道。风从那些方正的石块上吹过，留下岁月深深浅浅的印记。阁楼左边是一座清代古戏楼，右边是一座全神庙。脚手架上，几个工人正在对古戏楼进行修缮。想当年，这里一定是全村最热闹的所在，见证一代又一代人的冷暖悲欢。

在村中随意走，像是穿越在清末和民国时期的一个风情小镇。大大小小的老房子纠缠在一起，像是一面青山上贴了灰尘仆仆的老画。褚红色的长条形石块垒成墙，屋顶或用红石板铺罩，或起脊扣瓦，层层叠叠，能感受到旧日时光的氤氲。有的屋顶坍塌了，有的还保持着较好的样子。

街头巷尾，随处可见农耕社会的遗存。一个大石头上有两个舂臼，积满了雨水和落叶。很久以前，一定有一个漂亮的少妇，在这里挽着袖子舂米。墙上靠着两扇磨盘，经历风经历雨。老井一定是四四方方，条石砌成，井水深邃如三秋眸子，四面井壁覆满水藻青苔，是村庄深情的眼睛。牛槽放在地上，铺一块石板就成了板凳。它们曾经构建过人们的生活，只是时间拆卸了它们，成为一种遗落。

院门多是紧闭的，在外边看看那些门楼也是好的。出檐处和门罩顶部镶有精致的砖雕，有兽如龙，花开如莲。门楼隔板多绘有松、竹、梅、鹿、仙鹤、狮子、祥云、葫芦等象征美好、寓意吉祥的图案，中间写一个大大的"寿"字或"福"字。挂落雕刻精美，有老鼠吃葡萄，有小猴子爬山，寓意多子多孙和代代封侯之意。蓝是那种暗色的蓝，黄是那种斑驳的黄，低调而不张扬。

曲曲折折，似乎没有一条巷子是直的。一条小巷走到尽头，又有一条小巷从另一方拐出。这边的小巷刚刚转完，抬头看，又到了另一条小巷的入口。山的尖顶在巷口上若隐若现，总有种柳暗花明之感。我们与一只小狗相遇，对视片刻，然后各自礼让地走开。有的小巷堆满木柴，有的小巷长着老倭瓜，瓜蔓攀上花椒树，也很好看。穿过一个月亮门，一排并列两家，房屋高大，气势不凡。夕阳沿着瓦檐倾斜下来，把拴马桩染成淡淡的玫瑰色。走在平整的石板路上，有囊囊的跫音。一点闲逸，一点枯瘦，似乎遍地都是清凉的月光。

一个姓王的老者主动给我们当向导，带着我们在村里徜徉。在绿水池，像这样热心的人是很多的。我们向王柱家走去，需要登上一个高高的山坡。石径上开满了送闺女花，这是一种很乡野的花。绿蓬蓬的叶，紫艳艳的花。花开得很肆意，几乎把石径完全淹没了。我坐下来嗅着花香，一枚果子"扑啦啦"打在身上，竟浑然不觉。黄四娘家花满蹊，在花香中寻找消失的乡音，此地古为佛国，满街都是圣人。

王柱家的院子值得一看，外边的门楼比较简陋，第二道门楼极为考究。当我走进这所院子的时候，瞬间被满院子的花震撼了。一串红，红得那么艳。鸡冠花，像毛茸茸的毯。不是长在花盆里，而是在院子里随处长。它们和一个小方凳，两个水瓮，一个铝盆，一个铜瓢，一个瓷碗，相处得极为融洽。女主人正从木梯上下来，她可能刚去屋顶上晾晒大豆。正房是齐齐整整的二层石楼，配房是平房，厨房里，铁锅下，火苗冒得正欢。生命最好的活法，就是顺其自然。

百度上说，绿水池村是有一池绿水的，活生生一条龙的样子，龙头、龙身、龙爪、龙尾形貌逼真，因龙池山水碧绿，该村便称之为"绿水池村"。我们向山民打听绿水池的所在，竟然就在我们刚进村时见到的那条干河内。因为近年来泥沙淤积，绿水池已经成为一个传说。虽然有点小小的遗憾，但并没有影响我们此行的心情。远离喧闹，是何等的惬意与安闲。

一位科幻作家说过，家园已在身后，世界尽在眼前。有一道门轻轻推开，门里门外，都是风景。从此以后，绿水池，会时时在我的梦中出现。

坚硬的于家

去于家村，完全是听从内心的召唤。因为那里，不仅保留着本真的山村气象，还和明代政治家、民族英雄于谦有关。

巍巍群山，连绵千里。太行八陉，井陉占其一。在井陉县微水镇西南部的群山小盆地中，藏着一个小小的石头村——于家村，是于谦后裔繁衍生息之地。景泰八年，夺门之变，再度上位的朱祁镇冤杀功臣于谦，于谦之子率家人避难南峪村。明成化年间，于谦长孙于有道迫于生计，又和三弟率族人迁居于家村。那时的于家村，一片荒凉，于有道和家人与木石居，与鹿逐游，开山凿石，垒房盖屋，炊饮餐具全部用石头打凿而成，以顽强的精神，艰苦创业，历五百年风风雨雨，才有了今天这个以宗族血脉为纽带，聚族而居的中国历史文化名村。

从邢台出发，一路高速，穿过七月的晨风抵达于家村时，于家村的天空明净如洗。一座古朴的石牌坊，道出了于家村娓娓动听的故事。火炬树上结出红红的核果，老倭瓜的青蔓爬上石墙，开出几朵灿烂的黄花。蜀葵开败了，苹果压弯了枝，空气中弥漫着花椒成熟的香气。一个老太太在小巷中慢慢走,拄着拐杖,弯着腰,白发飘着,影子拉得很长。两个小姑娘带着一条小白狗,从我们身边经过,投来好奇的目光。一个青年男子站在木梯上,正在维修墙头。我们向几个老汉询问于家村的情况,他们操着一口硬如山石的井陉话热情回答。我惊诧于这里的静,不是人烟稀少,而是一种可以触摸到的远古气息,可以感受到的岁月长河。侧耳倾听,似乎能听到明代的鸟鸣,清代的叫卖。

太行山的古村落很多,石头房子也很多,比如沙河的王硇,邢台的英谈,内丘的黄岔,武安的白府,但如于家村这样处处皆石的比较少见。石街石道,石楼石阁,石房石院,石桌石凳,石磨石碾,石缸石盖,石锤石板,石桥石梯,石槽石窖井,还有墙上的拴马桩,街边的上马石,屋顶的滴水瓦,都在讲述着关于石头的传说。在这里,石头是天,石头是地,石头是生活,石头是人生。于家村人的秉性里,融入了石头的血脉;于家村人的骨头里,揉进了石头的风骨。

东西为街,南北为巷,不通的称为胡同。于家村共有六街七巷十八胡同,纵横交错、结解曲伸。那些小巷的名字很好听,擦石巷、大碾巷、东头巷、永固巷、狮子巷、张飞巷、上碾巷等,让人生出许多的想象。狮子巷,莫非巷子里蹲着一个威武的石狮?张飞巷,可能住过一个类似张飞的猛人?小巷地势时高时低,空间时宽时窄,整洁而优雅,宁静而寂寥,就像美术系学生笔下的素描,有黑白照片的年代美感。

小巷不是用平整的石板铺就,脚下全是大小不一,形状各异的乱石。或圆脸、或方额、或尖颌,挤在一起,做了路的一部分。经过几百年岁月淘洗,这些青石变成了黑色,活像一只只活字印刷的字幕,在万千脚板的打磨下,抹去了字痕,有了油亮的光泽。玉一样晶莹,镜子一样闪亮。它们化身成魅,专心专意地等着人们的到来。说实话,这样的石子路有点硌脚。走的时间长了,这种感觉就越发强烈。但我喜欢走一走这样的石子路,硌脚的路有个性,真实,坦诚,永远让人保持清醒。

小巷的两边全是石头房子，墙体用方整的青石垒砌而成。我喜欢背靠石墙拍照，也喜欢与一堵墙对视。墙静默不语，但这种无言又似乎包含了所有的表达。只要你愿意，可以铺陈有关时光的一切追忆和想象。墙是站立起来的大地，或者，是大地向上伸展的肩膀。白天亮一亮，晚上又暗一暗，消磨着山中日月，如北方的汉子，带着血气与强悍，守护着家园，高傲，苍凉。

于家村的标志性建筑是村东口的清凉阁，建于明万历九年，共三层。底下两层是全石结构，第三层是砖木结构。第一层是券洞，可通行。第二层和第三层是庙宇，有三皇庙、三义堂、阎王殿和玉皇庙。斗拱重檐，五脊六兽，形状类似北京的前门箭楼，有朴拙粗糙之美。夏日里，无论是在券洞里乘凉，还是登阁远望，都感到一片清凉。清凉阁的奇特之处，是直接建在一块大石上，没有根基，不用辅料，几百年风吹雨打，依然稳如磐石。透过不远处的石皋回看清凉阁，清凉阁美在画中。

于家村不大，庙很多，每座庙供奉不同的神灵，建筑风格也不一样。村中心的真武庙建于明嘉靖四十五年，是该村建设最早，台阶最高，竖碑最多的庙宇。庙门较窄，台阶多达14级。墙半腰不知何时落下的草籽，已葳蕤成一丛青色。紧邻的全神庙没有院子，用板搭做门，荆条做柱。村南门的观音阁上砖下石，筒瓦重檐，庙不大而蹊跷，洞不阔而古奥，小巧玲珑，别具一格。有庙的地方就有庙会，有歌楼，有水井，春种秋收，崇拜自然，劳作之余觅得娱乐和精神慰藉，张弛有度，这是于家村人的生活之道。

于家村的民居分两种，一种是明清时建的瓦房，青石墙，灰瓦顶；另一种是石券窑洞，无梁无柱，左拱右券，冬暖夏凉。葡萄园、石榴院、贡财院，随便找个人家住下来，就能细细体会于家村的好。走进双门四合院，迎面是一堵影壁墙，绿竹摇曳，有江南风韵。影壁两侧各有一小小圆券门，不远处向街边还开有一个侧门。走进圆券门，你以为是小门小户，却不想别有洞天，美到不可方物。庭院干干净净，木架上瓜叶叠叠，月季在墙边盛开，弯曲的石榴树有梅的风姿。女主人在厨房做饭，男主人刚从外边回来，和我们友好地搭讪着。庭院充满生机和温馨，就像记忆中家的样子。清气硬朗地过着烟火日子，很美，很隆重。

一座坚硬的山村，也会做出一些柔软的保留。我注意到家家户户的大门上，都有一副耐人寻味的楹联，与青石黑瓦，鹅卵石小路，木格窗棂相得益彰。我一一走过，一一默念，谁家与谁家的楹联也不同。"修身如执玉，种德胜遗金""梅兰竹菊能养性，琴棋书画可陶情""无事此静坐，有福方读书"等，反映了主人的品行追求，人生修养，治家之道和人生期盼，折射出传统文化在于家村的深刻影响。在三修茶馆，静心品一杯菊花茶，看乌黑的梁檩间那盏白亮亮的竹编灯罩，就感觉心安方是福。石头瓶中插一朵棉花，或一束小麦，闲来赏一赏院中的竹人参，桃源不是地理意义上的，是藏在你心，由你构建。

其实，来于家村，我最想参观的是于氏宗祠和于谦纪念馆，因为内部整修的缘故，这两处的大门都是紧闭的。于氏宗祠是一个保存完好的四合院，透过门缝向内瞧，能看到正房祠堂悬挂的"僾见忾闻"金字匾额，里面供奉的应该是该村先祖于有道。也许，泛黄的家谱像大树一样，记录着一个又一个于氏子孙生命中的大小事件，记录着一个家族散逸的生活史。于谦纪念馆主要展示于谦的丰功伟绩，一把锈锁把探求的欲望推进到时间的深处。

于谦，浙江钱塘人，少而读书，以文天祥为偶像，以石头为志，一首《石灰吟》流传至今："千锤万凿出深山，烈火焚烧若等闲。粉身碎骨浑不怕，要留清白在人间。"于谦的一生正是清白石灰的写照，清廉、正直、无畏，以羸弱之躯承担天下兴亡，于谦的骨头是最硬的。

正统十四年，瓦剌的也先率军大举进犯边疆，年仅二十三岁的皇帝朱祁镇在太监王振的蛊惑下，御驾亲征，在土木堡遭遇惨败。二十万大军崩溃，五十余位大臣战死，皇帝被俘，人心惶惶，北京城危在旦夕，大明王朝陷入绝境。此时，兵部侍郎于谦挺身而出，挽狂澜于既倒，扶大厦于将倾。

北京保卫战是于谦生命中辉煌的顶点，调各地预备役和后勤部队入京，解决粮食问题，拥立新皇，安抚人心，做好迎战的一切准备。也先突破紫荆关威胁京师，大军压境，气势汹汹，于谦率仅存的十万余残弱兵士守城，情况太不乐观。于谦派诸将出城迎敌，关闭城门，背水一战，他自己亲守德胜门，击毙也先的兄弟，众志成城，最终北京保卫战完胜。这是一个关于勇气和决心的故事，是一个在绝境下始终坚持信念的传奇。每逢读到这段历史，都让人热血沸腾，心潮澎湃。

信念，永远不屈的信念，是世界上最可怕的力量。于谦的温度感染着后人，没有虚妄的口号呐喊，而是踏踏实实、默默无闻地干事，用一石又一石筑起民族的脊梁。

血性长存。清凉阁的修建据说是于谦的第七世孙于春喜独自一人花了十六年时间修建的。那些巨石大得惊人，有的重达万斤，在那个没有机械的年代，在六千多个日日夜夜里，不知道于春喜单凭一人之力，肩扛手搬如何完成？如今，清凉阁前的石板路上，还留下于春喜受伤后的斑斑血迹。是什么力量支撑着他一个人的孤独劳作？是作为于谦后人的责任感？还是深藏在于氏家族内心像石头一样坚硬的不甘？

坚忍不拔、初心不忘，用石头书写的历史，会永远散发着光芒。能在石头里生活的人，才是于家村人。只有骨头硬如石头的人，才配是英雄的后人。这种精神，如绵绵不绝的黄河之水，已经深深融于炎黄子孙的血脉。

倾听大地的私语，把自己临摹成一块于家村的石头吧。

第二辑　笊篱：有情有义的度量衡

　　淡白微黄的柳条笊篱，终日沉默不语，注视着人间的悲欣交集。这旧时的器物，安静地待在自己的时光里，和当前的时代显出几分疏离。沿着笊篱的来路追寻，我弄清了这把笊篱背后的深意。它已经走出了烟熏火燎的炊事，以一颗古朴之心，站在风霜的路口。我嗅到一股浑厚清洁的气息，这是民间的气息，也是古老中国的气息。面对一把沉默的笊篱，我无法保持沉默。一把有爱的笊篱，让我们饱暖终生。

一把笊篱在等你

在老家逼仄的厨房里,烟呛火熏的南墙上,挂着一把淡白微黄的柳条笊篱。

笊篱挂在一枚小小的铁钉上,终日沉默不语,注视着人间的悲欣交集。材质是普通的柳条,把儿和圆形凹盘唇齿相依。整体的感觉,既像邻居二大娘脑后翘起的小辫,又像天上闪烁的北斗七星。凹盘直径约有碟子大小,柳条稍细;把儿约有一尺来长,小擀面杖粗细,柳条稍粗。飞尘沾染着时光的印记,改变了笊篱最初的本色。这旧时的器物,安静地待在自己的时光里,和当前的时代显出几分疏离。

其实,我家还有两把笊篱,一把是铁丝笊篱,父亲买的。一把是不锈钢笊篱,我买的。这两把笊篱和柳条笊篱相比,美观、精致、轻便,漏水效果也好。它们以高贵的姿态,把柳条笊篱的平庸和丑陋彰显无遗。但我暗暗观察过,母亲特别偏爱柳条笊篱,这让另两把笊篱备受冷落和打击。

笊篱是厨房做饭烧菜使用的辅助炊具,同铲子、勺子、炊帚一样,系家庭主妇的重要帮手。无论做饭或烧菜，都要使用笊篱来捞取水中之物。如果仅仅从"使用"这个层面考虑，母亲不应该厚此薄彼。沿着笊篱的来路追寻，我弄清了这把笊篱背后的深意。它出自姥爷那双结满硬茧的大手，是一位即将离世的老人留给子女最后的心意。

姥爷85岁了，驼着背，弯着腰，每天扛把锄头，或背个筐子，在小院里出出进进。该种田就种田，该下地就下地。我们都相信姥爷会一直健康地活着，长命百岁。一场大病，突然击垮了姥爷的身体，手术已不可能，只能输点营养液来保守治疗。大家众口一词地撒谎，安慰姥爷说他得的只是胃炎，很快就会好起来。姥爷每天输液，吃药，又每天咳嗽，呕吐，一天天消瘦下去，让人暗自悲戚。在最后的日子里，姥爷不怎么说话，每天只盯着墙壁出神。也许，睿智的姥爷已经明白了自己病情的真相。

那年夏天，风景还是一样的美。村里村外，满眼都是深深浅浅的绿。河滩上的杨柳长发披垂，在风中——飘举。姥爷让大舅帮他弄来一大捆柳条，他要给每个子女都编一把笊篱。

姥爷编柳条笊篱的手艺在全村首屈一指，他没有拜过师，完全是自学成才。村里的瘸子也会编，金山叔也会编，但他们编笊篱图省事，所用的柳条是丛生的，直径粗，还硬。姥爷编笊篱一定是选乔木柳树的枝条，绵软，有骨肉，编出的笊篱结实美观。不管做什么事，都要全力以赴，这是姥爷处世的原则。

虽然生病后没多少力气，但姥爷的动作还是那么娴熟，完全是得心应手的感觉。剥皮，晾干，洇湿，横竖相宜，插折有度。柄讲究的是结实，眼讲究的是密集。那几天，小院因为姥爷的忙碌，再次焕发了短暂的生机。一丛竹子在风中摇曳，石榴花在北墙根下红得好看。

编笊篱是一种传统的民间工艺，对一个农人来说，这是一种本分的学习。姥爷的身边放着手镰、木锤、钳子、改锥、粘绳等工具。手镰用

041

于切削柳条，木锤用于砸柳条，使其变柔软，以便拧劲。钳子、改锥用于插抽手不便操作的柳条。粘绳，用于束实笊篱把，以便用经条捆扎。柳条嫩嫩的，白里泛青，光滑、干净，散发出一种淡淡的清香味。姥爷选出粗细长短都差不多的69根条来，气定神闲地编起了笊篱。

他先取两组经条，每组四到八根，根部相对交叉，重合三五公分后，隔一出一摆平，一组在上，一组在下，十字交叉摆放。然后，取一根纬条，围绕交叉成十字经条转圈儿编织三两圈儿，待底盘固定，再将经条全部分开，一根为一组，均匀散开成辐射伞状，并将所有经条外端垫起五六公分，让中心凹进，继续围绕编织。编织三五圈儿后，将预作把儿的经条两侧，插入两根稍粗经条，再将两根较粗条子，根部削尖插入底盘中心外侧，托承底盘儿继续编织。此时，笊篱把儿的条子已达五根，凹盘儿也达到理想的直径，就要收沿儿。姥爷随意找了一根径条，将其从根部折弯顺时针方向，由外往里插入右侧第二根与第三根缝隙中，再将第二根经条折弯插入第三根与第四根缝隙，以下类推，收完为止。收好沿儿，再做好笊篱把儿，一个笊篱就编织完毕。

笊篱与人们的生活紧密相连，且多与"吃"相关。过去，用石臼舂米，用碾子推米，均需把高粱、玉米等带皮的粮食用水浸泡，用笊篱捞出沥去水分；豆类磨浆，先把豆浸泡，揉搓后用笊篱打去浮皮。后来，笊篱多在人们改善生活，做好饭的时候用。蒸米饭要把米煮至七八成熟，用笊篱捞出放平屉上蒸；煮饺子、炸鸡头等也是用笊篱捞出。逢年过节，祭祀祖先和天地，红白大事，过生日生孩子，都需要一把笊篱帮忙。打捞食物的微光，让人们的脸上神采奕奕。

姥爷是个另类，他编的笊篱自家一年也用不了两回。舅舅和姨们都已分家别过，他一个人守在这个院子里，下田耕地，喂猪喂鸡，每天都是粗劣的饭食，馒头、米汤、凉菜而已。改善生活，对他来说是奢侈，连想也不会想一下。姥姥去世后，他一个人拉扯着六个孩子，在漫长的等待中，只做着相同的一件事，活着。生活拮据的姥爷，通过编织笊篱谋取蝇头小利，用以维持生计。

姥爷家贫，从来没有给予子女物质上多少东西，唯一拥有的就是这门手艺。因此，他要给他的儿女，每人留下一把笊篱。为了这个卑微的目标，他要做好充足的准备。时光寂寂，姥爷坐在小板凳上编制笊篱，斑驳的树影投射在他的身上，看不出他的表情，有多么悲，或者多么喜。一把笊篱即将在他的手上成型，地下洒落着嫩绿的柳皮。一只小鸟飞过来，向姥爷表达最高的敬意。

姥爷走后，母亲哭了很久，后来，她终于平复了情绪，日子还要照常过下去。她把笊篱挂起来，也把思念挂了起来。一天天，风来雨去，她对笊篱的深情厚谊也越来越让人琢磨不定。

我和老公在外上班，平时回乡下的机会并不多。母亲和父亲各自忙自己的事，一个给村里打扫卫生，一个耕田种地。麦收之时，两人通力合作，把收割的麦子拉回家，晾晒归仓，又在地里种下了玉米。一个苍茫的黄昏，当我们回家的时候，两个人满脸尘土，衣服上一片一片都是乌黑。

母亲虽然疲惫，但仍然是高兴的。她张罗着要为我包饺子，因为今天是我的生日。

父亲从菜园里摘了一把韭菜，母亲仔细地择菜，去掉干叶老叶，认真地在水龙头下洗了几遍，在案板上切成碎碎的菜末。再从鸡窝拿几个笨鸡蛋，炒一盘金黄的蛋羹。然后，调菜，和面，包饺子。当锅内的水花翻腾，母亲利落地把饺子下到锅内，又不动声色地拿起那把笊篱，在锅内旋转，按压，打捞，一把笊篱在铁锅里游刃有余。

吃着饺子，我泪眼婆娑。母亲的笊篱延续了姥爷的嘱托，把对家的责任，对女儿的爱含蓄地表达出来。等我们吃完饭，拉完了家常，心满意足地回城的时候，母亲又把笊篱挂在南墙上，等着下一次再用。从此，笊篱喜欢向远处眺望，并且学着母亲的样子，以手加额，温和地喊着我们的乳名。

母亲读书不多，她也许不知道，在古代，旅店里常有在大门外挂一把柳条笊篱的风俗，取"不漏掉"和"留人"之意。这时候的笊篱已经走出了烟熏火燎的炊事，以一颗古朴之心，站在风霜的路口。

一把有爱的笊篱，让我们饱暖终生。

无论走出村庄多远，别忘了，还有一把笊篱在等你。

有关麦子的章节

　　顺着一棵麦子的方向，很容易触摸到儿时的故乡。
　　芒种的风一烧起来，辛苦的割麦就要来了。
　　空气中弥漫着成熟的气息，麦子站得整整齐齐。它们一会交头接耳，一会沉默不语。每棵麦子都有自己的理想，从而陶醉在即将到来的美好前程里。庄重肃立，与大地对峙。
　　麦子一黄，农人的心就吊在半空里。俗话说"春争日，夏争时"，成熟的麦子必须抢打抢收，老人孩子全民参与。否则，风雨一来，麦子倒伏，就容易减产。露珠未消的晨色中，村庄里响起油石上"霍霍"的磨镰声，此起彼伏。一把锋利的镰，带着我们与麦子展开一场损耗与杀戮。
　　大地辽阔，麦田金黄，一派欣欣向荣的景象。丰收的喜悦，在父亲的心头荡漾。种麦子时一耧三垄，父亲先挑垄，率先把这一耧麦子割倒。我们紧随其后，再把割下的麦子放在他的麦捆上。割麦子要拉开架势，弯腰屈腿，左手拢麦子，让麦子倒向大腿根处。右手操镰刀，照准麦根部一刀下去，齐着地面，麦秸齐刷刷倒下，正好被腿挡住，顺势往大腿根和腋窝处一夹，往地上一放，再继续往前挪步割。整个过程流畅自然，一气呵成。

一把一把的麦子倒伏在麦田里。大家谁也不说话，使尽力气和麦子较劲。从地头这边到那边，不停往返。热气蒸腾，太阳毒辣，干燥的风，能把人的心吹裂。衣服贴在背上，汗珠落进泥土。甩一甩头，尽量避免汗水流进眼睛里。穿着长袖上衣太热，穿着短袖吧，麦芒又无情地扎在皮肤上，灼热、奇痒、刺痛。望着无边无际的麦田，心中的沮丧在疲惫中一次次得到强化和挣扎。

父亲割麦很有技巧，速度快，麦茬低，掉穗少，而我却恰恰相反。但父亲并不苛责，看着我撅起的小嘴，还要想办法哄我开心。休息的时候，给我搓一把青麦，或者递一个苹果。短暂的休息后，是继续割麦，直到中午，再装车回家。

割下的麦子要先打腰，再装车。打腰可是技术活，要选长得高的麦子来打腰，这样才能捆得多。两把麦子头对头，在麦脖处扭两圈，放在脚底下踩结实，再把割好的麦子放上去压住、捆好。腰不能打松，捆的时候一用劲开了，还得重新打。我抱麦，父亲打腰，母亲则在麦田里捡麦穗。每一粒麦子，都凝聚着太多的汗水，母亲绝不允许它们遗失在外。对一个农人来说，庄稼就是他的命，而收成关乎一家老小的未来。

一架排子车停在地头，我们在太阳下做最后的劳作。装车时，麦子先顺着车厢方向装平，再横着车厢方向两边探出车外。麦子不能对半分，而要你中有我，我中有你，一层一层码高。父亲站在车上踩，我们抱着麦捆递给他，看他排兵布阵，最后用大绳前后扎紧。我已经用完所有的力气，脚步踉跄，几次差点被麦茬绊倒。一大车麦子，挡住了父亲单薄的背影。我和母亲在后边用力推车，上坡时，感觉整个肺都被挤出来。

几天密集的收割，终于割完一块地，可以打一场麦了。麦子被薄薄地摊在打麦场上，均匀地在太阳底下暴晒。麦子需要这样的阳光，将最后的水分榨干。晒得越好，碾压得越干净。为了尽早晒好麦子，需要一遍一遍地翻场。一把木叉，把下边的麦子翻上来，把厚的地方摊均匀。大中午，寂静的打麦场上，只有翻麦人寂寞的身影，就像大地上几枚小小的石子。

晚上做梦，我在无边的麦田里奋力奔跑，可无论怎么跑，也跑不出麦田。我着急地大喊大叫，醒来出了一身的汗。半夜睡不着，浑身酸疼，皮肤刺痒。我对着窗外长时间发呆，这个季节，城市的孩子在干什么呢？一定不用割麦子，这是肯定的。去风景区郊游？在电扇下看书？还是在和小伙伴做游戏呢？

打麦的方式随着时代不断变化，先是牛拉石碾磙，后是拖拉机，小脱粒机，最后才有了今天的联合收割机。农耕时代，牛拉石碾磙的打麦最具有古朴的诗意。一个老头，头戴一顶破草帽，肩上搭一条毛巾。一手牵着长长的牛缰绳，一手拿着鞭子，人站在麦场中心，指挥老牛以自己为圆点围着打麦场一圈一圈转。碾磙"吱扭吱扭"地响着，老婆婆不停地用木叉挑动麦秸秆，让麦粒全部落到底部。压好了，再用叉子和耙起场。最有趣的，是老牛拉屎的时候，老婆婆必定眼疾手快，端着铁锨伺候着，然后把一坨牛屎远远地扔到麦场外。

开拖拉机碾场的往往是年轻的小伙子，黝黑的脸上淌着汗，头发在风中飘扬，无意中收获着人们赞美的目光。用小脱粒机打麦子需要人多，必须几家人通力合作，打完这家接着打那家的麦子。两个有力气的男人站在机器最前端，以最快的速度把麦子塞入进麦口。后边几个人忙不迭地抱送麦子，还要有人在出麦口扫麦秸，几个女人张开口袋装麦子。几家的活集中在一起干，汗水与快乐一起飞扬。这时候，人是最狼狈的，脸上是黑的灰，鼻子里、嘴巴里，都是黑黑的粘痰，怎么咳也咳不干净。人也累到虚脱，想一头栽在麦秸上，再也不起来。

但我必须坚持，再坚持，穷人家的孩子，要活得像一棵麦子。

前两种方式的打麦，都需要扬场。一个真正的农人，他的扬场技术需要多年实践经验的总结。首先要有一场好风，木锨高高扬起，把麦粒迎风抛到空中，那美妙的抛物线和力度，让麦糠随风而去，让饱满的麦粒各就各位。起起落落之间，像厘清一些生活中琐碎的细节。一个人扬，另一个人用扫帚扫去麦粒上的麦糠、秕子、短的麦秆等杂物。那时候，我的叔叔在邻村当民办老师，扬场却会左右开弓。在我童稚的目光中，叔叔的扬场就是一场完美的艺术表演。一锨麦粒像一场雨，慢慢地，地上隆起一道麦子的山岭。

每次打麦，都是一个家庭的大事。父母收拾了木叉、刮耙、扫帚、木锨，套上牛车赶往打麦场。每次父亲总会嘱咐母亲，多拿点口袋。虽然口袋拿得多，未必都用得上，但一定要讨个好口彩。帮着大人张口袋，一股土腥味扑面而来。装好的麦袋就像一个个浑圆的树桩，一溜儿排在卖场上。小孩子无忧无虑地坐在口袋上，躺在麦堆上，自由自在。打好的麦子，就是土地的馈赠，就是丰收的年景，就是殷实的日子。

太阳刚落山，西天还有一片灿烂的晚霞。傍晚的打麦场迎来了一天中最惬意的时光。还没有打麦子的人家会派人搬着行李到打麦场上过夜、看场。老爷爷坐在碾磙上说着收成和庄稼，小孩子举着扫帚追蜻蜓。高高的麦秸垛，压得瓷实而漂亮。在上边打滚，摔跤，就是我们天然的蹦蹦床。

月亮升起来，星星也很明亮。打麦场的边角地带长出青青的麦芽，远望青葱一片。叔叔给我讲外边的故事，还在我的手腕上画了一个手表，他的话总显得那么语重心长："芳，好好读书吧，只有读书才能改变命运，才不用一辈子种粮。"

的确，麦收时节，就是从白天到黑夜不停地劳作，用劳动焐热那个苍白的年代。而我作为一个女孩子，本就没啥力气，再加上身板瘦弱，农村超负荷的重体力劳动是我吃不消的。于是，我更加珍惜在学校学习的时光，拼命苦读，最终考上了师范，扎根县城，当了一名老师。

不经意间，日子老了，老了的日子素面朝天。

如今，麦子成熟了，而我已不在乡村。金色的麦田高贵而浪漫，耕耘里有着太厚重的底色，让人心存敬畏。年轻有力的父母已经衰老，把麦子一小袋一小袋分装，扛到肩头，身体还不停地来回摇晃。望着他们佝偻的背影，我才明白，没有父母、土地和粮食，就没有自己安然读书的那些春秋。没有走出麦田的父母，用滚烫的泪汗和弯曲的脊梁，搭起了一座让我远离辛苦的桥梁。

台湾作家钟离和曾说："原乡人的血，只有回到原乡，他的血才能停止沸腾。"小时候，曾经对城里的生活满怀向往，现在却对小村的日子由衷感激，人就是这样奇怪和矛盾。唯有去过远方，才懂父母情长。唯有扎根泥土，才可饱满金黄。唯有不忘出身，才会活得敞亮。

粉条，有情有义的度量衡

在我家的阳台上，一盆绿意盎然的榆树旁，放着一袋粉条。

粉条码放整齐，但样子不太好看。和超市卖的粉条相比，颜色深了许多，一点也不晶莹透明。而且，粉条上偶尔还有白色凸起的小疙瘩。粉条干透了，用手轻轻一折，就脆脆地断为几截。在我眼里，这袋粉条是珍贵的，因为是纯正的手工红薯粉条，不掺杂一点食用胶，吃起来踏实而放心。

粉条自带烟火气，它的身上有村庄的影子。家家户户的厨房里，总少不了一把粉条。夏天里煮粉条凉拌，配点葱花蒜末，吃起来清爽滑溜。冬天里涮火锅，粉条和羊肉一起在清汤里翻滚腾挪。结婚生子办喜事，传统民俗是熬大锅菜。海带、冬瓜、猪肉、粉条妥妥地放在锅里，图的是个喜庆吉祥。逢年过节，粉条大白菜蒸包子，照样是鲜嫩可口。无论拿什么食材与粉条搭配，似乎都是合适的，都能构成一种独特的美食意境。可以说，粉条支撑着千家万户的生活。

我的家乡在冀南农村，丘陵山地，大片大片地种着红薯。秋天了，父亲赶着牛车，把胖嘟嘟、红艳艳的红薯拉回家。于是，墙角边，桌子下，地窖里，放的都是红薯。煮着吃，蒸着吃，烤着吃，煮熟晒干做成红薯干当零食吃。吃上一个冬天，红薯总也吃不完。吃不完的红薯漏成粉条，陪伴人们度过一个又一个单调枯燥的冬天。

村庄里会漏粉条的人很多，但说到此行的高手，大家公认的就是东贵叔。他做的粉条劲道，爽口，好吃。

东贵叔喜欢包白头巾，穿粗布黑棉袄。人高马大，走路一阵风，干活不惜体力。他家孩子多，生计艰难，全靠帮乡亲们漏粉条贴补家用。一到冬天，东贵叔家的院子里红薯堆成了山，人来人往，特别热闹。我和一群小伙伴，总爱在东贵叔的门前玩。一架架横杆上，挂满了粉条，如同少女披垂的长发，蔚为壮观。天气寒冷，粉条冻得笔直。拽一根塞进嘴里，冰凉刺牙，但很有嚼头。

漏粉是个力气活，也是个技术活，工序繁杂，往往从凌晨忙到天黑。东贵叔经验丰富，忙而不乱，像一位将军，指挥着老婆和孩子们，洗红薯，制红薯芡，吊芡包，和面，漏粉，抽粉，晒粉。一盆一盆和面，一瓢一瓢敲打，一锅一锅烧煮，一挂一挂盘捞，整个过程紧张有序，热闹和谐。辛勤的劳作，东贵叔从来不说一声累。他总是大声说笑着，有使不完的力气。

天还没有大亮，微凉的星光还未隐去，野风冷硬。东贵叔已经起床了，洗净的红薯在石碾上碾碎，再把红薯糊一瓢一瓢舀到很疏很懈的纱布兜里。一次最多舀四五瓢，多了摇晃不动。纱布的四个角用绳子打个坚实的结，吊在房顶的梁头上，形成一个大布兜。绳子上端的中间，有一个木制的转轴，可以上下前后左右任意转动。大家摇啊摇，胳膊摇晃得酸疼，也不能停止。布兜漏下来的就是红薯芡，放在大池子里沉淀好后，再把粉芡糊装在纱布兜里，空一会儿水滴，形成一个大粉芡疙瘩。拔上房顶晒到半干，弄碎成小颗粒，摊开再晒，晒干了，把小颗粒拍轧成面粉，装袋。这芡就算制好了。

东贵叔漏粉的场面非常热闹。院子里盘起大锅，玉米芯在灶间愉快地舔着锅底，很快烧好了开水。东贵叔将一只硕大厚重的陶瓷盆，搁在结实的方桌上，放进红薯芡和水，带着四个壮劳力，围着桌站好，用力和面。手伸到面中，似乎处子洁白的皮肤，细嫩光洁，柔软温暖。面不能太硬，也不能太软。硬了，条子漏不下来；软了，漏出的条子不劲道。水和芡的比例全凭东贵叔的经验。和面讲究手法，一会从里往外，一会从外往里，节奏和力度都要协调一致。等把面团挤成一面大鼓时，大家发一声喊，一起把面举起，再从指尖滑落到盆里。

作为经验丰富的掌瓢人，东贵叔一只脚蹬靠在灶台的木凳上，胳肘支在弓起的腿上，贴近锅台，端着葫芦瓢，揪下来一块和好的粉团，开始漏粉。漏粉的重要工具就是这个瓢，是用东贵叔种在墙角的葫芦做成的。葫芦劈半，挖上六个孔，方孔和圆孔决定漏出的粉条是圆粉还是宽粉，这要根据乡亲们的要求来决定。

东贵叔的动作很迷人，他有节奏地不停拍打手腕，漏瓢在他手里左右摇摆，一条条白色的线跳舞一样漏进开水，沉入锅底再浮出水面，经过开水定型成为粉条。大锅另一旁的东贵老婆用长筷子搅动锅内的粉条，不让它们相交、错叠。粉条捞出来，收到漏网中，先过一瓢冷水，再送进凉水盆冷处理。然后，东贵叔的大女儿弯着腰，左手挑起竹竿，右手摸进盆内，粉条在冷水中不断摆动直到松散，再将粉条梳理到竹竿上，挂到架子上控水。

如今，我的家乡早已不种红薯，年轻人都到城市打工去了，他们对土地的热情几乎消磨殆尽，种庄稼要多敷衍就多敷衍。为了省事，很多人就种点玉米了事。漏粉条也像其他农耕生活手艺一样，渐行渐远。

东贵叔老了，佝偻着背，白了头发。儿女们都已成家立业，他也完成了一个父亲的责任。没事的时候，就靠在墙角晒太阳。有时，他和别人提起当年漏粉条的往事，眼神里总有一种光芒在闪。

快过年了，大家都开始准备年货。炒花生，打香油，请神码，买新衣，一天到晚地忙。腊月初九，从外地来了一个卖粉条的老头，把摩托车停在村东头，指着两包袱粉条吆喝起来，说自己卖的是纯正的手工红薯粉条。有的人心急，买了一捆就走了。有的人还在质疑，你这粉条是真的吗？这年头假货太多……

放心吧，你看我这粉条颜色这么深，不是纯正的红薯粉条是什么？再说，我家两个儿子都是大学生，我不能干那缺德事欺骗大家。老头信誓旦旦，很多人相信了他的话，准备掏钱买粉条。

东贵叔也在人群中，冷不丁冒出一嗓子，我看你这粉条是假的。老头扭过头愤愤地说，你凭什么这么说？东贵叔掏出打火机，折了一根粉条烧起来，粉条不起泡，一会就成了黑色灰。东贵叔告诉大家鉴别粉条的方法，说真正的粉条会起泡，烧后是白色灰。老头黑了脸，骑着摩托车走了，临走怨毒地瞪了东贵叔一眼。

这是怎么说的？连吃都这么不安全？东贵叔下了决心，他要让乡亲们吃上放心的粉条。他不顾儿女的反对，开始了一个七十多岁老人的折腾。雇了几个人，从外村买来红薯，在院子里砌起大锅，又做回了他的将军。他指挥若定，谈笑风生，院子里热闹起来，门前的空地上，一架架的横杆上，又挂满了粉条。

我和我的胃一起走过许多未知的城市，在那里寻一盏灯火，在厨房开创一片天地。可是胃牵引着我，不论在何方，都会想念东贵叔的粉条，只通古巷温暖的水域。看着阳台上的粉条，会让人倏然想起，那些散落在故乡的脚印。目击远方，荒草杂生于野，风呼啸而过，别有一种回至生命本初的感觉。

粉条是一种有情有义的度量衡，度量的是心胸，凭借的是真诚。

父亲和他用过的锄

在尘封的角落里看到一把锄,一把父亲用过的锄。锄把上落满灰尘,结了蛛网。锄刃锈迹斑斑,看不清本来面目。藏身在一堆闲置的农具当中,没有人知道它经过多少战争的流离,季节的隘口。我嗅到一股浑厚清洁的气息,这是民间的气息,也是古老中国的气息。面对一把沉默的锄,我无法保持沉默。

锄是乡村最重要的农具之一,主要用来翻土、播种、除草等。根据形状和用途,又可分为板锄、薅锄和条锄。锄头造型简单,一块铁,一根木,外加一个楔子,就成了农具。这是铁与木头的朴素结盟,二者携手,在某一天就闯入农业深处。锄把的长短很有讲究,往往和主人的臂力强弱有关。锄的运用,符合朴素的杠杆原理。一旦被扛在肩上,就注定劳作一生。

乡村长大的孩子,对农具总是分得很清楚。长锄,是薅锄的一种,一根长长的锄把,像一条伸展的手臂。锄刃的形状像半个月亮,方向和锄把基本保持平行。它像一位风度翩翩的雅士,守望着乡村的渡口,专为水浇地里的玉米或者小麦除草而用。

父亲除草的样子，相当经典。那些草总是痴心妄想，和玉米争夺土壤和水分。父亲眼光犀利，看到一大团青草藏在玉米棵子下，就气不打一处来。他向掌心吐口唾沫，锄头准确前伸，落到草的根部。父亲用力后拉，草就极不情愿地离开了地面，而新土顺从地随着刃口起伏。父亲上前一步，目标又对准下一棵草。除下来一堆后，父亲会把那些草打理到一起，再远远地扔到田埂上。那些草生命力顽强，稍微有一点根须和土地相连，过几天就会起死回生，父亲决不允许这种事情发生。

太阳毒辣，父亲汗出如浆。汗水顺着脸颊流下来，湿透了衣裳，又落在玉米棵上。田野是寂静的，没有风响。远处有一个乡邻，也在低头除草。父亲很想和他打个招呼，打破这份孤独。后来，他打消了这个念头，继续低着头除草。泥土多好，给予我们食物和幸福。人为自己服役，也为天地服役。

自古田野多农人，也多诗人。锄作为一种意象的存在，在古典诗词中摇曳生辉。锄，可以是名词，代表农具。也可以是动词，表示铲除的动作。成语"锄强扶弱"就是铲除强暴，扶助弱者的意思，带有几分豪侠气。"锄禾日当午，汗滴禾下土"，"锄禾"，就是薅草，这是薅锄的使命，也是农人艰辛的象征。在辛弃疾笔下，"大儿锄豆溪东，中儿正织鸡笼"则是一派趣味盎然的家居图。范成大的《四时田园杂兴（其一）》中，"昼出耘田夜绩麻，村庄儿女各当家"，白天锄草夜间搓捻细麻，农家男女没有片刻闲暇。忙碌的农家男女是不会理解陶渊明的小浪漫的，"晨兴理荒秽，带月荷锄归"毕竟带点中国文人的理想状态。

锄像一位忠诚的卫士，跟随父亲多年，这从它光滑的锄把和磨成凹印的锄锋可以判断出来。也许，这是祖父留给父亲的念想，对于一位农人来说，没有什么比给儿子留一把好农具来得更有意义。也许，这是父亲从柳林庙会上买来的。面对絮絮叨叨的小贩，父亲不愿意和他讨价还价。再远一点追溯，是铁匠一锤一锤地敲打，才打出了一把耐用的好锄。

小时候的乡村，经常会来一些神秘的手艺人，弹棉花的，锔盆锔碗的，爆米花的，说评书的，演杂技的，当然还有打铁的。瘸腿的老铁匠带着两个徒弟，在村东头安营扎寨。他一只手握着长铁钳，把炉中烧得通红的毛铁夹出来，稳稳地放在铁砧上。另一只手拿着锤用力砸下去。一声闷响，火花四溅。他手中的锤刚扬起来，徒弟的锤子紧跟着砸下去。锤影飞舞，火星乱飞。一坨红闪闪的毛铁在铁锤下不断挣扎，由火红变成铁青，然后被丢进满是铁锈的水盆，"哧溜"一声，溅起一阵水雾。再次回炉，再次捶打。如是再三，就有了锄的模样。

父亲除草的时候，弯着腰，姿势谦卑，动作稳重。没有一种劳动是趾高气扬的，劳动是人低下头来对世界达成的默契和皈依。泥土里有很多生灵，不单单是庄稼和野草的根。还有一些白色的小虫，滑溜蠕动的蚯蚓。或者，有一条蛇也未可知。有时地面上有一连串起伏如气泡一样的浮土，那一定藏着田鼠的家。一个和谐的存在，在黑暗的泥土里共存共荣。父亲的锄头插进地表，再深一点，也许会惊扰一些小虫的好梦。或者把一条蚯蚓的身子一分为二，余下半截在无声地蠕动。一群蚂蚱在锄头前跳跃着，蛇无声地游向远方。这不是父亲的过错，泥土理解父亲。它自会安排这些弱小的生灵，避开那个锋利的家伙。

父亲锄地的姿势很好看，这种本真的演出，比舞台上那些演员更生动。夕阳下，父亲的身影好像一幅剪纸，蕴含着淡淡的伤感。在近乎原始的劳作中，就清点了一个季节的农业。锄累了，父亲会坐下来休息一会。先是找来一块瓦片，或者一块薄石，仔细地把锄刃上的土刮下来。在他眼里，锄头就像一个孩子。然后，他把锄把横放在地上，一屁股坐在锄把上，卷一袋旱烟，吧嗒吧嗒抽几口。锄把细细的，圆圆的，未必就是最好的坐具，与其坐在锄把上，还不如坐在田埂上。父亲不这样认为，也许，坐在锄把上，他的心里更踏实。

暮色笼罩四野，父亲扛起锄头，收工回家。一会，他把锄头从左肩换到右肩。过一会，又从右肩换到左肩。锄头并不沉重，不需要换个肩膀来分担重量。这是父亲自己给自己玩的游戏。树上有麻雀在叫，父亲会伸出锄头，吓唬它们，嘴里还要喊一声"去"。他还喜欢用锄头敲击什么，有时候是石头，有时候是一棵树，有时候可能是电线杆。他喜欢听那清脆的声响，这是一个农人对村庄的问候。

　　锄对父亲的意义，远不止干活这么简单。偶尔，它也成为父亲打抱不平的工具。一天傍晚，父亲荷锄而归，走到村庄的第一条巷子，就听见奎子叔和儿子在吵架。听那口气，是儿子欠了奎子叔的养老费不给，找这样那样的借口。父亲听了没几句，就挥着锄头打向那个不孝顺的儿子，吓得那小子撒丫子就跑。因为一把锄头，父亲赢得乡亲们的尊敬。

　　一把锄，隐藏着多少乡村的秘史。那一年，二牛谈了一个对象，是邻村梳着大辫子的姑娘。姑娘不嫌弃二牛家贫，唯独提出一个条件，想看看二牛锄地的手艺。二牛刚从高中辍学，对农活的操作还不太熟练。父亲一大早跑到二牛的地里，把他家的小麦锄了大半块。那些锄过的小麦行垄整齐，齐刷刷绿油油的，没有一根杂草。姑娘来验收的时候，二牛拿着父亲的锄，正站在田边微笑。姑娘满意地说，我们的事怕是成了，你看，地锄得多干净。多年后，二牛媳妇才知道父亲和锄头的合谋，那又怎样？难道去责怪一把锄头不成？

　　铁锄的发明可以上溯到春秋时期，那是我国最早使用铁质农具的时代。在此之前，我们的祖先使用的是用石头做成的石锄。可想而知，石锄既不好用，也不耐用。在众多的国家中，最早生产和使用铁质农具的是齐国。《国语·齐语》中曾记载，管仲向齐桓公进言，用青铜铸造剑戟等武器，试在狗马身上。用铁铸造锄、斧头等农具，试来耕种土地。这是我国关于使用铁质农具最早的文字记载。在农耕文明逐渐被农业机械化取代的今天，锄头逐渐淡出人们的视野。

光线穿窗而入,斜斜的光影,让我有几分恍惚。眼前的锄,还曾经是父亲教育我的很好素材。父亲文化不高,说是初中毕业都很勉强。作为一个农民,他尝遍劳动的艰辛和生活的艰难。作为一个望子成龙的家长,他对我寄予厚望。我跟着他走向田野,他无数次向我灌输"锄禾日当午"这首诗的内容,希望我好好学习,将来能凭着读书的功效,有一份正式的工作。如今,父亲年近七十,无奈地从田野退居家庭。他沉默着收拾那些用过的农具,放进南屋。锄头、铁镐、铁锨、犁铧、耙、排子车,你挨着我,我挨着你,一件件在静默中安放。它们有时也开一个会,共同回忆和主人驰骋田野的时光。父亲忙碌了一生,赚了一笔记忆,在老的时候反刍。

锄把沉重,推不动岁月的积雪。它的脚印遍布大地,遍布农耕文明的每一条田垄与阡陌。一天天老去,独守清寂与风寒。但这并不代表消亡,而是以另一种形式,生动在我的内心。我用它来清除生活的种种不如意,删繁就简,然后,怀一颗向上的心,按照生命的秩序,生长。

宿命是一场终将消融的雪,斑驳了一望无际的田野。对那些在生活在风雨中劳作的人们,多些念想和尊敬吧。

碎布门帘

　　每逢季节更替，我都要整理衣柜，淘汰一些旧衣。
　　我家的衣柜足够大，可衣服好像总也盛不下。它们在衣柜里你挤我，我挤你，挤成团，再一起滚到地上来。一个悠闲的周末，我耐心地把一些衣服从衣柜中清除，好腾出地方给即将到来的新衣。一件件比较、权衡、犹豫、决定，最后有一些旧衣服就被我扔到一边。我并没有厚此薄彼，扔出来的每一件都能找到一些毛病，式样过时，缩水变形，太瘦了，或者太肥了，要不就是太旧了，花纹看腻了，这些都可以成为我扔掉它们的理由。
　　然后，打包装车，拉回乡下，送给母亲。
　　生活富裕之后，旧衣服就成了很多人的一块心病。直接扔掉吧，衣服好好的，实在是暴殄天物。送给亲友吧，谁也不稀罕，闹不好还落个寒碜人的嫌疑。捐助山区贫困儿童？找不到接受单位。只好一天天任由它们在衣柜里滥竽充数，不见天日。但我是不怕的，我有一个能干的母亲，她总有办法把这些旧衣服变废为宝。

母亲70多岁了，头上的白发，脸上的皱纹，行动的迟缓，说话的迟钝，都无言地宣告着母亲的衰老。正月里县城搞文艺汇演，我想让母亲来看。母亲说，不去了，有啥看的？我心微微一酸，母亲对生活已经失去了热情。这是一件可怕的事情，我要阻止或者扭转它的再次发生。

对一个勤劳的村庄女人来说，能挽救心气的，只有劳动，适合做的劳动。

母亲面对我拿回家的旧衣服，脸上洋溢着喜悦的花朵。她的眼睛发着亮，嘴里"啧啧"地说着可惜了，手早已经拿起锋利的剪刀，开始拆衣工作。剪掉领边袖口，裤脚口袋，去掉多余的，留我想用的，一件衣服就变成几块平整的碎布。看得出来，拆一件旧衣服时，母亲的内心是快乐的，甚至充满了激情。这非但不是一件麻烦的劳动，还是纠正一个错误。经过一番修改，生活会更加完美，没有瑕疵。

剪剪复剪剪，一件件旧衣服就变成了一块块碎布头。它们在生活中转世，脱胎换骨回到过去，回到起点。母亲在大盆里放满清水，用粗糙的手用力揉搓，再洒上洗衣粉，盆内涌起雪白的泡沫，掩藏了这些布头的倩影。清水投洗干净后，它们被挂在晾衣绳上，像猎猎的旗帜，在风中飘扬，在阳光下滴着水。把过去的污迹滴下去，把曾经的记忆滴下去。

母亲要做的是碎布门帘，没有谁比我更了解母亲。

门帘，就是挂在门上的帘子。刚开始，那层薄薄的棉布，只是用来挡风的，北方气候干燥，风沙大，冬春两季，整天能听到呼呼的风声。这时候，门帘就派上了用场。不管外面的天如何肆无忌惮，门帘内必是一屋子的暖香和安稳。春夏秋冬，农家院里的门帘，薄厚变换，随季节演绎不同的风景。

很多乡亲家的门帘都是花钱买的，母亲从不妄加议论。但我知道，母亲一定认为，心灵手巧的主妇，她家的门帘一定不是花钱买来的。门的寓意深远，它是庄户人对外面世界的姿态和表情，是一个家的政治和外交。所以,门帘的地位无比尊贵,实在马虎不得。

母亲再一次坐在那台蝴蝶牌的缝纫机前,右手轻轻转动一下手摇器,双脚一上一下蹬着踏板,"咔咔""咔咔"的声音响起,同一种青色,或者同一种黑色的碎布头就在像小雪橇一样的压脚下,一段一段被连缀在一起。这是门帘的大背景,只要颜色大致相当,连缀即可,不需要什么高超的技术。所以,母亲得心应手,毫不费力。

开始制作门帘上的装饰物时,母亲变得小心翼翼。她左思右想,想出一个方案,又马上否定一个方案。最后,母亲决定,要用鲜艳的颜色拼缀成小燕子、苹果、石榴、月季花四种图案。母亲想,春天了,飞到南方的燕子也该飞回来了。屋檐下的燕子窝空了一个冬天,母亲的心也空了一个冬天。我家院子里种了一棵苹果树。苹果的寓意是平平安安。每到秋天,看到满树的苹果,母亲就感觉到心满意足。石榴多籽,谁不想人丁兴旺呢?而月季花盛开的时候,我家的天空都飘散着香气。生活太粗犷了,母亲所携带的细腻生活准备在现实中找不到对应的位置。她总是忙,忙着春种秋收,忙着菜园与田地。

有了方案后,母亲马上开始行动。剪刀、圆木尺、报纸、老花镜、顶针,这些都是不可缺少的工具。像当年给我们做鞋先要剪个鞋样一样,母亲要先剪好燕子、苹果、石榴、月季的小样,再把小样落实到布料上。母亲想得很多,可身边供她参考的实物却又很少。但是,困难是难不住母亲的,她的心里非常清楚燕子是怎么飞的,苹果是怎么红的,石榴是怎么裂开嘴的,月季花是怎么一瓣一瓣缓缓开放的。在我眼中,母亲剪的小样活灵活现,但母亲还是不满意。她是一个现实主义者,也是一个完美主义者。她要让燕子的翅膀更灵动,让苹果的梗梗更细长,让石榴的轮廓更圆润,让月季的花朵更层叠。

春风很好,吹进窗子里,吹得母亲神清气爽。比照小样,她拿出红的、绿的、白的、黑的、黄的碎布,剪了无数个小燕子、苹果、石榴、月季花。然后,把这些图案缝缀到门帘的素色大背景上去。门帘突然变成了一个美丽的大自然，生机盎然，鸟雀啁啾，鲜花盛开，硕果累累。母亲用故事的题材，用口语讲述的形式，把过去的生活，跟眼前的生活，一块块拼接，组接故事的手法，有点后现代的意思。这些花朵与叶片是母亲记录生命的隐秘符号，它们不再是一块碎布料，而是一种生命的状态。

大门"吱呀"一声，邻居们来串门了。刚进院子，她们就被挂在我家正房门上的碎布门帘震撼到了。似一幅软浮雕样的蓝色底子，四色的拼图，活泼艳丽。风吹帘动，花也开了，鸟也活了。几个人围上去，掀起门帘的一角，她们不吝赞美之语，讴歌母亲的伟大与神奇。她们真心真意地请教母亲，关于门帘缝缀与图案选择的诸多问题。母亲热烈地与这些老街坊们讨论着，归纳、总结、评价，每一块碎布在形成精美图案的过程中，所起的作用和所做出的贡献。

村庄里沸腾之后，又平静了，那些喜欢串门的女人们突然喜欢宅在自己家里，安安静静地做起了女红。她们翻箱倒柜，整理旧衣服，剪洗晾晒，然后蹬转缝纫机，做起了碎布门帘。她们把母亲作为偶像，把母亲做的第一个门帘作为范本。母亲掀起了碎布门帘流行风，受到空前的尊敬，每天都有人让母亲帮着剪燕子、苹果、石榴、月季的花样。母亲带着老花镜，一天天忙，忙完自己的活再忙别人的。母亲找到了生活的意义，整个人都精神焕发，她开始研发新的图案，为了做出更好看的门帘。我家的正房、配房、屋门、内门，每个门上都有了门帘，实在没有再做门帘的必要了。母亲就给大舅家做门帘，给小舅家做门帘，给大姨家做门帘，给小姨家做门帘。过年的时候，我家所有的亲戚家都挂上了美丽的碎布门帘，村庄里家家户户都挂着美丽的门帘。母亲喜欢串门了，看着这精致的手工艺品，要多喜气就有多喜气。

碎布门帘，让衰老的母亲变得年轻，变得美丽。我感动着母亲的快乐，觉得安慰也是一种幸福。门帘是母亲对美好生活的向往和寄托，是把艰难苦困诗意化的一种生活态度。这种生活态度，已一点点地植入到我的血液和骨髓里。

鞋底上的深情

　　一入伏，天气就闷热潮湿。眼前，总会出现一幅悠远的画面。

　　房屋边，槐树下，只要有一片浓荫，就会有一群纳鞋底的女人。她们坐着小板凳、草蒲团、木头墩，左手拿鞋底，右手拿针锥和穿着麻绳儿的大号针。鞋底厚实难扎，需先用针锥扎一个大眼，再用大号针穿过针眼带过麻绳儿，用右手中指上的顶针顶一下针鼻儿，待麻绳儿穿过，再绕在针锥上用力抆紧，接着再扎下一针。如果针被夹住了，还要借助小钳子帮忙拔针。手中纳不完的鞋底，就像眼前打发不完的日子。她们在头发上抹针的动作优雅而轻灵，抽麻绳儿的声音单调而美好，堪称村庄最柔情的一个章节。

　　说说笑笑，人总是靠得很近，喜欢群居在里弄巷口。

　　村庄的女人勤劳、贤惠，一年到头总在忙。春天织布，夏天纳鞋底，秋天忙收秋，冬天纺棉花，跟着季节的脚步，像陀螺一样转。那时，鞋都是自己做，单鞋、棉鞋，一个人一年要穿好几双鞋。一家子人口多，就需要穿几十双鞋。燠热的伏天，必须把一年的鞋底全部纳完。女人的手上结了一层一层的硬茧，戴顶针的中指甚至骨骼变形，皮开肉绽。

做鞋是地道的民间女红技艺，看似简单，却要经过熬浆糊、打袼褙、裁底样、裹底子、纳鞋底、裁鞋帮、滚边口等十几道复杂繁琐的工序。每一步都需耐心、细心、用心。用料虽是废旧衣服或新衣的下脚料，但成品依旧精美不已。手工做的鞋穿着舒服，防滑、吸汗、防臭，不怕石子硌，不怕圪针扎，它的使命在山水、在旷野、在天地之间。时光在一针一线中，穿梭于层层棉布。女人的爱，都融化在一双双鞋底上边。

一个晴朗的好天，婶子端着熬好的浆糊步履轻盈地上了房顶。浆糊是用谷子面熬的，因为有糠在里边，打出的袼褙会喧腾好扎。她蹲下身子，在滚烫的房顶上，先平铺一层纸，再刷一层浆糊，随后平铺一层布，再刷一层浆糊，再铺一层布。如此反复，三层布，一层纸，那些洗净的旧被子里粗布就平整地糊在房顶上。婶子的脸晒红了，汗珠顺着秀丽的脸庞蜿蜒流淌。等袼褙干透，婶子找出压在炕席下的鞋样，照着轮廓裁剪，用白布条沿边，就成了鞋底初坯。把五六层初坯粘在一起，垫上一些碎布头，用一两块完整厚实的好布包在上边，作为衬里布，鞋底坯子就算完成了。周围用白布划边，再用麻绳儿沿着鞋底周围走上两圈，就可以纳鞋底了。

月亮升起来，树木和房屋都镀上一层白银般的颜色。墙角的蛐蛐声由稀到稠，远处的蛙声透着水波纹的凉意。婶子从水缸里舀一瓢水，洒在小院里，空气中就有了泥土的气息。有了潮意，搓出来的麻绳光滑，有劲，不易断。婶子麻利地把一捆麻皮儿长长甩开，并在尾部压上一块石头。她坐在蒲团上，抽出两根麻皮儿，从头捋顺，并行排列，撩起裤腿，在掌心吐口唾沫，在小腿上自上而下地一搓，两股麻皮儿就拧成一股绳儿。再搓一下，麻绳儿又长了一截。三搓两搓，一根麻绳由粗到细搓好了，婶子的小腿也搓红了。收尾时，捻好"念头"，涂点蜡，缠成一个麻蛋蛋，扔进针线筐里，再不用管它。

纳鞋底虽是粗针麻线，却集传统民间美术、民俗知识和传统手工技艺于一身，具有朴素的美学意义。鞋面要平整如初，鞋底要硬朗结实，针脚细密，行距匀称。一般是从前往后纳，先从鞋底前面到脚后跟画一条线，从而确定第一行第一针的正确位置。走线必须以交叉的方式，第二行的针脚必须对着第一行的中间，这叫"破花子"。这样行行穿插，针脚无论横着看，还是斜着看，都是一条直线。脚心部分受力小最耐磨，针脚不必均匀细密，心灵手巧的女人便都在这部分花费心思。上下"披顶"，中间留图。四针、六针、九针、洪水、方块等，寥寥几十针，方寸之间，寄托了她们对生活的理解、热爱和追求。

婶子纳鞋底，与众不同，一是手艺好，二是讲究多。别人为了速度快，行宽线粗，而婶子纳的鞋底，每平方寸要纳81针以上，一双鞋至少2100针。针脚像撒在案板上的白芝麻，密密匝匝。别人三天做好一双鞋，她要花上四五天。鞋底纳好后，将鞋底与缝制好的鞋面对齐，进行绷梆，一圈缝好后，再经过楦鞋，整修抹边，每一道工序都很缓慢，生怕出现一点疏漏，让家人穿着不合脚。她纳鞋底的态度是极其虔诚的，忌讳也很多。在给鞋坯子垫碎布时，她从来不用红布，因为老人说，垫了红布的鞋，脚穿着会起泡。纳鞋底时，她拔针从来不歪斜，不摇摆，防止针屁股断掉。断掉是不吉利的。别人纳鞋底是直脚，做出的鞋不分左右脚，穿着省。婶子从来不做这样的鞋，左脚是左脚，右脚是右脚，虽然鞋穿的时间相对短一些，但穿着舒服最重要。

对婶子而言，鞋不仅仅是鞋，还是爱情的信物。从她嫁给叔叔那天起，就把自己的终身托付给这个男人。婶子心灵手巧，长得也漂亮，说媒的人几乎踏破了门槛。婶子却视而不见，心中早有了意中人，那就是叔叔。叔叔家成分高，又穷得叮当响。别人劝她，何苦呢？婶子说，我别的不图，就图这个人。婶子没有文化，但这并不妨碍她成为一个好妻子。叔叔脚大，脚上的鞋像一条小船。叔叔心中有梦，走的路要比别人远。白天，下地出苦力；晚上，熬夜写稿子。婶子给叔叔做了很多鞋，让他踏踏实实地走着自己想走的路。那些鞋底上的凸点工工整整地排列起来，原本文弱的鞋面，就多了坚硬的骨骼，具备了和泥土、石块、时间抗衡的力量。叔叔爱穿婶子做的鞋，交换彼此的体温，摇曳着旖旎的芳华。

鞋底，是乡村的文化符号，放射出生命与命运的灵光。养心暖人，亲切悠长。穿鞋走路，有的脚步缓慢，有的脚步匆匆。每个人的故事，都在那脚步里，有痛，有伤，有欢喜。每个人的脚下，都踩过风霜雪雨，片片阳光。前路不管是顺，还是不顺，都勇敢地走下去。婶子做的布鞋很精致，黑色的灯芯绒面子，白布粘成的底子修剪得恰到好处，滚着一圈白市布边，燕子口的松紧带也不束脚背，针脚十分细密，鞋底厚实。叔叔穿着婶子做的鞋，走出农村，走到乡里，走到县里，走到市里，走到了远方。婶子用一份执着和沉重，支撑着叔叔远行的理想与奢望。

鞋底是一种血脉，远走天涯，胸腔里流淌的还是那一腔火热，一缕乡愁。后来，在很多场合，叔叔不得不穿上皮鞋，虽然这有悖于他的初心。皮鞋擦得很明很亮，很多人的眼睛也跟着闪亮。不知道从哪天开始，布鞋彻底淡出了叔叔的视线，悄悄退隐到一个谁也看不到的地方。走着走着，人与鞋底一同由鲜艳变得斑驳。站在时光深处，回望沧桑，记述履痕。叔叔老了，再也没有那么多事务需要处理。在闲暇时，叔叔热切地回到阔别四十年的故乡，再看一看风吹过的田野，再嗅一嗅小麦的清香。

有一天，叔叔端着一杯茶凝眉出神，他对婶子说："真想再穿一双你做的布鞋啊。"婶子笑了："多大的事，用得着发愁吗？再给你做一双就是了。"说着，婶子搬出一个老旧的木箱，打开，里边赫然放着一双双纳好的鞋底，细密的针脚落满了光阴。

这些熟悉而亲切的鞋底，散发着纯正缠绵的自然与文化光泽。鞋底犹如人生，活得如此艰难，活得又如此精彩。

红薯窖藏

那时，我家院外的东南角有一口红薯窖。

红薯窖，又称地窖子，或红薯窑，在冀南农村，几乎家家院内或院外都有红薯窖。红薯怕冻，一旦受冻就容易腐烂。冬天吃的红薯，来年春天为下秧做准备的红薯，都要放在红薯窖里很好地储藏起来。这些入窖的红薯没有一点外伤，大小匀称，皮红似唇。人们总是习惯，把最好的东西留待来年。

故乡土地脊薄，半土半沙，最适宜种植红薯。天高云淡的深秋，红薯把地面撑破了。割掉半黄的秧子，高高举起镢头，对准一棵红薯的根部用力落下，掘起，一大嘟噜红薯就被兜出地面。老牛不紧不慢地拉着架子车，乡亲们的院子里，就堆满了红薯。漏粉条，蒸红薯，煮红薯，烤红薯，把红薯洗净擦片做成红薯干，或在石碾上把红薯碾成面擀成红薯面条，人们想着办法变着花样吃红薯。贫瘠的岁月，红薯是生活中不可缺少的主要食粮。

我家的祖屋在村南，人多屋少，祖父要为我们在村北盖一座新屋，分门另过。盖好房，打了水井，接下来还要打一口红薯窖。祖父一声号令，全家一起上阵开挖。不知道是谁定好了位置，算准了直径，在地面上画一个十字，洋镐、铁锨、镢头一起上，一个圆形地洞就笔直地向地下延伸。每隔一步，还要在相对的两壁各挖一个脚蹬的小窝，以供人上下。刚破土时，洞尚浅，挖的土可直接扔到地面上。随着洞越来越深，就要用绳子系竹筐下去，把土运到地面上来。

圆洞直径不大，人在里边蜷曲着干活，很不方便。一个人挖累了，再换另一个人挖。挖到四五米深，就到了窖底，再向不同方向平行挖两个大小不一的拐窖，以便存放红薯。多少个血色黄昏，挥汗如雨，红薯窖终于大功告成。洞壁上显现着镢头的印迹，黄土温润而温馨，窖口用几块平整的石条垒砌，上面压上木盖子，或者破锅之类，既能确保人畜安全，也能防止风雨的侵蚀。

二姑比我大不了几岁，不识字，每天参加生产队的劳动。干活时，和大人们比着干，从来不说累。她梳着两条大辫子，黑黝黝的，一个甩在肩膀前，一个甩在肩膀后。两只大眼睛很明亮，像田野一株朴素的麦子。那一天，二姑非嚷着下去挖红薯窖，大哥要搬新家，她比谁都要兴奋。我至今不知道二姑在洞下是怎么干活的，可上来的时候，她的脚在流血，据说是洋镐抡到了脚掌上。我吓坏了，从来没见过二姑的脸如此苍白。二姑没喊一声疼，只是皱着眉，在大姑的搀扶下，一只脚蹦跳着，往乡村医生的家里去。

往红薯窖放红薯那几天，大家都在忙。漫长而寒冷的冬天，家里放着足够的红薯，心里就不会发慌。有人往窖下递红薯，有人在窖里摆红薯。细细扫去窖壁上的蜘蛛网，平整平整地面，细细拾掇一番，再把红薯围着窖壁堆成一个半圆。红薯堆越来越大，越来越高。有时因为放得多，红薯会从最上边滚下来，埋住人的脚。不要紧，这是红薯开的一个玩笑。"吭哧吭哧"拔出脚来，身子向后挪，在腾出来的空地上继续摆放。

一场大雪纷纷扬扬飘下来，天地之间一片白。母亲吩咐我去红薯窖拿红薯，她乐意把这样的事情交给我去做。我用小扫帚扫去锅盖上的白雪，用力把破锅挪到一边。红薯窖冒着白汽，透出几分幽幽的神秘。不用急，要有足够的耐心等待。因为久盖的红薯窖很危险，骤然下去会有窒息的可能。所以，要有很长的通风时间。一根足够长的绳子，一头系上小篮子伸进窖底，一头紧紧地拴在椿树上。兜里揣一把手电筒，用双脚蹬着红薯窖壁上的凹坑，双手配合行动，一步一挪，逐步下移。低于草，低于树，低于万物。我成了一个触摸大地心跳的战战兢兢的孩子。

虽然是个女孩，可我自小就有很好的攀援能力。骀荡的春风里，我和小文爬上村南粗大的老枣树，尖刺划破了衣裳。在田野上割草，会爬上村北虬曲的老柳，拧一支柳枝做柳笛。还在小桂家的门前，爬到高大的梧桐树，折一枝梧桐花戴在鬓边。越下越深，双脚终于触到地面。世界安安静静的，往日的喧闹都冬眠起来。

我猫着身子，打开手电，眼睛努力适应黑暗的世界。到了拐窖后，慢慢看清了红薯。它们从野外收回家，经过我的手挑选、码放，现在再次见到我，心中一定有久违的惊喜吧。我一边往篮子里拣红薯，一边玩味着孤独与寂寞的最高境界。浓郁的泥香、氤氲的地气、舒心的温暖，给人以深深的眷恋。我有点小小的恐惧，也有点小小的喜悦。远远传来隐约的鸡鸣与狗叫，一片圆圆的亮光洒下来，和我一起心疼这个人间。

窗外北风呼啸，树枝带着响声在晃，在摇。煤油灯下，我趴在方桌上写作业。灯花偶尔"噼啪"爆一声，光就突然亮一下。煤油灯烟大，熏得我一脸煤黑。父亲坐在柳条圈椅上卷烟叶，用的是我废旧的作业本。母亲坐在蒲团上纺棉花。纺车嗡嗡嘤嘤，在地上投下一团转动的影子。天很冷，我的手有点僵。父亲就捅开火炉，围着火口摆一圈小块红薯，再用破脸盆扣住，用白菜帮糊住破洞。一会功夫，屋子里就弥漫着红薯的甜香。拿一块来吃，皮黑瓤黄。咬一口，唇齿流香。安静的时光里，红薯是大地最丰沛的恩赐。

邻居莲婶子是个苦命人，丈夫去世，一个人带着孩子过。日子凄惶，打红薯窖就成了奢望。母亲热情相邀，让莲婶子把红薯放到我家的红薯窖来。莲婶子放红薯时，我们全家都去帮忙。我每次下红薯窖拿红薯时，母亲一定叮咛我，千万不要拿错了，大洞里放的是咱家的红薯，小洞里放的是你莲婶子的红薯。看母亲神色凝重，我总是小心答应着。可小孩子心眼迷糊，有时下到洞底，就忘了两家红薯存放的位置，只好胡乱拿一些上来。母亲叹口气，也并不责怪我，她会立即下到红薯窖里，不管我拿对还是拿错，总要把我家的红薯给莲婶子那堆挎两篮子过去。人情温暖，清白家风，就是如此。

夏天，红薯早已吃完，红薯窖又有了新功能，像冰箱一样保鲜食品。窝窝头、青菜或肉类水果都可以放到竹篮里用绳子系吊在红薯窖里，以防腐冷藏。老姑嫁到西边山村里，一年也回不了几次娘家。知道老姑要来，父亲总要提前买一个西瓜，放进红薯窖。老姑来了，一家人坐在小院里纳凉，摇着蒲扇，说一些闲话。西瓜拿上来，清水冲一下，先切下瓜蒂，一分两半，再细细切成薄薄的片。父亲挑一块先给老姑，老姑接过来又让给母亲。母亲笑着把西瓜递给我，我刚想再递给老姑时，父亲笑了，又重新拿起一块给老姑，说一起吃吧。大家就不再客气，开始吃西瓜。咬一口，甜甜的，凉凉的，让人由衷感谢红薯窖的功劳。

红薯窖在农人心中占有重要位置，父亲每年都要用锛角给红薯窖刮一层新土。红薯在这里存放了一个季节，释放出的气味不新鲜，会影响来年红薯的储存。在这个过程中，父亲有时会遇到一条细长的小蛇，有时会遇到一只机灵的老鼠。听父亲讲的时候，我都会惊讶地叫起来，以为父亲一定会打死它们。可是父亲什么都没有做。他说，万物不易，我怎么忍心去害一条命呢？

闷热的夏夜，蚊子"哼哼"地叫，没有一丝风，人们都到房顶上去吃饭。俊俏的小媳妇端着盛汤的瓦罐，根本不用手扶木梯，就矫健地登上房顶。淡蓝色的天，月亮守着一群星星说话。小孩子追着闹，从这家的房顶跑到那家的房顶。累了，就躺在被单上睡觉。夜深了，劳累一天的大人们，也打着呼噜进入梦乡。

那一年粉儿十多岁，睡觉一点不老实，老爱翻身，有一次竟然从房顶上摔下来，摔到红薯窖的破锅上。破锅碎成几块，倾斜着掉进红薯窖，连带粉儿也掉了下去。说来也奇，粉儿竟然没摔伤，只是屁股扎了个血口子。粉儿哭起来，房顶上的大人却没有听见。哭得没了指望，粉儿以为自己在做梦，不一会又睡着了。第二天早上，大人找不到孩子，心里发慌，大声喊着粉儿的名，最后在红薯窖找到了。岁月流逝，这件可怕的事情逐渐变了味，成了最有滋味的回忆。

许多美好，不为铭记，只为捡拾起来就能让人心存暖意，用以抵抗旅程的严寒。已经消失的红薯窖，藏着红薯，也藏着记忆，盛产思想，收获故事。对人们来说，红薯窖只是一个概念，一个插曲，到头来，生活的主旋律还是生活。

九月花开天下暖

秋天的云，总是那么白，一飘，一摇曳，就妩媚出棉花的纯净来。

棉像一则童话，在略显空旷的田野上独成风景。那些黍子、谷子、玉米、大豆先后绝情地离开了她，棉忧郁成疾，叶成褐红，像老荷叶一样层层叠叠。低处的棉桃开始咧嘴，露出乳黄色的棉絮；地头通风处的棉桃，已经迫不及待，吐出雪白的棉絮，像落了一层不会融化的雪。

一夜梨花白。

这是村庄外的一块坡地，大体平整，土质也不算太贫瘠。但和一等的水浇地相比，还稍逊风骚。庄稼人过日子，自有打算。棉花生长期长，从春天种籽到初冬摘棉，几乎耗尽一年的时光。有这功夫，水浇地早就收了一季玉米一季小麦了。所以，这样的二等地自然最适宜棉花的生长。

农历九月，是乡间的好季节。秋高气爽，连风都带着几分痛快。站在棉田里，放眼远望，能看到西边连绵巍峨的鹊山，南边蜿蜒如带的石河，还有坡上吃草的牛羊。不必担心秋天的风景，一切美好的心愿都在棉的时代里自由抽穗，茁壮成长。所有的期盼，都在棉的呵护下，无限延伸。

　　最爱看母亲摘棉的动作，娴熟而带有喜感。摘棉看似简单，却是一件技术活，下手要准，抠得要净，棉花碗儿里不能丢"棉花根儿"。母亲腰间束着自己做的"围腰"，贴腰的那面勒得紧，外面则松松地张了口，以便往里面装棉花。她上前一步，左右开弓，同时摘两朵棉花。指尖带了钩儿一样，轻轻一抠，棉花碗儿就溜光地见了底儿。双手各存了四五朵棉花后，才一并塞进"围腰"，不一会，母亲的"围腰"，就鼓胀起来。母亲拿手托着"围腰"，腆着肚子回到地头，把棉花倒在一个大包袱皮儿里，轻了身回来继续摘。

　　没有任何一个人比得上庄稼人对棉的热爱，棉在每家每户的烟火里，散发着跟人特殊的亲密气息。女儿出嫁，先要向婆家要两包袱棉花，本家的婶子大娘在温暖的秋阳下，为新娘缝制暖和的新被褥。婴儿出生，奶奶早就准备了新棉衣、新棉裤，絮上厚厚的新棉，充满爱意和希望。摘下来的籽棉可卖钱贴补家用，或经过轧花、弹花等工序后，纺线织布，穿衣做鞋。没有棉，日子寸步难行。因此，对棉的虔敬自然而生。

　　我看到一朵正在盛开的棉，花分四瓣，朴实无华，无香无味，洁白如雪，让人怦然心动。不知道这是一种天意，还是偶然。

　　棉花的原产地是印度和阿拉伯，在宋末元初后，才传入我国内地，《梁书·高昌传》记载："其地有草，实如茧，茧中丝如细纩，名为白叠子。"这才知道，农田里司空见惯的棉花，最初竟是被古人当作花、草一类的东西看待的。白叠子，素面朝天的三个汉字，在浅淡之中，将一个从光阴深处走出的生命，说尽精致的况味。那么朴素，那么简约。

　　棉，就是母亲的花朵，是母亲朝圣的神。母亲用自己最虔诚的方式来侍弄棉花——育秧、移苗、间苗、打钵、整枝、掐头、除草、施肥、打药，每一个环节都一丝不苟，就像培育襁褓中的婴儿。母亲了解棉的脾性，在那些艰苦的岁月里，她用羸弱的肩膀种下繁华的棉，背起一家丰满的希望。每年棉的种植，都给她带来满足和喜悦。

"谷雨前后，撒花点豆"，民谚又说："立夏花，大车拉。"在谷雨和立夏这两个节气之间，是撒花的好时机。棉籽皮厚，需先用开水泼一下，再混入凉水成温，在大锅中泡一天，然后把棉籽捞出来，放到口袋里再闷一到两天，棉籽就会露出小芽。拌以草木灰，背到田间，前有镬子挖沟，后又人工撒花，棉籽就欢实地落进泥土中。春风浩荡，春雨淅淅沥沥，小棉苗睁开惺忪的睡眼，一排排新芽，像一首首绿色的诗行。母亲俨然一位田园诗人，荷锄逡巡。间苗，移苗，保证棉苗行列整齐，间隔有度。

棉的生命力极为旺盛，没有什么可以阻止它的生长和铺排。但是，总有一些小害虫来捣乱，先是蚜虫，后是棉铃虫，还有一些不知道名字的虫，不知羞耻地咬着棉花的叶子。我们用手捉，捉不完就打农药。打了一遍，再打一遍。打药是一件可怕的事情，刮风时不能打，下雨天不能打，只能在炎热的天气打，需要壮劳力完成。当然，这些对付小害虫的农药都是剧毒。每年都有一些打药中毒的人，恶心，头晕，甚至口吐白沫。父亲在外地工作，打药的事情只能由母亲来做。我一闻到农药的气味，就恐惧到极点。但母亲淡定从容，她小心地带上口罩、手套，披件旧衣裳，将几小瓶盖药倒进喷雾器里，摇匀，架到背上，一边上下压手柄加压，一边将药液喷到棉枝的里里外外。脸颊流下豆大的汗珠，头发一绺一绺贴在头上，衣服都是湿的，也不知道是汗水还是喷雾器洒出的水。

我很想给母亲帮忙，但苦于没有力气，只能站在远处杨树的树荫下观望。母亲有时扭头看看我，看我没有乱跑，就投过一个放心的眼神。对我来说，母亲的汗水太苦；对母亲来说，我成长的日子太慢。母女俩的心事，都被棉看在眼里。但是善解人意的它，什么也不说。

打岔是摘除旁枝，让棉花长骨干。棉花长高了，要专心结桃，掐头是不让棉向上疯长，光长了枝干，花就开得少了。掐头简单，枝干的顶摘掉，就万事大吉。打岔我总是提心吊胆，担心掰错了，掰掉的枝杈或许是长势最好的。母亲会耐心教我，哪些是没用的岔，哪些是有用的枝。在母亲的守望中，时间重新发芽，一切都在努力生长。棉的叶子像镀了金，明晃晃的，水晶般透亮，能看清叶脉的去向。花朵水红或者粉白，像硕大的蝴蝶栖息在枝上。刚顶掉花朵的棉桃，犹如佛的面，亲切慈祥。棉田里藏着蛐蛐的叫声，恰如诗歌的平仄，闪烁着和谐的动感。

古诗云："五月棉花秀，八月棉花干。花开天下暖，花落天下寒。"整个秋天，母亲都会隔三差五来棉田里摘棉。那一大堆瓷实的白，在慵懒微熏的冬阳下，随便一展眼，蓬松、柔软，贮满阳光的温度。手伸进棉堆，肌肤相亲，妙不可言。棉开了一拨又一拨，直到霜降时节，棉花开尽，农人拔花柴回家，烧火做饭。棉走完一生，仍有一些晚桃被母亲细心摘下，晒干，剥开，那些棉虽然微黄，母亲也不计较嫌弃，母亲有她的用处，自然不会扔下。

棉，是有魔法的，比如变成一匹布的过程，故事不曲折，不惊险，不震撼，但十分温暖。国家图书馆收藏的《御制棉花图》是清乾隆三十年直隶总督方观承以乾隆皇帝观视腰山王氏庄园的棉为背景，主持绘制的一套从植棉、管理到织纺、织染成布的全过程的图谱。《棉花图》有图十六幅，计有布种、灌溉、耕畦、摘尖、采棉、炼晒、收贩、轧核、弹花、拘节、纺线、挽经、布浆、上机、织布、练染，每图都配有文字说明和七言诗一首，似连环画。书前收录了康熙《木棉赋并序》，是我国仅有的棉花图谱专著。对农村的妇人来说，《御制棉花图》闻所未闻，见所未见，但她们每个人都是织布的高手，对由棉到布的整套工序烂熟于心，得心应手。她们沿着小木梯下到地窖子去，坐在木质的织布机上，寂静的时光里，双脚有节奏地踏着踏板，两只手飞快地投梭接梭，"哐当""哐当"，世事安稳，岁月静好，为人妻，为人母，就要踏踏实实过日子。

一天天，一年年，母亲像倔强的牧民看护着自己的羊群，像固执的渔民守望着自己的鱼塘，对棉不眠不休，不离不弃。但是，时代在发展，村庄在变化，建设美丽乡村，大片的土地流转，建成一个生态农场，供游客采摘游玩。庄稼人的土地少了，只能种点玉米和小麦，那些五谷杂粮，包括棉，已经成了历史名词，淡出了季节的舞台。九月，棉盛开的季节，在我的村庄，已经没有人种棉了。

　　一年秋天，我带着母亲去临县的山村游玩。在村外，有一小块棉田，母亲下了车，站在棉田里再也挪不动步子。她的眼神那么温柔，那么眷恋。我理解她对于棉的天然执念，只要看到棉，母亲就很兴奋，整个人都变得文艺起来。作为一个土生土长的冀南农民，棉文化史中有着割不断的血脉。母亲黢黑的脸印上深深的皱纹，白发凌乱地贴在额前，如棉一样，白得让人心疼。

　　棉，洁白、明亮、映照人心，能让人靠近故乡。棉开在每个人的记忆中，也落进每个人的未来里。最后的农耕图画，不知道在冀南能存在多久，而一棵棉的命运，却到达新的拐点。

第三辑　故人：明清版画中一抹茶烟

　　花枝巷，是一座活色生香的生死场，有人生，有人死，有人站在熙熙攘攘的人群中，向着远处张望。白露已过，触眼都是秋天的静。木落山空，路边柏子如雪。老姑和父母站在门的光影里说话，其实不过一个瞬间，却似人世迢迢千年。他们就像火柴盒上的采莲人，又像明清木版书里插图的线条。亲情盈盈，人世是这样的安宁。板凳条桌，都拢在一抹茶烟日色里。当致密的夜和孤独袭来，我就会一次次怀念花枝巷的桃花与石磨。如今，我的秋天已浩瀚如海。

花枝巷叙事

花枝巷，是一座活色生香的生死场，有人生，有人死，有人站在熙熙攘攘的人群中，向着远处张望。

白露已过，触眼都是秋天的静。木落山空，路边柏子如雪。住在花枝巷的老姑走了，走得悄无声息。日色风影里，似乎又听到老姑的笑语清和。

我已很久未回乡下，听母亲说到老姑的葬礼，我诧异自己竟没有流眼泪。老姑是我的亲人，我应该用哭泣来表达我的不舍。可是，梳理我的思绪，竟然是又欢欣又凄凉。

我知道，老姑早就想走了。

人越老，大概越是寂寞的。我最后一次见老姑的时候，她很不开心。住在我家，也很少出门。她活了89岁，把很多认识的人活丢了。走在村里，认识的人越来越少，那些鲜活的面孔打量她就像打量一个陌生人，好像她从来不属于村庄。打牌的老姐妹也都死了，连个串门的人也没有。她就向我们抱怨说："活这么大岁数干啥？你说死了吧，也不死。"我青春正好，对人生正有着种种规划，自然听不得一个"死"字，就劝她说："老姑，不要说这丧气话。现在生活多好啊，你要长命百岁呢。"老姑好像没听到我的安慰，顾自说着："活这么大岁数干啥？你说死了吧，也不死。"

没过几天，就听说了一件稀罕事。从我家回去的老姑竟然和一个70多岁的老太太打了一架，在热闹的花枝巷，引得许多人来看。这和谐社会，别说打架，吵嘴的都不多见，何况是两个高龄老太太？问起原因，也不是什么生死攸关的大事，不过是几句口角之争，但两人到底是抓到一块了，老姑的脸上还破了块皮。我惊诧老姑都这么大岁数了，人事浮沉，怎么还如此刚烈呢？大概是太寂寞了，总要弄出一点动静出来，证明自己的存在。

基督说："属于西泽的归西泽，属于上帝的归上帝。"老姑不信基督，她信中国民间的神。她最希望去南山上，做伺候后土奶奶的婢女。我想，这一次，老姑大概是随了心愿的。

但说来说去，老姑毕竟是再也见不着了，我的心境又像朝阳未照到的地方，花枝露水犹湿。这满腹的凄凉，是因为父亲。

父亲也已经70多岁，身瘦如柴，发白如雪，这样一个老人趴在老姑的灵位前，大放悲声，让我这做女儿的，心里一阵酸，一阵痛。

老姑的娘家有三个兄弟，六个侄子，我父亲是她最大的侄子。父亲小时候，经常跟随我曾祖母去老姑家走亲，感情上和老姑自有一层深意。老姑前几年正月，喜欢住娘家，喜欢看大戏，找同龄的老太太打牌。在这么多本家侄子中，她在我家住的次数最多。每逢她来，父母总是像对待贵客一样，尽心尽力置办饭食，包饺子，炒小菜，晚上给老姑铺上厚厚的被褥，让老姑吃住得舒舒服服的。

但平日里，因为忙，就少有走动。

据说，老姑死的前几天，经常坐在门口的条石上，在淡黄的日色里，看人来人往，看有没有一个路过娘家村，能为自己捎个口信的人。每见人来，她就会主动搭讪，委托人家能否给她的大侄子捎个口信，过几天来看看她？如果大侄子忙，那就什么也不说，就看看大侄子是否一切都好？

你记得给我把话带到，回来我给你从菜园里摘一把葱。

那人敷衍着答应了，但过后就没了下文。他们也许认得父亲，也许压根就不认识。再说，日子那么忙，自己的事还理不清，谁有时间过问一个毫不相干的老人的闲事？

终于有一天，父亲知道了老姑临死前的惦念，他懊悔万分。虽然，那一段时间，他住在一个小区的工地上，日夜巡逻，但如果他知道老姑想他，无论如何，他是要去看看老姑的。而现在，竟然是不能了。

老姑一向康健，89岁高龄，口齿伶俐，思维敏捷，有三子三女，却坚持一个人住在花枝巷的老房子内，自己做饭吃，从不麻烦任何人。大家都以为，老姑会一直长命百岁地活下去，谁知她说走就走了呢？父亲一向以坚强示人，少有哭泣之举，却为了老姑哀痛至此。

据说，老姑的死毫无痛苦。前几日，嫁到外村的二女儿来探望她，给她包的素瓜丝饺子。老姑盘着腿坐在床上，看着电视，吃了半碗饺子。二女儿去厨房端汤回来，老姑已经闭着眼睡去，脸上一团笑意。二女儿喊了数声不应，不觉大放悲声，通知兄弟。老姑走得悠闲、安详，就像是去走一趟亲戚。她没有缠绵病榻，没有在医院消耗金银，没有让儿女厌烦，而是干净利落，得以解脱。这和她为人的爽利一向相合。

在这个粗粝的世界上，老姑决然而去，把我们置放于无边的旷野之上。我仰望站在云端的你，依旧慈祥，我愿意把我缩小成孩童的模样，叙述和你一起走过的章节。

老姑个子偏高，瘦瘦的，像一株弯着腰的高粱。喜欢穿大襟的上衣，裤脚总是扎着绑腿，一副传统的乡村老太太打扮。她脸色清俊，眼睛像月一样晴朗，脑后松松梳一个发髻。见了人说话特别亲。老远见了我，人还没看清，招呼已经热情响起。她喊我，从来不喊我的全名，而是先加了一个感叹词，再喊昵称："哎呀呀，这不是俺们家的小芳吗？"就这么一句，就让你觉得，心走得特别近。从小我就固执地认为，老姑说话的声音像是春风牡丹，脆脆的，好听，也好看。

小时候，我喜欢跟小文、小宝一起去老姑家玩。小文是二爷爷家的闺女，小宝是三爷爷家的闺女，辈分比我大，年龄却相差无几。老姑嫁到花枝巷，花枝巷离我们村是三里，我们村离花枝巷也是三里。我们计算着日子，玩着游戏，说着说着，就想起了花枝巷。

出了村向北，下个坡，过条河，上个岗，花枝巷就杳然在望。乡间的小路弯弯曲曲，我们一蹦一跳地走，不时见到路边的农人在培雍。桥下流水汤汤，有一种远意。柳絮飘雪，一团团扑面舞空，像细雨初过。我们进了村，数到第三个巷口，东拐，自西向东再数第三个门楼，就到了老姑家。见一树桃花灼灼，春事烂漫到难收难管。树边一盘石磨，光滑如玉般，依然是简静的。

娘家有人来，老姑自是欢喜。她一头扎进低矮的厨房，为我们做好吃的葱花面。风箱"咕哒咕哒"，炊烟袅袅升起。我们仨坐在院子里的阴凉处玩石子，五个石子在小手里倒腾，嘴里还唱着小曲。老姑院子里，有一大丛红花，不知道名字。我们和花相比，人比花低。有几只鸡在我们身边凑热闹，慢慢地走来走去。世间绝版的葱花面是老姑做的，汤的柔，面的韧，葱花的香，在风中流转着。

饭后，老姑坐在床沿上做针线，我们围在她的身边。老姑做鞋，青黑的面，洁白的千层底，针脚匀称细密，可见中国民间妇道的华丽深邃。老姑怕我们无趣，做鞋子间隙，会拿出半张红纸，教我们剪红双喜字，剪小猫小鱼。我们三个一起学，小文剪得最像，我剪得最快，小宝怎么学也学不会。老姑颇为怜爱地评价我们："小文最巧，小芳最聪明，小宝咱就不说了。"长成大姑娘后，果然小文练就一双巧手，会织毛衣，做衣服，绣十字绣，我考上了大学，而小宝，没上过几天学，做活也不行，憨憨地嫁了一个农民，生儿育女。

在老姑家逗留一天，总到傍晚方回。此时太阳已斜过半山，山上羊叫，桥上少有行人。在一团浓重的雾色里，细细体会，老姑对我们的疼爱深长绵密。我们的衣兜里，都塞满花生。花枝巷冈坡地多，家家种花生。我们村是不种花生的，对花生有一种遥远的神秘。

每次临别时，老姑总要说一句，等闲了，让你父亲过来坐坐。每次我都笑着答应了。此后，我照旧快乐地玩我的游戏，父亲也依旧忙碌着，少有空闲的时候。老姑一个人住在花枝巷，到了冬天就足不出户。也许，她在等下一个春天的光临吧？

小时候，我有点调皮，也有点任性。放了学，说了一声饿，就倒在地上撒泼打滚，母亲拿干粮的功夫都来不及。母亲急了打我，我不躲不闪，眼睛急出了红血丝，也不求饶服软。母亲狠狠戳一下我的额头说："就随你老姑的性子。我就知道，你们老王家的闺女都不是省油的灯。"我听了不以为然，我的脾气能和老姑扯上什么关系？

后来，才知道，我的性格的确越来越像老姑，争强好胜，不服软，遇事执拗，有男子汉的硬气。老姑命苦，孩子多，老姑父又常年有病。靠一个女人撑门面，自然是愁浓如酒。心不硬，人不强的话，别人看不起。

老姑的大儿子学习好，考上县城的高中。可上了一段时间，大儿子就赖在家里不想去学校，说是吃不饱。老姑把大儿子一顿好打，非逼着他去上学。当然，老姑从自己的口粮中省出一口，会按时给大儿子送干粮接济。后来，大儿子成了国家干部，让老姑面子上很光彩。

有一年，村里有人污蔑老姑父说了错话，大会小会批斗，害得老姑父寻死觅活。老姑啐了老姑父一脸，说你现在死了，不叫争气。人活着，活得好好的，才是真正的胜利。有好心人劝老姑和老姑父离婚，犯不上年轻轻的受连累。老姑把那个好心人推出门，说他说的不是人话。

村里有个泼皮，有名的不说理。大家都怕他，遇事从不与他争。老姑家的地和泼皮家相连，本来立着一块石头做界限。谁曾想，泼皮一年年地偷偷侵占，偷动石头。老姑发现了不依，坐在泼皮家门口骂了他三天。泼皮从来没见过这么泼辣的，从此改了好占便宜的毛病。

我受了父亲的影响，和老姑的感情也比别人深。正月里，总是盼着老姑来。老姑挎着一个小篮子，盖着雪白的布单。来了顺手把篮子放在一边，和父母拉着家常。吃完饭要走，老姑解开布单，要给我们丢几个白面馒头。老姑蒸馒头的手艺堪称一绝，面发得好，皮揉得光，馒头顶上有个小面花，精致得像菊花形状。上面摁一个大红枣，让人垂涎欲滴。

老姑和父母站在门的光影里说话，其实不过一个瞬间，却似人世迢迢千年。他们就像火柴盒上的采莲人，又像明清木版书里插图的线条。亲情盈盈，人世是这样的安宁。板凳条桌，都拢在一抹茶烟日色里。

老姑，我不曾说过想你，因为你一辈子都不曾离开。当致密的夜和孤独袭来，我就会一次次怀念花枝巷的桃花与石磨。如今，我的秋天已浩瀚如海。

与母亲的战争

　　从小到大,我与母亲的战争从未停止。
　　我和母亲长得并不像,她身材矮胖,我瘦高;她脸型方圆,我瓜子脸;她门牙前突,我牙齿整齐雪白。但是,我的性格太像她,要强、敏感、自尊、执拗,话说不了三句就着急。
　　小时候的我,也曾怯懦胆小,希望母亲替我遮风挡雨,解决所有难题。但是,母亲不是树,连草都算不上,而是一块卑微的苔藓,任人践踏。
　　母亲生在一个富农之家,没过几天好日子,一场运动,家里的地、房子、牲口、碾坊、家具都被村民分走,全家人被赶到一间破旧的草屋去住。姥姥一腔悲愤,在生小舅时难产而死。母亲作为长女,拉扯着几个弟妹,帮姥爷撑起风雨飘摇的家。在村民的鄙视与白眼中,母亲嫁给父亲,是高攀了贫农阶层。
　　在这个大家庭里,母亲活得忍气吞声。有一次,我和爷爷、奶奶、姑姑包饺子,斜斜的日光照进黑暗的石头房里,姑姑突然问我,听说你姥爷给你的饼干都长了绿毛,有没有这事?大家都哈哈大笑,我难堪极了,拼命咬住嘴唇。

小小的我满怀心事,终日沉默着,只想逃离。每日看书、做题,拼命学习。小学毕业,我终于考到一所离家很远的学校去。在学校住宿,我依然是一个沉默的乡村少女,交不多的朋友。上课、跑操、晚自习。生活中有快乐,也有压抑。

学校刚盖起一排平房,还没干透就让我们搬了进去。大通铺,一层薄薄的干草,每个人的褥子都要对折后,再紧挨在一起。夏天雨多,屋顶漏下的水洇湿了我们的铺盖。几个女孩一夜不敢睡,挤在一个角落里,听着窗外的电闪雷鸣,瑟瑟发抖。我对母亲的想念露出白骨,却不说。周末回家,母亲兴冲冲从邻居家借来一瓢白面,为我擀了一碗面条。吃着香喷喷的面条,我的眼泪一滴滴落在碗里。母亲见了不高兴,说:"哭什么,不愿意上学就别上了,受这罪。"她如此一说,我哭得更厉害。赌气收拾东西,提前返回学校。

初中三年,母亲只来校看过我一次,带给我一双手工做的布鞋。那时正值人间四月,苔藓在青石路上湿润的缝隙里长得绵密郁葱。我们一深一浅的脚步,留下细微的印迹。母亲看着我,欲言又止。想走,又停下脚步。原来,家里的老母猪下了一窝小猪仔,母亲和父亲忙活一夜,还是有几头小猪死去了。父亲心疼钱,就把怒气撒在母亲身上。母亲赌气离家出走,可又没地方可去,那样的一个娘家!所以,她借口来看我,其实是投奔我。

第一次看到母亲的孤单,我心情沉重,像有块无形的铅铁压着灵魂。我决定退学,快点长大,结婚,生子,在不堪的生活中,让母亲能华丽地活着。因为,我从别人口中,还听到一个关于母亲的笑话。

乡下的街道充满生活,商店里不少琳琅满目的东西都搬到大街上。在商品缝隙里,也多出一个陌生的算卦摊。那一天,母亲正好路过。许是为了招揽生意，算卦的远远地指着母亲说，你看那个女人的长相，一定是个没福的。周围的人就一起看母亲，母亲落荒而逃。少时丧母，夫家受气，子息单薄，这样的命当然算不上好命。

这样的耻辱母亲从来没和我说过，她像依附于大地的苍苔一样，姿态细微，内心坚韧。

我不去上学，母亲却执意要我继续完成学业，她知道我的成绩是班内前三，考上中师的可能性非常大。在那个年代，考上中师就意味着吃上了公家饭。母亲指着我责骂、痛哭、绝食，耍一切可能的无赖手段。烈日扬尘，我只能搂着一棵树，诉说我的哀伤和绝望。

第一次与母亲的战争，轰轰烈烈，以母亲的胜利而告终。多年后，我站在讲台上给学生授课，窗外玉兰与海棠开得灿烂。想起母亲，心中陡然生暖。

师范毕业后，我在县城中学教书，每次回村，都是一副骄傲的姿态。买很多东西，新鲜的蔬菜水果、肉蛋奶、稀罕的糕点、时尚的衣服等，大包小包往回拎。我是村庄里第一个开车的女性，第一个在县城有正式工作的女性，第一个在县城买了房子的女性。在乡亲们羡慕的目光中，我内心的喜悦在无边地漫溢。

我不是个虚荣的人，我的高调张扬全是为了母亲。因为一个有出息的女儿，母亲开始受到普遍的尊重。走在大街上，遇见的人都会主动给她打招呼。邻居有了难事，都来找母亲商量。婚丧嫁娶，母亲是一定要被请去帮忙的。而且，安排的位置很清闲。我努力把我认为的尊严，体面送给母亲，希望她能安度晚年。

但是，母亲，又一次让我愤怒了。

她还是那么节俭，买衣服从来不去大商场，都是几十元左右的地摊货。一件棉袄又破又旧，她舍不得扔掉，自己扯块花布做个外皮套上。袜子有了洞，缝缝补补接着穿。她又是那么勤劳，忙完地里的活，还要抽空去拾酸枣，拾玉米棒，最近又干上村里的保洁员，推着三轮车，扫大街，捡垃圾，把自己弄得蓬头垢面。

我不理解，母亲为什么要自我作践？

于是，再一次开战。

我拣最难听的话说，她拿最不讲理的话回我。我说，你一个月工资多少钱？我给你出，咱不干这扫大街的活了，行不？她很受伤，脸上浮起一股淡淡的荒凉感。她说，扫大街是我的事，你最好别管。话不投机，我一刻也不想在家待，开车就回了县城。

面对一块顽固的老苍苔，我选择冷战。这一次，仍然是我输。

没有办法，只好换一种方式疼她。只要我回老家，就会替她去扫大街。我戴着帽子，在灰尘狼烟中挥舞着扫帚，追逐着垃圾，打扫猪狗的粪便。村里人见了，很吃惊，你一个人民教师，怎么干这活？我坦然回答说，我娘有事，我替她一次。替母亲扫的次数多了，乡亲们也就见怪不怪了。

母亲今年70岁了，身体每况愈下，毛病越来越多。先是脚底板疼，后来有几个脚趾发麻，接着血压又出了问题。每次要带她去医院，她总是拒绝，自己去村医那里拿点药对付。即便如此，药也不常吃，总是吃吃停停。我劝她很多次，每次都被她当成耳旁风。

有一天，母亲差点出大事。她的脸老是红，脑袋上有一小片隐隐疼，睡觉还流口水。但她并没放在心上，也不让父亲告诉我。过两天，骑自行车，忽然头晕厉害，掌握不住平衡，"呼"的一声摔在地上。母亲不服气，接着又骑，又摔。她以为自行车出了毛病，直到摔了四个跟头，才相信是自己出了问题。在父亲的坚持下，才到村医那里输液。

听到母亲骑车摔倒的消息，我简直出离了愤怒。一系列脑梗的前兆让我心惊肉跳，带着母亲直奔医院。检查项目一个接一个，我紧紧攥着母亲的手，生怕一松开，她又不听话地逃走。

做核磁共振检查的时候,听说这个检查要花几百元,母亲说什么也不做,赖在凳子上不起来。众目睽睽之下,我无计可施,只能大声地和她吵,像一个不讲道理的泼妇。我的精神要崩溃了,深吸一口气,再缓缓吐出!

很多人不明白发生了什么,指着我议论纷纷。他们哪里知道,母亲的衰老让我暗暗惊心。村庄里已经有很多老人像一茬茬庄稼那样倒进大地,他们的面容还依然生动,留给我的温暖还没有消泯。我希望母亲能一直陪着我,细数光阴。彼此爱着,相依为命,又彼此拧着。

最后,我只能威胁她,你今天要不做这个检查,我马上就走,你自己回家吧。乡下老家距县城有几十里,还没通公交。母亲终于不再和我吵,不情愿地走进了检查室。望着她蹒跚的背影,我松了一口气。

这一次,我终于赢了。

环顾四周,墙角处,一片翠绿的青苔,穿越万年,在车水马龙、高楼栉比间呼吸,让我在忙碌烦闷的间隙,把心变得沉静。

请原谅我,凡是出于爱的急切都是可以原谅的。

像酸枣一样活着

一

在我的故乡，田边地头、沟沟岔岔，遍生着一丛丛、一堆堆的酸枣树。它们平常之极，又高贵之极。

或许是鸟嘴里意外滑落下的一粒籽，一捧贫瘠的土地养育了它，生根、发芽、长叶、开花……从此在这里落户安家。

酸枣树高不足尺，满身硬刺，明知道长不成栋梁高树，却还在努力生长。它默默兀立着，从不需要谁的关照和爱抚，完全依靠自己的力量，顽强地成为一簇怒放的生命。六月间，枣树开花了，小米一般，黄黄绿绿的，如夜空中的繁星，随风散布着一种沁人的苦香。随后，在日渐寂寞的景色里，枝叶由绿转黄，树上就结出小小的酸枣，亮亮的，红红的，像珍珠，又像玛瑙。此时，酸枣便成了乡亲们眼中的宝了。

酸枣质朴无华，价值却很高。树叶可提取酸叶酮，对冠心病有较好疗效。核壳可制活性炭，还能当柴烧。果肉可制酸枣面、酿酒、做醋，有健胃助消化的功能。特别是加工生产的酸枣仁，更是名贵中药材，可养肝安神，宁心敛汗。主治神经衰弱，失眠多梦，心悸，盗汗。酸枣就像一盏灯，给乡亲们苦涩的生活带来了希望。

二

石河，作为一个词，它葱茏葳蕤，在历史与现实间抬起丘陵的头颅，在小河的奔流中涌荡着动人的传说。它丰富，足以让美好的想象在村庄的任何一个地方停留驻足。

我们村不大，不到300户人家，却是闻名全国的药乡。这里加工生产的枣仁粒大、仁饱、色红、鲜亮，誉满神州，名冠天下。一个漫长的冬天，小村庄躁动不安，热闹非凡。它像一个巨人，张开大口，把全国各地的酸枣吞进肚中。我躺在老家的木床上，风吹窗响，怎么也无法安睡。整整一夜，听到一辆一辆的大汽车"呜呜"地开进村庄。年迈的父母在隔壁低声猜测，是谁家又拉回了酸枣呢？

全国各地，产酸枣的地方很多，但会枣仁加工的地方少之又少。这是一种古老而神秘的加工技术。

历史上的某一天，一个外地姑娘嫁到石河村。她个子矮小，脸色蜡黄，甚至还有几颗若隐若现的麻子。红盖头揭开的瞬间，她的丈夫忍不住一声长叹。但就是这个貌不惊人的小媳妇，却给夫家带来发家致富的秘籍。紧闭的大门里，她指导丈夫和公爹把酸枣浸泡在一口大锅里，直到皮浆肉烂，捞出来，再以米糠杂糅，放在石碾上去皮。随后佐以清水，把枣核上残存的皮肉洗净，在屋顶上晾干，吹焦。再把枣核放在石碾上推压，枣核纷纷破开，露出鲜红的枣仁。再用荆条编织的筛子反复筛几遍，当然粗细筛眼不同，枣仁光滑，从筛子眼漏下；枣壳干涩，被人为撮了出来。就这样，药材枣仁就加工而成。

很快，这家人的生活就显眼起来，买了骡子买了马，置办了房子买了地。当然，一开始他们固守着自己发家的秘密，但眼红的穷亲戚一个一个地走进这个神秘之家，晓之以亲情，动之以大义，最终秘密不再是秘密。亲戚们走出门的时候，脸上写满了感激。

到了今天，枣仁加工的技术已经公开化了，随着枣仁质量的要求越来越高，枣仁加工的程序越来越精细。严格说来，需要四道工序：第一步是脱，就是给酸枣脱皮，只剩枣核。在最寒冷的天气里，先将酸枣用石碾压开口，晾晒到"焦"的程度，再用石碾碾轧，筛掉皮渣。目前，这一步逐渐被"洗"代替，洗枣厂里，有专门的洗枣机给枣去皮。第二步叫粉。即将枣核粉碎，取出枣仁，这个技术最关键。核壳破碎，粒大了枣仁取不出来，粒小了会将枣仁损伤。如今用的机用粉碎机，取出的酸枣仁表面完好无损，红灿光亮。第三步是筛，就是筛选枣仁，这是最难的一道工序。粉碎好的枣核枣仁混合在一起，不能用水沉淀分开，枣仁见水就会产生皱纹。晒干后，那层光亮皮就脱落了。只有经过三道用荆条编制的特制漏筛，才会将枣仁与枣壳分离得一清二楚。第四步是晒，即晒枣仁，这也是一道难关。如果光晒不好，就会影响枣仁质量。为保持枣仁自然水分，乡亲们不晒枣仁，而先晒枣核，晒枣核不损害枣仁的光洁度。他们凭着多年的经验，抓起一把枣核，晃一晃，听一听，枣仁在枣核内转动的声音，便可知道所含水分。

乡亲们，农忙时节是农民，农闲时节是商人。所以，他们有一个最恰当的名称，叫药乡农商。

三

大千世界就是一张薄纸，翻过去是自然，反过来是人生。

父亲衰老得厉害，最困扰他的就是胃炎和肺气肿。刚到60岁，就再也干不动体力活。即使往菜园推一趟空架子车，他都气喘不止，呼吸困难。要是来一场感冒，父亲就要在床上依着枕头坐一夜，咳嗽着不能睡。父亲饭量也不行，吃得很少，一顿吃一个馒头都很勉强。农活欺负着一个衰老的人，不给他任何反抗的机会。我给他拿过很多药，但效果都不太理想。因为，父亲忧伤的胃和肺，都是年轻时体力的严重透支而带来的恶果。

冬日里，天刚蒙蒙亮，父亲就骑上一辆破自行车，戴上两条粗布制成的细长口袋，冒着凛冽的寒风出发了。他约上几个人偷偷去外地买枣。北到临城、赞皇，南到邢台、沙河，100公里开外的村庄，都留下父亲的足迹。酸枣几毛钱一斤，枣仁几十元一斤，加工后的利润少不了20%，挣的钱相当于生产队公分的10倍。可观的利润让父亲甘冒风险，他从来不是一个胆小的人。

饭店很少，即使有，父亲也舍不得进去。他出门带着干粮，午饭时，父亲往往是干咽窝头。遇到小河，就砸开冰面，喝一口冰水。粗劣的饭食侵害着父亲的胃。而酸枣产地多在山区，动不动就是几里长的大坡。父亲身高一米八，体重却仅有100斤，竹竿一样弱不禁风。买枣的时候，父亲常常忘记自己并不强壮的身体，能多买就多买，能多装就多装。我不知道他是怎样推着200多斤的枣上坡的，一定是拼尽全身的力气。在推上坡顶的一刻，父亲瘫软在地，急剧的呼吸无情地破坏了父亲的肺。

父亲大口喘息着，并不觉得痛苦。他一定还记得我手腕上的手表吧？月明星稀的打谷场上，父亲用笔在我细细的手腕上画了一个手表，很肯定地说，你以后会过上城市人的生活。小小的我将信将疑，我不知道身为农民的父亲何以如此肯定呢？但我知道，父亲是个开朗而明媚的人，即使经常为生活发愁，也一直有个美好的希望在心里。

父亲和酸枣加工相依相偎，干了一辈子，真正的退休要从那次晒枣核说起。

　　当时,父亲把枣核晒在村南的公路上,那是一个坡度很大的陡坡,一半晒枣核,一半过人。谁知天不作美,偏偏遇上连阴雨,一下就是十来天,有时雨大,有时雨小,就没个放晴的时候。父亲一天到晚站在公路边,白天打着伞,凄风冷雨,冻得父亲感冒了。夜晚父亲住在路边的窝棚里,窝棚漏雨,父亲的被褥都湿了。偏巧附近埋了一位新死的村民,父亲胆小,总是疑神疑鬼的。那一段时间,父亲的情绪坏到极点,对母亲总是大发脾气,横挑鼻子竖挑眼的。父亲还自我埋怨着,这么大岁数了,还受这罪,干脆不如死了痛快。

　　就是那一次看枣,让母亲痛下决心,坚决不让父亲再干枣仁加工生意。母亲说,钱多了多花,少了少花,为了挣俩钱把命搭进去,那太不值得了。父亲从生意行中退了休,每天在墙根下闲坐,不时咳嗽着,气喘着。有时他又会羡慕别人生意的红火,豪迈地说过几天也拉一车酸枣的话,母亲马上打断他,你忘了那年晒枣核的事了?母亲一揭短,父亲就再也不敢言语了。

四

　　机器轰鸣,我的内心又有了一片祈祷的天空。我听到罗伯特·勃来贴着我的耳根说:"贫穷而听着风声,也是好的。"

　　因加工枣仁,乡亲们富裕起来了。村子在悄悄北移,那些枣仁加工户在村北盖了新房,全是红砖蓝瓦,用水泥浇筑了地面。家里装了电话,买了拖拉机,日子红红火火的,让人眼气。

　　随着物质生活的提高,人们的思想认识也在悄悄发生变化,形成了尊商贱农的风气。谁家是枣仁加工户,就是能耐人的代名词;谁家还在老实巴交地种地,就是能力有问题。村里有个人叫"秋天",大字不识一个，做买卖全凭心算，他是村里枣仁加工的大户。两个儿子，不过是初中文化，长相也普通，都早早成了亲。大儿媳是村干部的闺女，小儿媳长得如花似玉。相对于"秋天"的受人尊敬，小舅渐渐被人看不起，因为他还在恪守着一方土地。这伤不起的面子，让小舅的自尊备受煎熬。

小舅是村里的文化人，读的书多，下得一手好象棋，还会看风水，拆八字，了解国家大事，也颇懂乡间俚曲。但是，他像一只蜗牛一样，不得不窝在石河村里，生活相当憋屈。有时候看路遥的文字，我会想到孙少平，想到高加林，然后把小舅的影子和他们叠加在一起。小舅的悲情是内化在精神层面上的，这让他多少看上去有点忧郁。

小舅年轻，头脑灵活，缺的是经验和本钱。母亲一直唠叨着，要父亲拉扯小舅一把。小舅要供两个孩子上学，媳妇又常年有病，日子过得举步维艰。于是，父亲就和小舅合伙做起了生意，这一搭档就是好多年。

父亲带着小舅走南闯北，购枣卖货，跑了很多地方，也认识了很多朋友。逐渐的，小舅能够独当一面，他们的分工就有了变化，小舅负责出门买枣卖货，父亲负责在家加工干活。小舅每次出门，母亲总把我支出去玩，但我偶尔会机灵地偷瞄两眼，发现母亲把一大摞现金都塞进一个长筒丝袜里，郑重地捆在小舅的腰间。"腰缠万贯"，大概就这意思吧。

带着大量的现金出门，家里人总要担一份心去。村里已经有几家安装了电话，非要等到某一天，小舅把电话打到那些人家去，报了一声平安，母亲才会念一声"阿弥陀佛"，把心放到肚子里。小舅去过的地方很多，购枣时，东北去过青龙、朝阳、建昌，山西到过长治、秦县、榆次，河南到过林县、三门峡，山东到过泰安。相对来说，卖货的地点固定，左不过是安国和亳州。几天后，小舅就带着一辆能装四五吨货的大货车进了村，父亲一早找好了卸车的人，人扛肩背，把枣运到家里去。

小舅年轻，有闯劲，一个人就敢走南闯北。但读过书的小舅自尊心极强，在干枣仁加工的这些年中，他更多地了解到人情冷暖，世间悲欢。

当时，拉一车枣是几千元，最多一万元的本钱。很多时候，父亲和小舅是为难的，因为本钱不好凑。那时贷款还不多，总要把亲戚门上划拉个遍，琢磨着谁家富裕，再向谁家开口借钱。

有一年，又是拉枣季节，小舅突然想起来一个远方表哥，他家是开砖厂的，应该有借钱的实力。小舅从商店买了一些礼品登门走亲戚，表哥倒也热情，听小舅说明来意，爽快地答应借给几千元。小舅安心地出门了，等到找齐货源，让表哥打款的时候，表哥竟然说，儿子前几天去邢台，把钱花了出去。小舅在异地他乡欲哭无泪，后来还是父亲想办法寄了钱过去，小舅才把货拉回来。这样的亲戚不要也罢，回来后，小舅就和表哥断了联系。

据说，表哥后悔答应借钱给小舅，是知道小舅穷，怕小舅还不起。狗眼看人低，亲戚有时还不如一个外人。

五

美好的时光都被咬疼过，撕碎过。

枣仁的行情不稳定，一年挣一年赔的。前几年，行情看好，村里很多人都挣了钱。据说有个小子一趟就挣了十万元。挣了钱的农民扬眉吐气，买了小轿车，买了电脑、电视，买了苹果手机，而且突然时兴起来搞聚会。是小学同学的，聚会；是同岁的，聚会。他们在县城最好的影楼拍合影，在最好的饭店进餐。友谊加深了，大家都怀念起过去的青葱岁月了，都不知道这钱怎么花才能显得气派了。

也有行情不好的时候。有些人根据往常的经验，冬季里嫌弃行情低，说囤着货吧，赶明春天卖个好价钱。可是到了第二年春天，价格一降再降，本钱已经合到240元一公斤，转眼只能卖到104元一公斤。不卖？这枣仁见不得过夏天，夏天会生虫，有可能报废；卖？就会赔进去身家性命。据说"秋天"连着几年顺风顺水的,有一次想干大的,囤了好多货,听说要赔进去20万。他前一阵子托我在县城找房子,但最近又没有了消息。

尽管有赔有赚,总体而言,故乡富裕起来了。它和周边的东石河、南李庄、北李庄、刘家庄、李交台、樊交台等19个村加在一起,年加工酸枣3万吨,加工枣仁2000吨,产值近一个亿,占全国市场份额的90%,是全国最大的枣仁生产基地。

又是一年枣花香,枣花小米一般,黄黄绿绿的,村庄里又弥漫着动人的药香。一只斑鸠在鸣叫,它的叫声瞬间压住了风声。过不了多久,鲜红亮丽的酸枣就会挂满枝头,乡亲们又会摩拳擦掌,准备大干一场了。虽然枣仁加工的过程有苦有泪,但枣仁毕竟改变了他们的生活,所以,心存感激。

生命,野草一样生生灭灭,读黄了每一片草叶,昨天和今天总是一个样,一个七天接着一个七天地抄袭、模仿。人,必须像酸枣一样活着。在黑夜里等待,在狂风暴雨里等待,就算只出现一点点阳光,也想努力朝着那些光生长。

父亲三题

菜园

夏天，菜园以它自己的方式，在父亲的眼皮底下，在阳光的抚慰下，开始了生命的诗意表达。

父亲的菜园安静地躺在村庄的边缘，守着一片别人的庄稼地。父亲削来一捆多刺的酸枣棵儿，把菜园围成一个生机盎然的小天地。当我第一次走进菜园，眼中蓄满了惊喜。一片黄豆行列整齐，在风中摇头摆尾，露出青青的豆荚。黄豆东边父亲栽了韭菜和大葱，种了茄子和青椒。紫色的茄子傻乎乎的，青椒的头上蒙了一层泥。黄瓜和西红柿青春正好，黄瓜生了青春痘，西红柿也知道了害羞。菜园周围，父亲撒了几颗南瓜子。瓜秧子机灵得很，以饱满的热情爬到东，又爬到西。

在乡亲们眼里，父亲是个怪老头。年逾古稀，还不肯坐在墙根下颐养天年，偏偏一天到晚忙在菜园里。他给每一棵菜浇水、松土、施肥、捉虫，蔬菜上都粘带着父亲的味道。父亲把它们当成了孩子，也当成了好友，甚至，他把自己也当成一棵蔬菜。父亲习惯了早起，习惯了公平对待每一棵蔬菜。比如，施肥时，他会小心翼翼把肥料放在蔬菜根系周围，分得那么细，那么匀，生怕一丝的不公平，会惹来蔬菜们的抗议。毒辣的太阳下，父亲挥汗如雨，却喜欢看这碎玉流光中，快乐生长的蔬菜。蔬菜生长的样子，更像他讨人喜欢的女儿，在一颦一笑，举手投足间，就长高了一截，就婀娜多姿了。

父亲种菜的目的非常单纯，就是为了让我能吃上放心的蔬菜。他常说，自家种出来的菜，不用担心农药残留，也不用害怕催长素，一切瓜熟蒂落，水到渠成。每到周末，他就会打电话给我，这周回来吗？回来拿点自己种的蔬菜。说实话，守着大超市，什么样的菜也能买到，也未必卖的菜都有安全问题。相比之下，父亲种的菜就成了鸡肋，拿也不是，不拿也不是。但是，每次我都极其坚决地答应，一定回去拿菜。超市的蔬菜即使万紫千红，也比不上父亲的心意。父亲那满园青青的蔬菜，告诉我们的实在太多太多。

有一次，我回老家时下起了雨，父亲还执意要去菜园给我摘菜。我劝他别去，他不听，穿上雨鞋，打着雨伞，背着柳条筐就出门了。在我模糊的目光中，父亲的背影越发清瘦。我怕他因为路滑摔倒，又担心他淋雨感冒。此时的菜园里，父亲一定是孤独的，茫茫天地中，也许只有他还在菜园里忙活。他摘了茄子，又摘西红柿。当然，不能忘了黄瓜和青椒。最后，还要拔几颗黄豆，煮着吃最新鲜。为了炝锅，他还要拔几棵葱。雨天正好包饺子，再割一把韭菜。他像一位国王，对自己的属下熟悉得不能再熟悉，他知道，每一棵蔬菜怎么吃才最有营养。

在父亲的料理下，菜园郁郁青青颇有生机。父亲常说，菜园有生机，家道就有生机。父亲用爱浇灌培育的蔬菜，个个都是灵感突显的诗人，它们的成长方式充满了巧妙和智慧。

秋天

　　林清玄在《秋声一片》中写到："生活在都市的人，越来越不了解季节了。夏夜坐在冷气房子里，远望落地窗外的明星，几疑是秋天；冬寒的时候，走过聚集的花市，还以为春天正盛。"我就这样踏着思念的落叶，回到乡下的秋，那个属于父亲的季节。

　　每一年的秋天都是被父亲喊醒的。父亲手持黄历、时钟和汗巾，站在它的门外。秋天听到了父亲殷殷的敲门，用一夜的时间坐了起来。父亲慈爱无比，他知道秋天的脾气，总是慢吞吞，而又节奏分明。所以，父亲不着急，他有足够的耐心等着秋天洗漱。父亲在磨刀石上洒上清水，镰刀的锋刃闪着寒光。他把犁铧从尘封的牛棚里搬出来，对着槽头的老牛说上一句悄悄话。他密切注视着秋天的每一个动静，随时准备向着田野进发。

　　当核桃树上缀满青果，一场秋雨洗涤了村庄。夏蝉和秋虫争相奏响琴音，草叶由深绿变得微黄。浅蓝色的天空下，菜园失去了郁郁生机，变得萎顿低迷。西红柿已经下架，豆角也不再繁华，茄子与青椒更是偷懒。父亲毫不犹豫地打扫战场，把这些慵懒的家伙清理出去。他深翻黑土，平整田畦，撒下白菜的种子，种进对抗冬天的希望。当牵牛花肆意地在酸枣棵上东开西放，当可爱的小兽在开满芦花的溪头喝水，高粱脸红，玉米肚胀，花生开始第一声呐喊，父亲赶着牛车，载着满满一车谷物回家，甩出一声清亮的鞭响。黄花深巷，红叶低窗，山坡色彩斑斓，收割之后的田野空寂荒凉。一个被人遗忘的玉米棒子躺在泥土上，如一枚闪光的徽章。它渴望被父亲握在手里，放进背后的柳筐。

　　秋天了，已经没有什么大事要忙。父亲的心情无比美好，他从容地放慢了脚步，像极了一棵弯着腰的高粱。虽然背已经微驼，清瘦的脸庞皱纹纵横，但着丝毫不影响父亲被人尊重。父亲走在村庄里，遇到的每一个人都会热情地和他打招呼。他们有的是本家的子侄，有的是远房的亲族。父亲都会停下来，和他们拉上几句家常。人老多情，父亲看他们的目光充满慈悲。就像村东头的那一棵老槐，不言不语，默默守护。村庄里总有婴儿出生，也会有老人死亡。父亲淡定地守候着这份静美的时光，用一份懂得，去领悟生命的真谛。

秋意已经爬满万物的枝头，我带着满满的心回到了乡下。父亲手持的农具上，依然闪烁着朴素的光。大地肃穆，我爱唯美的秋。那一份难得的明澈，是父亲对秋天的私语。

守望

父亲把水改进了白杨林，看水在整齐的树行田垄间愉快地流淌，水流过的地方，白杨树就开始满足地歌唱。父亲忙完了这件事，开始坐在一棵树下，把铁锹放在身边，休息守望。春天已经走远，阳光又开始强烈地暴晒，透过树叶，照在父亲古铜色的脸上，照在父亲纵横交织的沟壑上。父亲的目光结实地落在这片白杨树上，神情肃穆而又温暖。

父亲总是在乡亲们吃早饭时，第一个来到田野上，来到我家的这块土地上，对他而言，这就是他的舞台。他在这里春种秋收，收获了一茬茬的希望。在我的记忆中，父亲的身板高大健壮，他自己拉着人力车，拉着满满一车高粱，他的脚步是那么有力，甚至不用我推车就独自把车拉上了山冈。一年年的岁月沧桑，抽干了父亲旺盛的血脉，父亲很瘦，衣裳显得宽大空旷。父亲在年轻时不惜体力，伤了肺，现在干活稍微用点力，父亲的呼吸就不顺畅。他总是在劳作前，先吃几片药，即使如此，父亲仍然越来越需要休息，在劳作的间隙中，不时地坐下来喘喘气。

父亲像一个忠实的仆人，精心侍弄了土地一生，他热爱这片热土，风风雨雨，寒来暑往。土地上不知道印下父亲多少脚印，重重叠叠，数也数不清。土地熟悉父亲的每一个动作、每一种声音,土地看着父亲日渐衰老。父亲越来越力不从心了,他已经种不动庄稼,他在土地上栽了白杨,看着树一天天地成长。我曾经多次劝父亲到城里去,该是享福的时候了,在楼下打几圈麻将,去公园里听听戏曲,散散步,逛逛街,悠闲地享受生活。可是父亲微笑着拒绝了我,他说他不能离开故乡。

我终于明白,每个人都有自己的生活方式,只要自己喜欢,别人最好不要去剥夺。所以,我放弃了劝说,父亲得以继续留在这里,守望着他的土地,守望着他的白杨。村里的年轻人早已经不再单纯是一个农民,他们更乐意把自己变成一只候鸟,在大城市的上空飞来飞去。他们偶尔回来,拿着手机上网,说着蹩脚的普通话,谈论着城市的繁华与荣光。他们和土地的关系越来越远,唯其如此,父亲对土地的深情就越发悲壮。父亲已经习惯了把自己当作一株玉米、一棵高粱,现在,衰老的父亲又与时俱进地,把自己当作了一棵白杨。

父亲坐在一棵树下,守望着他的土地,白杨树的叶子哗哗的,仿佛在和父亲谈心,怕父亲寂寞,怕父亲哀伤。父亲的目光还是那么坚定,他看着亲手栽下的白杨,满足和幸福洋溢在脸上。

盛装出行

  好久没这么精心捯饬自己了！
  已经往脸上拍了三遍柔肤水，然后拍乳液，抹眼霜，擦防晒霜。要不要打个眼影，擦一层粉？我犹豫了一下，还是放弃了。天热，人爱流汗，一不注意，擦个眼睛什么的，容易弄成熊猫眼，反而不美。粉又太干，皮肤会显得粗糙。最后，我精心描了秀眉，点了绛唇。揽镜自照，感觉整个人精神了许多。
  窗外，青山翠绿，一树鸟鸣。
  儿子坐在沙发上吃饭，对我的行为显出几分鄙夷的神色。鲜衣怒马的少年，无法理解当时间的蛮夷兵临城下时，我们内心的惶惑和挣扎的艰难。
  我转过身来，征询他的意见："你说我穿哪件衣服合适？"
  儿子淡淡地，给了我一个不是意见的意见："那要看你想给别人留下什么印象。"
  什么印象？山河万朵，最可贵的当然是年轻。白背心、蓝裙子、红绣鞋，淡红的纱巾做披肩，我把自己整成一个文艺老清新，以此来搭配这青白的夏色。于10点整出门，上公交，一路向南。目标是市里的邢州大酒店。

　　昨夜一场风雨，让连续的高温得到一定程度的缓解。我坐在车上，心静如水。看窗外绿树红花一闪而过，听邻座的女人在絮叨她的婆婆多么不堪。人到中年，已经没有多少事能让人过于惊喜。对面两个农民在谈论女儿的陪嫁，一个年轻男人在和司机商量能否开快点，他要赶时间。还有一个老太太拎着一兜鸡蛋从我面前走过，小孩子跟在她的身后。生活就是这么具体、琐碎、客观。每个人都在赶路，赶时间。

　　昨天在群里，班长说，大家都是奔五的人了，见一面少一面，能来都来吧。话里话外，透着说不出的悲凉。谁也不能选择命运，唯一能选择的只有冬天和无端降临的意外。团支书更有心，她发到群里的是一本留言册，25年了，一张张稚嫩的面孔，模糊不清的字迹，消失了的母校，永远的毕业合影……

　　无论相隔多远，仿佛你从未走远；无论分别多少年，就像你一直在身边。《老同学》的旋律萦绕在耳边，我闭上眼，聆听来自心底的声音。

　　包里的手机响了，我看到闺蜜的名字，愉快地拿起手机。"你到哪儿了？怎么还不来？就差你了。"我回她一句："快到天一城了，马上到。"刚放下电话，手机再次响起，原来是周君，他说会在酒店大门口迎我。我并不是刻意迟到，但出门确实有点晚。等你在该出现的时候没有出现，一定会是最亲的人在第一时间想起你。亲密与疏离，惦念与忘记，一切都交给时间去筛选。在潮湿的芦苇荡，即使一只落伍的孤雁，也没有露出丝毫慌张之色，因为我的心暖如晨曦。

　　期盼，历来比期盼的对象更重要。正如思乡，比家乡重要一样。看见邢州大酒店，我的心突然紧张了一下。我放慢脚步，走过街心花园。木门紧掩，花瓣落了一地。深静如秋，草木的颜色莹润欲滴。

刚进酒店大门，果然看到周君和几个男同学热情地迎来。上电梯，进了303，马上融进了一个大家庭，周身安泰。人很多，笑语宣和。还没看清都是谁，马上被310宿舍的同胞拉过去照相。一起吃饭的饭友，睡在我上铺的姐妹。正在摆造型，班长上来就批评我："你怎么回事？平时在群里很热闹，聚会却是最后一个到。"又有几个同学也一起起哄。我俏皮地反问："我到得不是太晚吧？谁让你们到得这么早？"

哈哈大笑。

忙乱地合影之后，这才发现西墙上挂着一幅标语，"追忆依稀那年同窗往事，共创漫漫人生美好明天"。一句话，就是一个点，匆匆那年，一部老电影瞬间缓缓上演。假如你是一个隆师（河北隆尧师范学校的简称）人，隆师的任何一片山水，都是青春，光线明丽，山川静好。

黑蒙蒙的天，哐里哐当奔下楼去跑操；课堂上，陈老师扶着黑边眼镜，在讲二桃杀三士。自习课，我偷偷跑到娟那里学唱歌。黄昏街头，和萍儿在兴隆商场里瞎逛。每周四的一场固定电影，每周六班内的小晚会，总有男生吃不饱肚子，用小纸条偷偷向女生借粮。操场边上，衰草深处，是谁的二胡和手风琴响起来……

生活，原不过是些细节。隆尧县城，有一种古味的淡。一草一木，都拿捏住了光阴。

中年之后，很大程度上是为朋友而活。各种宏大的目标也许会一一消退，而友情越来越强硬。我们期盼朋友首肯的眼神和笑声，而不是期盼那没有任何质感的经济数字和任命文本。余秋雨的话总是那样掷地有声，我们或许关爱人类，心怀苍生，但朋友仍是我们远行万里的鼓励者和送别者。

率先发言的是班长，我们的精神领袖，当年意气风发的学生会主席。此刻，他拿着发言稿，用地道的任县普通话琅琅而言，"回忆那段激情燃烧的岁月……"还没念完，就被笑声和掌声打断。因为激动，有几处地方的词语结巴到了一起。不用多说，自己找自己的座位。菜开始上，瓜子苹果，葡萄美酒夜光杯。

不断有人端着酒杯串桌敬酒，酒在很多时候，最能表情达意。人生得意须尽欢，酒好像没什么酒精度了，入口的甜是单纯的，让人想起春天的冰雪融化。当然，喝酒并不是目的，说话才是正理。无须客气，那样的话，会找不到大片合适的情节来安排彼此，而让自己在角色之外游离。有意无意地问问家庭、工作和生活，谈谈各地的楼市房价，比比谁的校长更厉害。或者偷偷告诉对方一个秘密，聊上了对方县里的一个网友。虽然，我们都过了关心别人隐私的年纪。还有人耳朵对着耳朵，在回忆当年的一个小插曲。

和生命中曾有交集的朋友聊天，是好的。

常听人说，人世间最纯粹的友情只存在于孩童时代。这句话，我不敢苟同。一代师范生的聚会，就少了很多庸俗和功利。大家分散在全市各地，除了几个活跃分子，有的二十多年没有任何交集，谈不上谁用谁的问题。一样的职业，无关高低。即使有几个人跳出教育行业，当上副局级干部或者主任之类职务，到了这里，也只是自家兄弟姐妹。平时想到一个地方，先想到一些风景。到最后，必然只想这座小城里的朋友。是朋友，决定了我们与各个城市的亲疏。

没有攀比，没有心计，彼此无所求的朋友，才可能是真正的朋友。

只是为了相聚，如此而已。年纪渐长，审美渐趋中庸。每个人都不再挑剔别人的不好，而开始发现别人的好。做人需要一个过程，一个无言的起点，指向一个无言的结局。

不知道是谁的提议，要大家按照学号发言。让别人听见你的声音，不管你低调还是深沉。我是四班的三号，却不想多说，唯愿大家幸福安康。最难得的是临城一号的荣君，这是他第一次空降我们同学聚会现场。为这，班长感谢了同住临城的英子好几回。荣君还是那么有趣，他端的酒杯里是个大杂烩。白酒、红酒、白水、啤酒,谁给他倒什么,他就喝什么,还说是好滋味。

变化最大的是丹丹,头发黑白相间,看了让人惊心。我问她为什么不焗油,她说皮肤过敏,所以白,就只好让它白了。还记得那年,她送给我的照片,斜坐在草坪上,带着太阳镜,身后一把花纸伞,说不出的风致和美丽。看来,世上有两种事情不可推托,来了就是来了,一是爱情,二是老去。

还有,乔比原来开朗大方了许多,她的笑,她的祝福,像阳光一样明媚。就是她,刚刚荣获河北省优秀教师的光荣称号,我为她骄傲。还有彩,印象中的朴素,与如今的时尚交相辉映。抱住她的肩头,还是当年那样的贴心。

霞姐永远那么优雅,得体,为他人着想,像女侠一样顾全大局。团支书的组织能力一如当年,主持会场游刃有余。英子是我们班唯一能拿起乐器的人,她唱京剧,拉月琴,风生水起。琳琳还是一副天真的样子,像孩子一样无忧无虑。我趁她不注意,喊一声"张校长",她习惯性地蓦然回首,让我们逗趣不已。

发言还在继续,很多人没有变,羞涩的还是当年一样的羞涩,活泼的一如当年一样的活泼。我们在对方的眼睛里读自己,在自己的眼睛里读别人。青春不是一个人的,集体的记忆最美丽。当然,往事并不是总是甜的,这毫无疑问。付君的发言是回忆当年学校的广播,本次考试作弊的有……董君激动了,声振屋瓦"希望我们永远铭记……"

最有水平的发言,当然是压轴的43号周君。他没拿稿子,而是像一个称职的婚礼主持,抑扬顿挫,声情并茂,层次分明地表达了他的三层意思——感谢、感恩、感动。他感谢班委的组织,感谢大家的相聚,还有对有事未能亲临现场同学道一声珍重。感恩班级的一些精英人士对他的激励,感动我们这个班级强大的凝聚力。他的话音刚刚落地,就有雷鸣般的掌声响起。

人这一辈子有多长？是70个须臾的春秋，还是百岁的漫长日夜？逢秋便枯的落英，又把几多岁月的遗痕悄悄埋葬？在飞逝的时光里，唯有情谊不可辜负。纵一苇之所如，凌万顷之茫然。人生亦如花事，只要有过美丽的开放，一辈子长也长，短亦长。

还有多少25年？有人提议，五年一大聚，三年一小聚。其实，人与人最舒适的距离，不是时时刻刻黏在一起，而是松弛有度，若即若离。

聚散两依依。分手的时候，天上开始飘雨。撑一把伞，把远方的同学送上车，一一道别后，我一个人往北走了很远。这一次别离，大家又将回到日常的生活轨迹。生活，谁也不易。我知道很多不算秘密的秘密。有人血糖很高，每天都在吃药控制；有人腰椎间盘突出，每天要在单杠上锻炼；有人生活不如意，在深夜一个人抱头哭泣；有人身心憔悴，伺候瘫痪在床的老人；有人孩子大学毕业，找不到合适的工作；还有人深夜失眠，为了一个职称，在苦苦努力。

但聚会的时候，每个人都把最幸福、最光鲜、最漂亮的一面展示给大家。因为，只有我们，才彼此最在乎，最关心。至于生活背后的真相，留给一个人慢慢体会。犹太诗人安米亥说，人不得不在恨的同时也在爱，用同一双眼睛，欢笑并且哭泣。让我们跃出苦涩的湖水，经历又一次重逢、相爱和失之交臂。

盛装出行，做时光的逆行者。胡歌说，如果皮囊难以修复，我愿意用思想，去填满它。

我看到一个路人在对我笑，仿佛我是一个高贵而有内容的少女。我撑着伞慢慢走，一定会有人为我写诗。他说，再讲一次吧，从满头新雪往回讲，我迷上这倒叙的爱，爱着你倒叙的人生。

临花而居

小满，天空澄澈，春光未老。我坐在窗前，怀念一架蔷薇。

"水晶帘动微风起，满架蔷薇一院香。"多年前，懵懂的我被院墙上的蔷薇吸引，第一次走进那个小院。

一堵蓬勃的花墙，疏茎密叶，绿海黄花，一朵挨着一朵，朵朵簇簇，闪烁着无限的光亮与璀璨。如同盛世缠绵，把鲜活的气息悉数释放，不停地超越、起伏、流淌。遗世独立的风姿，摇曳出极致的悠远和静美。天地之间，突然丰满而广阔了，像打开一道生命之门。

我伸出小手，想采一朵最美的花，却不想被刺了一下，不禁"哎呀"叫了一声。就是这一声喊，把瘸爷从屋里喊了出来。他慈爱地笑着，走到花前，为我采了一朵蔷薇。蔷薇真好看，花瓣层层叠叠。清香扑鼻，令人陶醉。

从此，我成了瘸爷家里赏花的常客。

瘸爷家的院子不大，没栽树，只有一丛蔷薇开着。三间正房，兼客厅和卧室，木床、漆桌、藤椅，收拾得干干净净。从大门到正房，用青砖铺一条小路，散发的气息，很旧、很凉。客厅南边有一个简陋的架子，零散地放着一些药瓶、药盒和针剂。客厅西边堆着一些纸糊的金童玉女、金斗银斗，神秘地沟通着人间与地狱的信息。西南角，还有一堆各种颜色的油漆小桶。乡村医生、纸扎艺人、油漆匠，瘸爷变换着多重身份，为村庄里的婚丧嫁娶、生老病死毫无违和地服务。

瘸爷对蔷薇很好，浇水、松土、施肥、剪枝，他家的蔷薇是村庄里开得最好看的，很多人都来找他扦插。蔷薇越长越高，越开越多，爬上墙头，支撑一院的繁华与苍凉。瘸爷守着他的蔷薇，就像守着自己的亲人。

万物皆低，只有蔷薇高于我们。

有时，院子是热闹的，有头疼脑热，感冒腹泻的，来找瘸爷看病。或拿药、或打针、或膏药、或行针，瘸爷总有办法对付这些常见的病症。谁家要娶新媳妇，打完家具，就来请瘸爷去油漆。有老人去世，又会来找瘸爷买纸扎。人来人往，进进出出，院子里就有了很多生机。

而大部分时间，院子是空寂的。有一次，下着小雨，我在家百无聊赖，又跑到瘸爷家去看蔷薇。瘸爷打着一把油纸伞，正站在蔷薇前发呆。蔷薇在雨中更显精神，瘸爷的脸上却一片茫然。就像荒野古城，不敢靠近那一股冷凛。他的目光注视着比远方更远的地方，时间暂且停顿下来。我怀疑他已经变成了一朵蔷薇，或蔷薇的一部分。

毋庸置疑，瘸爷是一个有故事的人。听村人私下议论，瘸爷出身高贵，自小聪明、勤奋，文采出众，去过北京上海，见过大世面，辉煌过、得意过，遭过难、遇过灾，被践踏、被误解，等他归来，妻离子散，孑然一身，腿已残疾。村庄是瘸爷最后的退路，毕竟血脉相连，兄弟们接纳了他，帮他盖房安身。但平时，他们轻易不到院子里来，就像对待一个路人。这怨不得谁，他们受瘸爷的连累足够多、足够深。

往事如烟，瘸爷从来不讲。没有谁愿意去揭开一道陈旧的伤，让撕心裂肺的痛再次刻骨铭心。瘸爷没有土地，但他依靠一双手养活自己。

瘸爷不种粮食,他靠技能收获五谷。在自己的乡野上,他学会弯腰、谦卑、隐忍。只有生存,最有意义。一日三餐,便是最大的惊天动地。

我是瘸爷最小的朋友。每次串门,瘸爷都是欣喜的。

炊烟袅袅,中午的村庄最有烟火色。逼仄的小厨房里,瘸爷坐在灶火下,不紧不慢地拉着风箱。我向灶膛里添柴,观察火苗是否猛烈。瘸爷会给我讲很多故事,李逵打老虎、唐僧西天取经、包拯断案、白蛇报恩,瘸爷的故事讲也讲不完。我睁大好奇的眼睛,不断追问。光阴悠闲而从容,仿佛做饭并不是一件要紧的事情。

瘸爷门前,有一个池塘。下过一场雨,池塘里蓄满浑水。哇、哇、哇,青蛙开始节奏分明地叫了。夕阳一寸一寸地短,夜色一寸一寸地长。瘸爷拾起几个薄薄的瓦片,俯身,侧头,右手把瓦片斜斜打出。瓦片在水面上连续跳跃,像一个调皮的孩子。我拍手欢呼,手都拍疼了。我也有模有样地把瓦片打出去,瓦片却一下子沉到水底。瘸爷把噘着嘴的我高高举起,旋转几圈,再安然放下地,于是,我又开始咯咯笑了。最难忘的,是和瘸爷一块走亲戚。在乡间,走亲戚是件隆重的事情,大人小孩总要穿戴整齐。生活艰难,走亲戚能吃到一些稀罕的美食。瘸爷决定带我去,一则想让我改善口味,二则瘸爷不显得太孤零。瘸爷骑着自行车,我坐在自行车的大梁上。我们穿过田野,向一个陌生的村庄走去。风吹过来,我嗅到小麦即熟的芬芳。

就这样,蔷薇一直开着,开成我生命中最美的样子。

后来,也曾经多次见过各地的蔷薇,印象最深的有两处。一处是邯郸峰峰矿区的集贤山庄,河北省散文学会在那里搞一个大型活动,我们住在窑洞里。清晨,随意在山庄里转转,石块砌就的井台,挂一架辘轳,旁边的石墙上,开了大片的红蔷薇。文友喜爱,纷纷拍照留念。而我固执地站在原地,只是远远地做一看客而已。另一处是邢台的历史文化公园,古城墙下,一丛一丛的红蔷薇连绵逶迤。这两处红蔷薇美则美矣,却始终无法和瘸爷的黄蔷薇相比。永恒的微笑，这个花语的解读更击人心。

　　雪小禅说，有比蔷薇更美的花名吗？在我对花的记忆里，蔷薇是美得过分的词语，读出来就已经心神荡漾。瘸爷守着他的蔷薇，一天天老去。每到浅夏，那院子里的蔷薇不需要召唤，经过一个季节的休眠，突然会在某一天点亮生活。像一条丰沛的河，一朵落，一朵开，前赴后继。有山河照影的张扬，万象我裁的饱满，有端庄里的风情，也有反叛之后的皈依。

　　花开如此，再薄凉的人也温润了。蔷薇花开时，我总会想起和瘸爷的忘年交，干净的，是人心。人心净，一切都美好。蔷薇，成了瘸爷家一个显赫的徽记。它们把春夏秋冬化为羽衣，披在瘸爷身上，相濡以沫。

　　花比人能活，人走了之后，花还在长。越长越高，越长越老。瘸爷去世后，村里重新规划宅基地，瘸爷的家变成了广场。院子没了，那一堵花墙却留了下来，成了大家的，成为村庄最美的景致。

　　窗外的花开着，我似乎看见瘸爷拄着手杖，弯着腰，款款走出，仰望白云，口中喃喃："风啊，水啊，一蔷薇……"不知何时，这堵花墙成了村庄的核心和图腾。临花而居，村庄的故事，都在花前发生。

　　风过花开，时间会让一切走向遗忘。

　　把苦难研磨成生命的蔷薇，在生活的细节中不断思考和书写。

院里有棵石榴树

初夏的暮色，肥美起来，有一种蛊惑人心的味道。

当老太太走进院子，第一眼，马上被这棵石榴树吸引了。

久不住人，院子有些颓败气息，但绿叶红朵，石榴花开得正好。一树繁枝，枝再生枝，光盈的宝瓶，绽放柔薄的花瓣，藏一簇嫩黄的花蕊，或三五成群，或两朵并蒂，宛如新婚的少妇，一脸娇羞，一脸幸福。枝间还结有小石榴，已经圆润可爱。有这棵石榴树在，院子就有了欢腾的气氛，心田就有了丰盈的情谊。

就它了，老太太当即拍板，把这个院子买了下来。

其实，老太太本不属于这里，她和老先生在城市里生活了一辈子，和这个村庄并无什么交集。只是从老先生的嘴里，才了解一些这个所谓故乡的山山水水。老先生生病以后，最大的心愿就是回归故土。可惜还没等他铺垫好一切，就与世长辞。老太太只好借本家侄子的家完成老先生的葬礼，满心感激。

光阴如此匆遽，一转眼，老了；一转眼，没了。再一转眼，一生，悄然过去了。在村庄里买个房，安个家，成了老太太必须要办的事情。等自己和孩子们哪一天被城市赶出门外，也不至于没一个遮风挡雨的地方。只要有瓦，就有根在。有根在，就可以播撒种子，种谷子，种高粱。

老太太带着孩子们打扫卫生，买了床和电锅，拉来几套被褥，能吃能住，简简单单，一个家就有了样子。虽然买了房，但孩子们都有工作，谁也不会在村庄长住。能留下来住一段时间的，就只有老太太。凡事凑合，只求有个落脚安身的地方而已。

周末回乡，我去老太太家串门。掀开门帘，一眼就认出那张方桌和两把柳条椅，原本是摆在我家配房里的。小时候，我经常坐在椅子上，趴在方桌上吃饭。我这个人恋旧，一直保留着这些过时的家具，还想再盘个土炕，摆上油灯，打造一间怀旧民居。不用问，这一定是母亲借给老太太的。

老太太干净利落，说话敞亮，为人大方，是个场面上的人。谁家婚丧嫁娶，无论认不认识，老太太定会送上一份礼金。老太太带回来很多崭新的布头，这个送一块，那个送一块，几个同龄的老妇人每天往老太太家里跑。石榴花在窗前开着，老太太在屋内泡茶待客，还拿好吃的糕点让大家品尝。院子人来人往，和满树的石榴花一样热闹。

老太太刚来时，就认识我母亲，每天都会来我家串门。现在好了，老太太熟人越来越多，来我家的次数就越来越少。母亲并没有任何的失落，一如既往地待老太太好。菜园里割了新鲜韭菜，一定给老太太送一把。熬了大锅菜，一定给老太太端一碗。端午节包了粽子，一定送几个让老太太尝尝。亲亲热热，就像一家人。

老太太一个人在村庄住，孩子们不放心，一再电话催促。老太太要回大城市了，临走时，给我母亲一串钥匙，托母亲帮她照看这个家。

小石榴一天天多，一天天大，母亲隔三差五就会去老太太家打扫卫生。洒水扫地，抹桌子擦板凳，里里外外干干净净。院子不住人，也要有个家的样子。这是主人的体面，母亲总是这样说。有人看老太太的院子常年闲着，就想占用做点生意。他知道母亲有钥匙，就和母亲打招呼。母亲一口回绝，平白得罪一个人。

八月十五中秋节，村庄里有拜月的习俗。月光下，放一张小方桌，摆上月饼、苹果、香蕉、梨、橘子、板栗还有石榴，祈神护佑。石榴是吉祥的象征，石榴多籽，寓意人口兴旺。母亲带我去老太太家摘石榴，石榴又大又红，敦厚，拙朴，很有一种重器的美感。母亲搬来一个小爬梯，嘱咐我把成熟的石榴全部摘下来。我以为母亲是拜月所用，谁知道，母亲只留下一个，而把其他的石榴装在一个小纸箱里，嘱咐我快递给老太太，让她尝尝村庄的味道。

冬天来了，气温下降得厉害。小北风嗖嗖的，不时下一场雪。有时，雪下得很小，随下随融。有时，雪下得很大，积雪能有一尺多厚。屋顶上的雪必须及时清除，否则冻坏屋顶，会出现渗漏。大雪封路，我不能回家扫雪，只有干着急的份儿。父亲和母亲沿着木梯上到屋顶，用木掀把雪推到房下去，再用扫帚扫干净。70多岁的人了，一个气喘吁吁，一个脚步蹒跚，真叫人心疼。屋高雪滑，危险重重。谁料，扫完我家的雪，母亲马不停蹄，又扛着工具去给老太太家扫雪。梯子颤颤悠悠，母亲有点心慌。上到屋顶，风似乎更加猛烈。母亲带着手套和口罩，用力推扫积雪，歇一会，干一会，石榴树摇头晃脑，似乎在陪着母亲说话。快过年了，一进腊月就开始忙。赶庙会、购年货、贴春联、放鞭炮、包饺子、蒸年糕、做豆腐、摊煎饼，一直忙到大年三十才算安生下来。吃过年夜饭，一家人高高兴兴地守岁过除夕。母亲不时地抬头看表，她在等午夜12点的钟声敲响。不早不晚，一到12点整，母亲拿起电话，打给远在城市的老太太，大声说着新年好。这份虔诚，这份讲究，让人有点难懂。

第二年，石榴花开的时候，老太太又回来了。一年不见，老太太明显老了很多。她的背驼了，眼神也不大好，听说还做了一个手术。孩子们都忙，把老太太送回来就走了。老太太岁数大了，一个人住在乡下，他们不放心，但又拗不过老太太，只有嘱咐她万事小心。石榴花开得耀眼，老太太常常站在院子里看花。她说，一看花，就觉得自己还很年轻呢。

老太太到底上了年纪，很难照顾好自己。洗澡时滑了一跤，就摔断了胳膊。饭不能做，脸不能洗，衣服不能穿。邻居主张赶快让孩子们回来，把老太太接走，说句难听话，万一老太太有个三长两短，谁也担待不起。老太太却执意瞒着孩子们，她说，要是知道自己摔断胳膊，以后更不会让她回来住了。

怎么办？谁来照顾老太太的起居？当然是母亲。母亲找车把老太太送到县医院，拍片正骨打石膏，回来让老太太住在我家，喂饭，穿衣，伺候周到。这态度，完全是对待一个至亲的长辈。

虽然沾点远亲，但从没见有什么来往，一辈子你在农村，她在城市，为什么要对老太太这么好？这个疑团终有一天被解开。一天晚上，闲聊的时候，母亲告诉我，当我还在襁褓中时，曾得过一场严重的感冒。在县医院医生的建议下，母亲踏上去大城市求医的火车。人生地不熟的，母亲对大城市莫名地恐慌。还好，能联系上老太太，在她的家里借住了一晚。受人滴水之恩，当以涌泉相报，无论到什么时候，母亲都记着老太太的好。

每个夏天如我，长了一岁，是新的，也是旧的。那棵石榴树，一直在风里，在阳光下，思考生活的意义。

乡下那片向日葵

夏天，是向日葵的世界。

每天奔走在家和单位之间，被钢筋水泥所环围，不自觉地就和大自然有了几分疏离。直到有一天，在摄影群看到一位影友的照片，才惊觉向日葵已经开了。不过，他拍的向日葵在一座房子的后边，只有一小片，远没有记忆中乡下那片向日葵来得壮观。

我对向日葵有一种天然的好感，朵朵金黄总是和爱有关。在西方神话里，水泽仙女克丽泰，只为在人群中多看了太阳神阿波罗一眼，就深深地爱上了他。从此，克丽泰每天都要注视天空，从日出望到日落。众神怜悯，就把她变成一株向日葵，头随日走。在电视剧《金粉世家》中，有一幅唯美的画面打动无数少男少女的心，金燕西和冷清秋骑着自行车，穿行在大片亮丽的向日葵地里，两人的脸上，写满幸福。虽然我至今也看不懂梵高的《向日葵》有多么好看，但至少相信，这爱的最强光，给他颇多失意彷徨的幽暗心底以最后的温暖。

村庄之外，一条河绕村而过。天气好的时候，西边的太行山清晰可见。山冈有着柔美而玲珑的曲线，起伏的田野绿意盎然。在绿海之中，一大片向日葵流金溢彩，闯入眼帘，如同天边一群扑腾着金色羽毛的大鸟，具有十足的动感。明媚的颜色，完全是阳光的味道，相同的姿势，给人朝气蓬勃的印象。这是一种宣言，一种呐喊，把这一生都交给时间，带着一往无前的华丽和冒险。

毛茸茸的茎杆高高挺立着，圆而多棱。粗糙的叶子厚实如掌，丝绢般柔润的花瓣，饱满的黄色花盘，森林一样，共同结成一片明炽的花影。宝奶哈着腰从向日葵地里钻出来，汗珠从枣红色的脸上滚下来，衣服水洗一样贴在后背。她用铁锨扒拉一下垄口里的一团青草，让水能顺畅地流进地里。然后，拄着铁锨像牛一样喘了口粗气。

向日葵是最好养活的，春来撒一把种子，基本上不用管，它就在风里雨里长起来，耐旱、耐盐、耐涝，省心省力。可今年的夏有点反常，雨像是和谁赌气，多少天就是不下一滴。看着打蔫的向日葵叶子，宝奶心疼，所以排了多少天的号，才轮到给向日葵浇浇水。

宝奶70岁了，在村庄里算得上是一个老人了。即使身体还行，也到了要装老的年纪。儿女已经三四十岁，能在家里挑大梁干重活了。装老的目的，一是赢得尊敬，二是躲得清闲。和她同岁的金枝娘整天东游西窜的，啥活也不干。但宝奶不允许自己老，她还要为孙子宝攒钱娶媳妇呢。天价的彩礼，县城里买房，还要买车，现如今，庄稼人娶个媳妇，真比登天还难。

恪守着一块田，只为一个执念。葵花深处，宝奶的眼神迷离起来。

鞭炮齐鸣，喇叭里唱着河南豫剧《抬花轿》，娶亲的轿车来了，门前围满帮忙的乡亲，院里飘满饭菜的香味。宝穿着崭新的西装，新娘子穿着大红的喜服，一起走到自己跟前，两个人一起喊了一声奶奶。她笑着答应着，却不知道泪已经流在腮边。

又做梦了，宝奶摇了摇头。村里人都理解宝奶对宝的感情，从小把宝拉扯大，孙子也变得和老儿子一样了。

　　宝四岁那年，爸妈离了婚。没多久，后妈进了门。一夜之间，宝成了一个碍眼的多余人。宝奶和宝爷怕宝受委屈，就带着宝搬了出来，搬到村边两间低矮的小屋里去了。这里原是一片荒地，宝爷简单盖了两间小屋，是为了养牲口。破烂的门，坍塌的墙，就成了宝的新家。

　　家虽然简陋了些，但并不影响祖孙三人的快乐。傍晚的村庄一片祥和，夕阳晕染了西天。人们端着碗出来吃饭，或蹲或站，聊着闲天，说几句俏皮话。宝贪玩，不知野到哪儿去了。宝奶就站在一块石头上，冲着村子喊："宝，吃饭……宝，吃饭。"别人都笑宝奶，你再大声喊，宝未必能听见。也奇怪，宝奶喊不了几嗓子，宝就不知道从什么角落冒出来，笑嘻嘻地跑到宝奶身边。

　　下地干活，没人看孩子，只好把宝带在身边。宝爷赶着牛车，宝奶搂着宝坐在车上。旁边的篮子里，放着给宝准备的干粮和水。天热日长，怕宝渴，又怕宝饿。到了地里，宝坐在树凉里玩耍，宝爷宝奶在阳光下锄草。锄过去一垄，回头看看，生怕宝跑远了，摔跟头，或者被酸枣刺刮破了腿。又锄过去一垄，远远喊一声宝，听到宝应答才放心。

　　宝爷去世那年，宝奶的头上突然长出很多白发。经历生死，宝奶的身体好像更硬朗了。她把自己旋转成一个陀螺，从没有闲下来的时候。她是村里的保洁员，天不亮就挥舞着扫帚，打扫街道，清理垃圾。她要忙地里的活，忙着春种，忙着秋收。她还要捡酸枣，捡玉米，挖药材，打短工，加工毛绒玩具，把自己所有的力气变成钱，供宝上学。她希望宝有出息，万一将来能成为正式工呢？

　　可宝不爱学习，就爱玩，抓个鸟打个兔子的，很在行。一说学习，就皱了眉，老说肚子疼。初中毕业，宝没考上县一中。宝奶拎着一包笨鸡蛋去找村支书，求村支书给想想办法。村支书苦笑着说，孩子没考上，我也没办法。村支书不要宝奶的鸡蛋，宝奶拎着鸡蛋回到家，愁得一晚上没睡着。宝劝宝奶说，别操这个心了，我根本就不是上学的料。干啥不吃碗饭呢？别替我发愁了。

那年春天，宝奶开始在菜园里种了一小片向日葵。向日葵一天天高，花盘一天天低垂。该收获了，宝奶带着宝小心地把向日葵的花盘铰下来，拿一支一尺多长的小木棍，轻轻敲打头向下的花盘，那葵花籽就纷纷扬扬地落在地上铺着的塑料布上。宝奶架起铁锅，一口气把所有的葵花籽都炒熟了。宝抓起一把嗑起来，葵花籽香满了嘴。可是，宝奶炒瓜子却不是给宝吃的。村里的二晨经常替北京一些单位招工，宝奶想求二晨把宝带出去见见世面。月色朦胧，宝奶把所有的葵花籽都给二晨带去了。第二天，二晨磕着宝家的瓜子，葵花籽香满了嘴。

宝要到北京去了，宝奶约上两个老姐妹进了趟县城，要给宝买一身新衣裳。虽说咱是乡下人，可不能让北京人小瞧了去。宝奶很少进超市，上电梯都是胆战心惊，生怕腿迈得快了，或者慢了，再被电梯卷进去。那一排排的男装，看得人花了眼。她拉过一个和宝岁数差不多的小伙子当参谋，才给宝看中了一件夹克衫和一条牛仔裤。众目睽睽之下，宝奶解开了腰带，从内裤的里兜内掏出一卷钱，在收银台前付了账。宝奶的裤子破了个窟窿，这让她感到难为情。老姐妹劝她也给自己买一件，宝奶看看那些裤子的吊牌价，贵得吓人，急忙逃开。出了超市，来到街边卖衣服的小摊前，宝奶才恢复了自信。讨价还价，最后花了10元给自己买了一条花裤子，一脸的高兴，好像占了多大的便宜。

宝小时候口齿伶俐，说话响快，可长着长着，就变成一个沉默的葫芦了。一转眼，宝在北京干了好几年，换了好几份工作，现在在一家单位当保安。宝很少打电话回来，也很少回家。宝奶都快记不清宝的样子了。想宝的时候，宝奶就埋怨，这孩子，每天忙工作，是不是忘了还有一个奶奶？埋怨归埋怨，宝奶清清楚楚地记得，宝都已经27岁了，成了大龄青年。在宝这个岁数上，宝奶早就当了娘了。成家立业是人生大事，宝奶为宝的人生大事没少打算。

村庄里的人都迷信，认为行好就是积福。每个香会，宝奶必到。她给每一个神灵磕头，祈祷许愿，保佑宝能早日找到媳妇。见了一个外村的熟人，她就要诚心诚意地拜托人家，帮宝介绍个对象。熟人口头答应着，一扭头就私下和别人议论，开什么玩笑？比宝条件好的小伙子多了去了，县城买了房，买了车，找媳妇还费劲呢，图他啥呢？何况还是个后娘。宝奶当然是听不到这些话的，年过一年，她照样要拜托神和所有的熟人，存着那么一点希望。

没对象发愁，可万一有了对象，拿什么把媳妇娶回家？宝上了几年班，没有向家里交过钱，也不知道他的手里有没有存款。宝奶的身体已经大不如前，伺候庄稼经常感到力不从心。于是，她把几亩地都种成向日葵。向日葵好养活，把葵花籽榨成油卖，收入不比种小麦玉米少。

去年春节，宝回来过了一个年。宝奶趁着宝在家，托本家的小媳妇给宝介绍了一个女孩。两个人见了个面，宝不知道说什么好。女孩问了他几句话，他也回答得不痛快。女孩没看上，坐了一坐就走了。春节过完，宝又去了北京。两个人的事就没了下文。宝奶叹息了一回，安慰自己说，不成的话，是宝的姻缘还没到。那就再等等，总会等一个来。

每次想到宝奶的故事，我的心都有点复杂的酸辛。前几天，读李娟的散文集《遥远的向日葵地》，看到一个和宝奶差不多的女性形象，那就是李娟的妈。李娟妈在乌伦古河南岸广阔的高地上种了80亩葵花地，刚长出十公分就惨遭鹅喉羚的袭击，一夜之间，80亩被啃得干干净净。老妈不甘心，又买来种子补种一遍。地皮刚刚泛绿，一夜之间又被啃光。老妈不服气，又咬牙补种第三遍。很快，第三茬种子重复了前两茬的命运。我想，这时候的李娟妈一定是欲哭无泪，伤心透顶吧？尽管如此，她还是播下第四遍种子。两个远隔千里素不相识的女人，都喜欢种向日葵。她们的身上有一个共同点，心存希望，倔强得让人敬，让人怜。

向日葵是摇曳的憧憬，是心里温暖的铺就，是绚丽安静的彩虹，是人间至美的繁花，是不在春天里的盛宴。这沉默的爱啊，要想读懂一棵向日葵，也许需要一生的时间。

第四辑　时光：牵一头牛慢慢回家

　　一条河，一座村落，一声高亢的鸡鸣，一声深巷的狗吠，一片云走过的天空，就构成一幅淡淡的水墨。如果在村庄里见到一只充满沧桑的老牛，一定要心存敬意。牛的默默劳作，换来农人虔诚的感恩。牛，是村庄的恩人，它比人永远高一个辈分。家中养着牛，心中有底气，日子有光泽，走路也会高昂着头。有牛的乡村生机勃勃，牛是村庄另一种常住居民。明月之下，墙在听，路也在听。牵牛而过，眼中满是人们多年前的陈事旧影。去年的叶子在风中落下，今年的叶子在风中生长。

蒹葭苍苍

一

那是几周前的事了。

几周前，趁着天还未大冷，雪还没有来，我去野地里溜达一圈，带回来一支白芦花。按说，芦苇是野地里最为普通的植物，但现在想看到却是极难，非要到水库的边上去找不可。芦花不是纯白，轻微带一点红，毛茸茸的，细碎如棉。说实话，这支芦花是我特意带回来的，那种素雅与清简，朦胧与诗意，与我的脾性甚相合。

我坐在阳台上，把玩着这支芦花。越看，它越像鸟的羽毛。我闭上眼，用芦花轻轻扫过脸颊，那一种痒，让心格外柔软。就像儿时母亲的手，是爱恋，是呵护，也是疼惜。你付出了温柔，它便用加倍的温柔对待你。那纤细，仿佛流水曲线，让人看到自然界的无声流动。明明是萍水相逢，偏要掏心掏肺地交付，这份情谊，世间少有。光影摇曳，芦花飘飘悠悠，就飘到几千年前的水泽深处。

那时候，芦苇不叫芦苇，它有个颇为文雅的名字，叫蒹葭。蒹，没有长穗的芦苇。葭，初生的芦苇。"蒹葭苍苍，白露为霜。所谓伊人，在水一方。溯洄从之，道阻且长。溯游从之，宛在水中央。"《诗经》里反复吟唱的东西，对于一个附庸风雅的人来说，真是再好不过。试想，在一座北方的小城，左手捧一本《诗经》，右手握一支芦花，把自己设想成那个在水一方的女子，一会岸边，一会高地，一会水中央，在那个渴慕的人的梦境，在他的心上。苍凉幽缈的深秋，与一场可遇不可求的爱情邂逅。我暗笑了一下，放弃了这风神摇曳的绝唱。能把芦苇写得这么美，那位作者一定是个非凡的人物。或者相反，他一点也不诗意，也不浪漫，只是触目所及，随口一说，就被后人附加了太多的猜测。他所看到的，只不过是芦苇而已。

《诗经》里植物很多，唯有芦苇生动而有灵气。秋水深邃宁静，苇絮轻扬，承载着多少人的希望和愿景。眼前一支芦苇，让我们在家常的日子，就能感受到江河流淌，山川悠远，甚至想到大河之洲，文明的源头。

芦苇这个名字没有蒹葭有文人气，在我的故乡，一个最平常不过的冀南农村里，芦苇还有一个更为土气的名字，叫"苇奥"。苇是植物名称，奥是词的后缀。我不敢确定这个发音是不是能确切地用这个"奥"字表达，无论是人名，还是植物名，我的乡亲都喜欢加上这么一个后缀。就像哈萨克姑娘的名字后喜欢加"古丽"，小伙子名字后边加"别克"一样，已经成为一种习惯。这种方言的亲切感和贴切感，给人一种不同的感受。

每一次相遇都需珍惜，每一次拥有都要好好对待。芦花遇见了我，我必不能辜负。我折回房间，想找一个合适的容器来安顿它。把它放在我的书桌上，以待岁月清供。在博古架上一顿找，选择，对比，最后终于敲定了一个青花瓷瓶，然后把芦花斜斜地插到瓶中。我所在的北方小县，是邢窑的发源地，所产的邢瓷曾经在一个相当长的时期天下闻名。这个青花瓷瓶是一个立志要恢复邢窑传承技艺的朋友所赠。芦花和这个瓷瓶相得益彰，有一种清冽素朴的美。从此，它会在与时光的拉锯中，慢慢老去，而我的文字，会和它相生相偎。

就这么，我与这芦花之间有了一种说不清的牵连。

二

如果时间倒退三十年，我还是一个文弱的乡村少女，绝不会觉得芦苇是稀罕物。在村北的十里长沟里，到处都是芦苇，浩浩荡荡，碧波荡漾，自成一个汪洋的世界。

初春，苇芽破土而出，嫩紫中泛着青绿，一派生机盎然。盛夏，芦荡云雨翻歇，颇具一分庄严。暮秋，芦花随风轻摆，苇茎更显劲拔。尾冬，苇垛整列排开，人影穿梭，一番热火朝天的劳动场景。风从芦苇上吹过，野鸟在芦苇丛穿梭，那些野葱、野蒜是芦苇荡赐予的美食，水在芦苇根下缓缓地流，野花开得一点也不招摇。

端午节前后，那些少女少妇一头扎进芦苇荡，腰间扎一个围包，一手抓苇杆，一手夹住一片苇叶，猛力一拢，就采下一片苇叶。老家习俗，用苇叶包粽子，用菖蒲扎粽子，煮出来的粽子带有一股清芬。芦苇棒棒点燃了，是驱蚊的偏方，那烟会把蚊子熏死。新鲜的芦花摘下来，在阳光下晒干，可以装枕头。但这些还不是芦苇最主要的价值体现，它的最大价值在于打成苇箔和编席子。

苇箔的透气性好，在乡村用途很广，可以盖屋顶、铺床或当门帘、窗帘用，晾晒蔬菜干、水果干，也是储存粮食的必备工具。"巢橧尚羊裘，荜门仍苇箔"，在钢筋水泥板出现以前，这里的老百姓建房子，苇箔是必不可少的一项建筑材料。我记得很清楚，冬天农闲，我家的门前就堆着一捆一捆长长的芦苇，放一条板凳，均匀铺靠一层芦苇，先把芦苇的叶子去掉，就开始打苇箔了。

父亲支好架子，我抱来去掉表皮的苇杆放在两侧。父亲把经绳搭挂在"箔牙儿"中，人站在苇箔架子的一侧，拿一根芦苇横放在"箔牙儿"上，双手将两端的麻绳作交叉状，把芦苇从苇根至苇梢逐个编拧好。按照这个流程，父亲在架子前来回走动，把两侧的芦苇不断用麻绳拧紧在各个"箔牙儿"上，逐次编拧成苇箔。苇箔不需要多么高深的技艺，一般村民自己都能打。编席子就不同了，必须请专门编席的外地师傅才行。

席梦思床没出现之前，北方农村主要是土炕，炕上铺的就是席子。席子非常精美，光滑细腻，花纹丰富，最常见的是双纹、三纹席花、人字席花、十字席花、三角席花、龟甲席花、胡椒眼席花等。从某种意义上说，这不是寻常日用品，简直就是一件工艺品。它的编织过程，是非常繁琐的，包括选料、破篾、碾苇、刮苇皮、分篾片、编织等很多工序。

选好芦苇之后，先要破篾，就是用解刀或圙子把芦苇劈分成大致均等的苇篾。解刀将芦苇从根部起手、劈解成两片。遇到较粗的芦苇，便可使用圙子。圙子有三口、四口、五口之分。用哪种工具，主要看自己的需要。将劈分好的苇篾，按大致一片苇席的用量捆成一份，然后浸水焖透。之后将苇篾放置阴凉处，待其七、八成干时，再将苇篾按长短分别铺在碌碡下。推拉碌碡在苇篾上滚动、碾压，直至苇篾柔韧、劲软。一切准备就绪，编席师傅就要全心全意地编席了。

关于编席，孙犁先生在散文《荷花淀》里有经典的描写："月亮升起来，院子里凉爽得很，干净得很，白天破好的苇眉子湿润润的，正好编席。女人坐在小院当中，手指上缠绞着柔滑修长的苇眉子。苇眉子又薄又细，在她怀里跳跃着。"简短的文字，就刻画了一个等待丈夫回来的水生嫂形象。而在我的记忆中，编席师傅怎么都是不修边幅的老头子呢？

编席的流程大致分为：投苇、蹬角子、打条儿、编席心、锁边儿、整理。先将碾制好的苇篾按使用分成长苇、二苇、三苇等备用，然后从席的一角起头，将长苇首尾交叉依次排放脚下进行编织，沿着蹬的角子编成席条，再从席条两边逐次编织。席心是席的主体部分，由一个个席花编织组成。抄二压三连抬四，这口诀的意思是，先抄起苇篾两根，再压下三根抬起四根，以此循环往复。摆边的口诀也很简明：两三根，两四根，抄一根，压一根。最后，苇席主体基本编织完毕后，将背面多余的苇茬儿用操席刀截掉或插入席花，调整好苇席的整体疏密、抻拉好形状，一领漂亮的苇席就完工了。

编席师傅虽然其貌不扬，但干起活来，真是迷人。左手抬，右手压，步步注意席花的紧密，随时用撬席刀子挤紧，其用心和细心程度，绝不低于女子纳鞋底和绣枕套。在一领席子里，在那抄压连抬里，一定藏着乡民对宇宙秩序的浪漫构想。然后，用一种最简单、最自然、最漫不经心的方式呈现出来。坐在席子上，天地与我并立，万物与我为一，可闲聊，可纺线，可读书，可打盹，家事国事，都在这里。

从芦苇到苇箔，从芦苇到苇席，这个世界的物质属性没有变化，只是改变了它们的形状和位置。把一支芦苇放大，就是田野山河，再放大，就是整个世界，因为它们是同构关系。

三

小时候，我们经常在祠堂前玩耍，昏暗的路灯下，几个小小的身影跑来跑去。有一次，我们认识了一个叫"席儿"的男孩，他比我们大个两三岁。说认识其实也不认识，因为只看到他和别的男孩玩，我们女孩子根本没和他说过话。席儿个子不高，脸盘方方的，皮肤很白，有点怯，从来听不到他大声说话。

按说，村里的人我都是熟悉的，包括老人和孩子。怎么不熟悉席儿呢？奇怪的是，过不了几天，席儿又神秘地失踪了，不知道他去了哪里。好奇心埋在心里，有一天总会了解事情的真相。大人说话，小孩子总是有意无意地听一句，在母亲和三婶的一次闲聊中，我了解了席儿的故事。

故事很长，还要从编席开始。

村里有一个很出名的女子，叫桂婶，年轻时长得很漂亮，唇红齿白，皮肤白皙。桂婶走过去，不知道有多少双眼睛随着她的身影飘来飘去。漂亮的女人命未必好，在生了四个孩子后，桂婶的丈夫去世了。一个女人拉扯着一群孩子，不说也知道多不容易。

这一年，从外县来了一个编席的汉子，长得不错，手艺也好，在桂婶家编了几天席，两个人你看我顺眼，我看你如意，一来二去心里都有了对方。汉子编席，桂婶一会端茶，一会送水。说上一两句闲话，或时不时地看上一眼。汉子也喜欢为桂婶编席，只要桂婶在跟前，汉子的手指格外灵巧，心里格外高兴。席子编完，汉子没有要工钱，而桂婶的心却给了汉子。桂婶找村长说合，办了一个简单的酒席，那汉子就成了桂婶的夫婿。第二年，一个大胖小子降临人间。为了纪念他们的爱情，两个人就给孩子取了个名叫"席儿"。家里孩子更多了，热热闹闹的，出来进去。

就这样过了几年，那汉子却在村里呆不下去了。桂婶的大儿子长大了，容不下有这样一个后爹的存在。于是，在一个烟青色的黄昏，汉子带着席儿和桂婶依依惜别。桂婶拉着席儿的手，说啥也舍不得放开。席儿安慰桂婶说："娘，你想我了我就回来。"父子俩走后，桂婶不知道度过了多少不眠之夜，流了多少眼泪。可她不敢把任何的不满和牵挂表露出来，否则，自然会招来儿子的一顿白眼。

汉子的家是东边县的，据说穷得叮当响。席儿在那边过得当然没在老家好，于是过一段时间就跑回来住几天，走了再来，来了再走。一晃席儿成了二十多岁的青年，父亲去世后，席儿回来投奔母亲，说啥也不走了。虽然大家都知道席儿是桂婶的孩,可他的户口没在村里,所以不能分地。桂婶找村长,找乡里,好话说了一箩筐,就差磕头作揖了,最后还是没有地。不能就不能吧,席儿无所谓,这么大个人,怎么也能养活自己。这时候,两个哥哥都分门单过,席儿和桂婶住在逼仄的老家小院里。桂婶的心里空落落的,她很介意席儿没有地。一个人没有一寸地,在苇庄是没有根的,所以,桂婶不顾自己年老力衰,坚持带着席儿去开垦一块荒地,一块属于席儿的地。

那时候,农民看地很亲,边边角角都被开垦了,哪里还有容易开的荒?寻来寻去,也没找到适合开荒的地方。席儿有些灰心,但桂婶像是和谁赌气,开荒的目标近乎偏执。她借来大儿子的牛,又借来二儿子的铁铧犁,吆喝着走向村北,走向一眼望不到边的芦苇荡。在一个大坝下,桂婶停下来脚步,这里虽然也长着芦苇,但稀稀拉拉,长得也不高。桂婶吩咐席儿驾牛插犁,要开发出一块荒地。席儿先用镰刀割掉芦苇,再驾牛犁地。那些芦苇砍掉后,芦根还深埋在地下。牛用力前拉,似乎能听到苇根"崩崩"斩断的声音。席儿耕地,桂婶在后边把苇根仔细捡出来扔到一边。牛累,人也累,要开垦这么一块地真是费劲。太阳西斜,大地无声,两个人顾不上回家吃饭,不停地干活,和苇根搏斗。他们知道,虽然明年春天还会有一些芦苇长出来,但起码现在,他们拥有了一块自己的土地。

有了一块地的席儿,从此在苇庄扎下了根。

四

往事如烟,风过如苇。

师范毕业之后,我先是在苇庄教了三年学,那时,村北的苇荡还是浩如大海。等我调到县城工作后,听说村民把芦苇荡都开垦成了土地种庄稼，芦苇是一根也看不见了。随着社会的发展，生活水平的提高，苇箔和席子基本退出了人们的生活，那芦苇还有什么用呢？我又记起那个太阳明亮的中午，桂婶和席儿在芦苇荡边开垦荒地的情景。要想开一小块荒地都那么费劲，我不知道苇庄人是靠什么方法能把面积浩大的芦苇荡彻底铲除干净的？

事实是，苇庄人端午节包粽子，所需的苇叶也要从超市里买了。

我在课堂上给我的学生讲《诗经》，还是那首摇曳在风中的诗："蒹葭苍苍，白露为霜。所谓伊人，在水一方。"齐齐的朗读之后，有个细眉细眼的女生站起来问我："老师，什么是蒹葭？"我说："蒹葭就是芦苇。"但这个解释让她更糊涂；"老师，什么是芦苇？芦苇长什么样？"石破天惊一般，我有瞬间的震惊，不知何时，芦苇竟不能再做蒹葭的通俗解释，因为孩子们不知道蒹葭是何物，同时也不知道芦苇是何物啊。

一阵悲凉袭来，我恍惚无言。想起很多年前，在那个有竹子有花的院子里，我坐在一把咯吱作响的木凳上，听姥爷为我讲故事。那时，他已经60多岁，面目慈祥而陶然，小小的我，哪里知道他遭受的苦难。

姥爷的家庭在村中属于书香门第，几个弟兄都有文化，毛笔字写得行云流水。他的父亲省吃俭用，存个钱就要买房置地，可一夜之间沦为赤贫，在村中的地位也一落千丈，任谁都可以欺负，谁都可以辱骂。家庭的变故让姥爷从此沉默寡言，再也不拿毛笔了。他把自己宅了起来，每天日出而作，日落而息，下地干活，养牛喂猪。路上遇到人，谦卑地笑笑。别人毫无顾忌地开他的玩笑，他一点也不羞恼。冬闲时节，他一天天地打苇箔，赚取一点菲薄的收入。他活在自己的世界里，只要平平安安地活着。

无论是谁，都无法体会多年来他的真实心境。他把自己活成了一支芦苇，温柔了心性，懂得了包容，学会谦卑。就算拥有挺拔的身姿，也明白了必要的弯腰是对世界的尊重，是对生命的怜惜。帕斯卡尔说："人是一棵有思想的芦苇，一个会思想的人，是不会被这个世界左右了的。"我知道，无论在现实世界里如何被踩踏，他的内心都是高贵的。有一天，时光老去，但芦苇还摇曳在我们的记忆中，溯洄从之，逆着生命的河流往上追寻，一定能找到一个人，那一定是他的思想。人会老去，思想一直都在。

"关河万里寂无烟，月明空照芦苇""徘徊望尽东南地，芦苇萧萧野水黄""芦苇萧萧吹晚风，画船长在雨声中"，吟诵关于芦苇的诗句，每一句我都喜欢。诗中的芦苇简洁空灵，亭亭玉立，诠释着中国人对于"空"的理解。这种理念已经融入我们的血液，成为一种本能。

去南京的幕府山夹骡峰，山北麓有一达摩洞，江北六合的长芦镇有"长芦寺"遗址，长芦禅寺内有一苇堂，就是为纪念达摩渡江后参拜长芦寺而建的。达摩是天竺国香至王的第三个儿子，得到佛法后来中国传化，却与梁武帝话不投机，一个主张自我解脱，一个主张普渡众生。得知达摩离去的消息后，神光禅师随后骑骡追赶。追到幕府山中段时，两边山峰突然闭合，一行人被夹在两峰之间。达摩正走到江边，看见有人赶来，就在江边一老妇人手中化来一根芦苇投入江中，化作一叶扁舟，飘然过江。神光禅师从老妇人手中抢来一束芦苇，却沉下水去。这就是"一苇渡江"的故事。

祝勇在他的散文《一把椅子》中有这样一段话，中国人素来含蓄，从不构造浩大繁密的哲学著作，洋洋洒洒，滴水不漏地论述自己的哲学体系，但中国人是有哲学的，只不过那哲学渗透在万事万物中，看似不经意地表达出来。芦苇是河边的植物，也是灵魂的道场。作为达摩渡江的一支芦苇，无疑是幸运的，而作为神光脚下的一捆芦苇，无疑是不幸的。化来的芦苇，具有了通神的本领。而抢来的芦苇，当然让神光沉下水去。芦苇渡江，渡的是有缘人。

芦苇是桥梁的舟楫，俗世与得道，烦恼与解脱，都在一苇之间。加冕给芦苇的说辞，最终的梦想是空灵一片。万物肃杀的时节，芦苇挺直腰杆，传递出无数的信息，成为一个诗章。因为，芦苇不仅仅是一种植物，还是我们与世界联系的一个楔子，一个接口，我们的交流、思想、学习，都离不开一支芦苇。

　　我给学生讲起芦苇来总是滔滔不绝，没有人怀疑我对芦苇的深情。我给他们留了一个作业，周末的时候，让家人陪着深入大自然，去寻找有芦苇的地方。我知道这个作业未必能完成，一则因为有芦苇的地不好找，再则家长们都很忙，谁有耐心去帮助孩子完成一个和成绩无关而类似游戏的作业呢？

　　没想到，周一返校，还是那个细眉细眼的女生，远远向我招手。她竟然举着一支芦花，淡淡的白，淡淡的红，在人群中煞是好看。我终是被感动了，为了这一份芦苇之情。我多么希望这些学生们，都能和芦苇一样，从小芽尖尖，直到郁郁葱葱。

乡间有鼠

乡间，有鼠。

小时候，我跟着奶奶睡。奶奶家是个狭小逼仄的小院，墙体是石头泥坯，地面是未经任何处理的土地。烟熏火燎，墙面黝黑。夜间，常能听到一些奇奇怪怪的声音，啃咬、打斗、作恶，让人不能安睡。我知道，那一定是鼠溜着墙根爬上爬下，穿梭于房梁、衣柜、装粮食的口袋之间，肆无忌惮，又鬼鬼祟祟。

村庄的人对鼠通常没有好感，在他们心中，鼠不过是面目可憎的小畜生。但以我小小的年纪观察，人们对鼠除了讨厌，还多少有点恐惧。人们在议论鼠的时候，从来都不提鼠的名字，而说"那物件"，声音也往往低下去，悄悄私语，好像声音一大，就会被鼠听了去。那么通灵的东西，万一报复起来，说话的人只有更倒霉。总有一些神秘的气息笼罩着村庄，一棵几百年的古槐会成精，一条滑不溜秋的蛇会成怪，草木鸟兽，都有它们震慑人类的本领。鼠虽小，却是乡间不可或缺的组成。

鼠，又叫耗子，身体像个圆锥，头小身大，皮毛光滑，拖一条长长的尾巴，竖着尖尖的小耳朵，瞪着一双圆溜溜的小眼睛，在漆黑的暗夜中潜行。曾经有一次，我半夜醒来，想要喝一杯水，拉亮电灯的一瞬间，遽然发现衣柜上有一只又肥又大的老鼠，足有半斤重，胡须一翘一翘的，正贼眉鼠眼地看着我。我很害怕，全身的毛孔都好像张开了，我想立刻把熟睡的奶奶喊醒。但我克制了自己，睁大眼睛紧盯着它，看它有什么进一步的行动。一人一鼠，在寂静的夜里彼此对视。所幸，时间不长，那只鼠"哧溜""哧溜"跑走了，我才终于松了一口气，却怎么也无法入睡。万一在我睡着的时候，它回来咬我怎么办？虽然我在被窝里，可脸是露在外边的呀，据说多年前一个小男孩在睡觉时被老鼠咬了脸，长大后留下一块难看的疤，连个媳妇也娶不下。越想越怕，我干脆用被子蒙住头，这样才感觉到安全。

　　对于鼠最早的描写，大概来自《诗经》，其中《硕鼠》一诗用重章叠句的手法，反复咏叹着"硕鼠硕鼠，无食我黍"。什么意思呢？就是大老鼠啊大老鼠，不许吃我种的黍！多年辛勤伺候你，你却对我不照顾。发誓定要摆脱你，去那乐土有幸福。那乐土啊那乐土，才是我的好去处！在这里，诗人把剥削者比作大老鼠，对他们进行了愤怒的控诉。古人就爱打比方，把剥削者比什么不好，干嘛非要比作鼠呢？由此可见，古人对鼠的感情倾向。千百年来，人们创造了很多和鼠有关的词语，比如鼠目寸光、胆小如鼠等等，大多带有贬义色彩。一个"鼠"字，把附带的词语也糟蹋了。

　　人们讨厌鼠，当然是有原因的，它们不但偷吃人们辛辛苦苦种出来的粮食，还喜欢磨牙，没事也会把衣服、纸箱等东西咬坏，最可怕的还是传播鼠疫。粮食洒一地，衣服咬个烂，谁心里没有气？只要是被鼠咬过的蔬菜或粮食，最好直接扔掉。有些女人过惯了节俭的日子，看白菜被鼠咬了一个小洞，扔了可惜，就用刀把那个鼠洞切掉，还想继续吃。一旦被家人发现，马上会疾言厉色地制止她，赶快扔掉白菜，你不要命

133

了？鼠在夜间祸害人间，白天又消失不见，机灵中透着一丝诡异。人们想了很多办法来治鼠，往鼠洞里灌水，塞石块，在鼠经常出没的墙根放粘鼠板、铁制的捕鼠器，都收效甚微。偶尔一只鼠因为贪吃诱饵被夹住腿，也会惨烈地挣扎反抗，从来不缺断腿求生的决绝和勇气。即使捕得一两只，实际意义也不大，挡不住邻居家的鼠老来串门，夜间仍然窸窣有声，让人头疼不已。鼠的繁殖能力又那么惊人，子子孙孙无穷匮也，逮住了大老鼠，又出来了小老鼠，人鼠相斗，人并不占什么优势。

比较起来，对付鼠最好的方法，是在家里养一只猫，猫是鼠的天敌。据说，当年轩辕黄帝要选十二动物担任宫廷卫士，猫托鼠报名，鼠给忘了，结果猫没有选上，从此与鼠结下冤家。鼠机灵，猫更敏捷，只要鼠一出现，猫就会纵身一跃，划过一道优美的弧线，爪下毫不留情。为了规避风险，鼠只要听到猫的叫声，就会远远避开。有时，猫的嘴里叼着一只鼠的样子，真是勇猛。因为捕鼠有功，猫在家里享有很高的待遇。多年来，我们家先后养过好几只猫，有黑猫，黄猫，也有大花猫。奶奶给它们喂食，常把馒头嚼碎了，再倒点清水。猫吃腻了馒头，奶奶还会去商店给它买火腿肠改善生活。晚上看电视，猫可以跳上奶奶的膝盖，哪怕是刚换的干净衣服，奶奶也一点不生气。冬天冷，猫还会钻人的被窝。鼠贱猫贵，仿佛自古就是这个道理。

每个人的来历都是一个难解的谜，你不知道前生是天空或大地上的什么小兽。长大后，我对鼠的感情慢慢发生了变化，因为我属相为鼠。读柳宗元的寓言故事《永某氏之鼠》，写一个子年出生的人，"鼠，子神也，因爱鼠"。为了爱护鼠，家里从不养猫狗，也不许仆人捕杀鼠。连他家的粮仓、厨房，也都任凭鼠横行，从不过问。时间长了，当然养鼠为患。类似的记载，也出现在《清稗类抄》中，说盐城也有一个因偏爱鼠而纵容鼠的人。属相无法选择，鼠既然是自己的生肖神，当然要有一点怜惜之心，爱慕之意。闲来无事，我经常从文史典集中寻找一些佐证，好成为我爱鼠的理由。

  鼠是十二生肖之首，稳坐江湖老大的地位。谣传说，鼠这个第一得来有点不光彩，是骑在牛背上抢占先机捡的漏。但我更喜欢其他说法。鼠，时近夜半之际出来活动，将天地间的混沌状态咬出缝隙，"鼠咬天开"，所以子属鼠。还有种说法，动物的前后左右足趾数一般是相同的，而鼠独是前足四，后足五，奇偶同体，物以稀为贵，当然排在第一。翻阅老皇历，查属鼠人的性格和运势，洋洋一篇，我只挑好词来记。"鼠年生人，为天贵星，性格聪明伶俐，凡事宜有心德，此人志愿颇高，颇有成就，且有积蓄财富，一生多幸福。属鼠的人记忆力很好，非常爱提问题，独具慧眼。每一件事，把它记录下来，并把这些当做是自己的嗜好。因此，属鼠的人成为优秀作家并不令人吃惊。"读到此处，我暗暗心喜，"成为优秀作家"这一点非常契合我的心意。因为，我本身就是一个业余写作者，写稿十年，时有文字在报刊发表。不敢称作家，但对文字的喜爱深入骨髓。难道这和我的属相有某种关联？外国的列夫·托尔斯泰、雪莱，中国的上官婉儿、杜甫、白居易，哪一个属鼠人不是在文坛上熠熠生辉？感谢属鼠，请赐予我写作的灵感和智慧。

  我们那一代人，童年是被放养的。晚饭后，我们快乐地跑出家门，约上一大群小伙伴，到村中唯一的那盏路灯下去做游戏。一边玩，一边唱着儿歌："小老鼠，上灯台，偷油吃，下不来。"当时年纪小，无法理解老鼠偷油的可恶，和传唱者对小老鼠身处困境的幸灾乐祸，反而觉得小老鼠天真可爱。小老鼠闻到油壶里的香味，想吃，但进不去，怎么办呢？经过反复尝试，最后用长尾巴伸进壶嘴里蘸油，终于吃着油了。这个故事很有趣。后来去北京，在一次画展中看到一幅齐白石的《老鼠与油灯火》，算是对那首儿歌有了形象而直观的认识。油灯画在左边，油芯上的火焰似被微风吹拂，画的右下侧是一只老鼠，形简意足，画尽了鼠的机敏伶俐。在民间，很多地方还保留着老鼠嫁女的民俗。鼠是害人的，不吉利，所以要把它嫁出去。一般在正月二十五晚上，家家户户都不点灯，全家人坐在堂屋炕头，一声不响，摸黑吃着用面做的"老鼠爪爪"，不出声音是为了给老鼠嫁女提供方便，以免得罪鼠，给来年带来隐患。在戏文《五鼠闹东京》中，钻天鼠卢方、彻地鼠韩彰、穿山鼠徐庆、翻江鼠蒋平、锦毛鼠白玉堂，英雄以鼠冠名，鼠又成了侠义的化身。

自古画家画鼠的不多，齐白石是个例外。文学家写鼠的也寥寥无几。林清玄曾写过一只美丽可爱的黄金鼠，能自己把食物藏在腮边，还可以自己洗脸。清洗长毛的时候，更是让人忍不住惊叹。它被当做宠物售卖，价值竟然是一千八百元。一只老鼠的价值，竟然抵得上我们半月的工资了。古典名著《西游记》中，老鼠精是个美丽的少女，还是托塔李天王的干闺女。《红楼梦》里，"情切切良宵花解语，意绵绵静日玉生香"，写贾宝玉把林妹妹编排成一只小老鼠，写尽小儿女朦胧旖旎相互玩笑的情态。贾宝玉怕林妹妹中午贪睡睡出毛病，又闻到林妹妹袖间的奇香，就编出一个故事，说扬州有座黛山，山上有个林子洞，洞里有一群耗子精，腊八节需派鼠下山去偷米偷豆。有一只又小又弱的小耗子愿意去偷香芋，它要变成一个香芋混在香芋堆里，不料竟变成了一个标志的小姐，就是林妹妹。

鼠是古老的生物，生生不息繁衍至今，想来也是有一种自强不息、百折不挠的精神在。人生不易，鼠生存也难。你把它从数十米甚至上百米的高空扔到地上，本以为鼠定会粉身碎骨，血溅当场。却不料它翻转身，喘息一下，便像没事一样该干什么干什么，绝对没有性命之忧；虽不是水生动物，也没有超强的游泳本领，然而窄沟、浅水、池塘是挡不住它的，鼠可以一口气在水底钻好几米远，自己则毫发无损。摔不死，淹不死，简直就是打不死的小强。老鼠无辜，人心有尘。和鼠相比，人有时是不是太脆弱了呢？

身为一个属鼠之人，我当然要具备鼠的坚韧品性。遇到沟沟坎坎，不怨天尤人，不绝望哀号，冷静面对，咬紧牙关，始终坚信，柳暗花明之后，又是一个生机勃勃的春天。去年，是我最倒霉的一年，不顺心的事一件接一件。正月里，我开车从乡下回县城，刚从乡路拐上328省道，一辆拉煤的大货车呼啸而来，瞬间把我顶到路边的沟里，好好一辆新车，后屁股被撞个稀烂。虽说生命无碍，但经历生死，受到的惊吓难以描述。随后，母亲血压飙升，骑自行车连摔跟头，胳膊疼得抬不起来，到医院一检查，是肩袖损伤，很麻烦。我带着母亲天天去医院做理疗，然后静养很多天。母亲的肩膀刚有好转，父亲骑着刚买的电三轮去村外打扫卫生，一转眼，就被可恨的小贼把三轮车偷走。父亲步履蹒跚地走回家，气得吃不下饭。破财免灾，我又给父亲买了一辆一模一样的三轮车，怕他心里过不去这个坎。风来雨去，没有个消停的时候。也曾独自一人伤心落泪，也曾对生活失去信心。后来我想，否极泰来，再坚持一下，苦难就会过去，冬天过后一定是春天。这时候，我庆幸自己是一只鼠，坚强走过了人生最黑暗的时刻。

如今的乡村再也不是以前的乡村，高房大屋，水泥地面，鼠的生计日益艰难。在那些简洁的黑白时光中，鼠曾和人一起熬老岁月。枯燥的日子需要一些律动的音符点燃，想起乡间的鼠，总是很多温暖。

寻味内丘之大锅菜

河北省内丘县，汉代称中丘县，它西依太行，东临尧乡，既是神医扁鹊的行医故地，又是邢白瓷的发源之乡。物华天宝，人杰地灵，这一片热土，不仅积淀着厚重的历史、灿烂的文化，还散发着一系列美食的淡淡清香。

早晨第一缕阳光洒在黄水峪村外的山坡上，龙门客栈的酒旗在风中高高飘扬。竹篱茅舍，木屋柴门，古井与石碾相望，犬吠与鸡鸣互闻。桃花灼灼，刘伟冬腰间扎着围裙，已经开始在厨房里忙活。

这天，有几位远方的朋友要来，刘伟冬准备熬制大锅菜，来表示一下诚挚的心意。大锅菜是内丘一道颇具特色的美食，主要食材有猪肉、粉条、豆腐等，做法类似东北的乱炖，但对火候的把握又特别严苛。从准备到出锅，怎么也要半天的时间。可作为家常小吃，也能用来招待宾朋，在《内丘县志》中有明确的记载。

木柴在铁锅下燃起愉快的火焰，刘伟冬有条不紊地开始了自己的做菜之旅。一招一式，层次分明。首先，要炒酱。这个酱是他用馒头发酵，蒸熟、焖、加水、升温、搅拌等一系列工序做成的，为了好吃，做酱要花费半月的时间。炒酱的时间全凭经验，炒嫩了，没有香味；炒老了，就要粘锅。酱炒好后，倒入蒜末、葱末、姜末，文火炒肉。肉是上等的五花肉，需切成2—3公分的长方形，炒至肥肉耗出油，加两瓢水，再熬30分钟，让肉慢慢浸入酱香。然后，肉捞出来，把水加够量，放进粉条，大火炖40分钟左右。再放海带、白菜、山药、食盐，稍后放豆腐，30分钟之后，再把肉放进去，再炖30分钟，让豆腐和肉的味道相互融合。出锅时，热油泼葱花，拌点香菜、酱油、醋调味，揭开锅盖的瞬间，白汽蒸腾，大锅菜就算大功告成了。

中午，阳光很是温暖。抬两张方桌，搬几把柳条圈椅，朋友们说笑着，开始进餐。一碗大锅菜的迷人之处，会静静的，完美呈现。有人大锅菜就花卷，有人大锅菜扣米饭，每个人都投射出兴奋而隐秘的欲望。肉肥而不腻，海带不硬不软，豆腐光滑劲道，山药绵软香甜，这慢慢煨煮出的浓厚滋味，就像我们的生活，琐碎中的幸福，只有交给时间。

刘伟东今年35岁，黝黑的皮肤，沧桑的笑容，朴素的衣着，让他看上去比实际年龄老了许多。他生在一个殷实的农家，初中没毕业就跟父亲做起中药材生意。年轻的心，总是不安于现状，先是买大车跑运输，后来又开煤场。在赚取人生的第一桶金后，自我膨胀让他一度迷失，疯狂的炒股几乎让他把家底赔光。经历过人生的大起大落，他开始进行哲学式的思考，我是谁，从哪里来，该怎么生活？

他想找一个地方，适合自己待着，圆一个隐士梦。经历，沉淀，然后归于安静。2011年，他承包了一大片荒山，搬石挖土，盖房建屋，养鸡喂猪，开始筹建自己的田园。第二年，资金出现问题，无奈之下，他把田园改成客栈。盘起第一口大锅，做起招牌大锅菜，维持生计之外，还想告诉人们，这不仅仅是一个地方，而是一种情怀，乐观、简单、干净、为人处世，像一棵白菜那样生长自然。

人生始终在漂泊，疲惫的心灵需要一个休憩的客栈。土炕、水井、石碾、柿子树、方桌、柳条椅、煤油灯、油纸伞，春来耕种，夏来收获，守望乡村最后的风景。刘伟冬对食材的要求是纯粹、地道、天然。有机肥种出的花生榨成油，自己种的红薯加工成粉条，散养的年猪，菜园里拔下的白菜，卤水点制的豆腐，原汁原味，素朴天然。

在内丘，大锅菜不仅具有美食意义，还承载着悲欢离合的丰富情感。不同食材的组合、碰撞，产生了裂变性奇观。甜的、辣的、酸的、咸的、硬的、软的，都在一口铁锅里相逢、邂逅，让人击节赞叹。结婚、生子、离世，见证了一个家，一个生命的诞生、成长、相聚、离别。村庄里的乡邻天生就是厨师，新娘进门，他们欢欢喜喜来帮忙；老人离世，他们心情复杂来送别。大锅菜在各种村宴上隆重登场，见证神圣，诠释庄严。

最美人间四月天，一丝大锅菜的芬芳在春天的深处飘远。对生活的热爱和感恩，寄托在大自然的一草一木、一蔬一果上。舌尖上的执着，总能让身处都市的我们，找到一份对土地的念想，对四时的期待。

养鸡的村庄那么温暖

　　我坐在屋檐下吃苹果，母亲端着一小瓢玉米去喂鸡。母亲向院外走，一群鸡紧跟其后。母亲步履蹒跚，鸡争着向前。苹果树的叶子绿了，阳光从东枝头跳到西枝头。

　　这一幕场景，让我心底生暖。

　　鸡是农耕时代一种重要的家禽，几千年前，不知道哪一个智慧的先民率先把野鸡驯化成了家鸡，从此鸡和村庄的命运息息相关。印象中的冀南农村，家家都有养鸡的习惯。田间小路交错相通，鸡鸣狗吠的声音此起彼伏。狗在深巷中小吠，鸡在桑树上高歌，鸡和狗一起，构建了田园生活的和谐统一，农村环境的宁静悠闲。

　　村庄里可以没有牛羊，但不能没有鸡狗。《诗经》中有这样的句子："鸡栖于埘，日之夕矣。"这个"埘"就是鸡窝，很简陋，不过是在墙壁下凿的一个洞。比较而言，我家的鸡窝就奢侈许多。北墙根下，用蓝砖水泥砌成，分上下二层。一层是鸡睡觉的卧室，二层是鸡下蛋的工作室。鸡窝上铺一块平整的石板，就是天地桌，上方墙壁贴着供奉天地的内丘神码。在院子里，鸡窝占据了一个显著的位置。

母亲不是佛教徒，但她有自己的一套民间信仰体系。天地、老母、财神、灶神、仓官，关公等，尊卑有别，上下有序。其中，天地的地位最高，必须放在供奉的首位。逢年过节，母亲准备了丰盛的祭品，摆在天地桌前，俯首下拜，礼敬有加。不经意间，也敬了鸡。其实，敬鸡也不算错。在中国传统文化中，鸡是身世不凡的灵禽，例如凤的形象来源于鸡。《太平御览》中记载："黄帝之时，以凤为鸡。"我隐约理解了母亲对鸡的感情，过年时，她总会在鸡窝旁贴一个"鸡肥蛋多"的吉祥语。

"喔——喔——"大公鸡昂首傲立，一声长啸就叫出了太阳，叫出了黎明。火红的鸡冠，半圆的鸡坠，油亮的脖子，五彩的羽毛，金黄的爪子，注定它要成为群鸡之王。风雨如晦，鸡鸣不已。在《诗经》中，鸡的形象往往和计时密切相连，成了独特的时间文化的象征。在朦胧的晨色中，父亲推开家门，扛着一把锄头，踏着露水走向田野。或者骑着那辆破旧的自行车，到遥远的大山深处去采购酸枣。为了这个家，父亲辛苦奔波。暮色四合，我才看到父亲疲惫的身影。

一只公鸡老了之后，往往逃不掉被宰杀的命运。收鸡的外乡人拿着长杆套网，追着公鸡满院子跑。家中有了喜事，乡亲们也会杀鸡，炖鸡绝对是一道美食。村庄里的老鹞胆大心厉，杀猪杀鸡大家都请他帮忙。宴席上有鸡有鱼，档次就提升不少。因为"鸡"与"吉"谐音，取个"大吉大利"的好彩头。《左传》之襄公廿八年有记："公膳日双鸡。"齐国公卿大夫们的工作餐，一天能吃两只鸡。齐王更爱吃鸡，尤其是鸡爪。每读此处，但觉这个齐王甚是可爱。因为我不爱吃鸡肉，却爱吃鸡爪。寸寸筋骨，细吃慢啃，颇觉有趣。杀鸡的现场一片狼藉，那凌乱的鸡毛还有大用处。谁家的风箱掉了毛，就会拿这些新鲜的鸡毛补上。

老母鸡"咯咯"地叫着，在院子里踱来踱去，这儿拉一堆鸡粪，那儿拉一堆鸡粪。如果是公鸡这么放肆，母亲早就急了，会拿着扫帚一直把公鸡打到院外去。母亲厚此薄彼，给了母鸡在院子里拉粪的特权。指望着母鸡下蛋呢，还能怪人家拉粪啊？在那个吃窝窝头、菜团子、煮红薯的年代，鸡蛋就成了贵重的东西。虽然家里养鸡，我们一年到头却吃不上几个鸡蛋。母亲把鸡蛋攒起来，卖钱贴补家用。邻居家生了小孩，有老人生病住院，母亲会小心地用手巾包上几十个鸡蛋，殷殷送去。鸡蛋是温暖的人情，也是一份隆重的心意。

受了母亲的影响，我对老母鸡的感情也很深。放学回家，背个小篮子就出门了。村西乡路上，长着一排高高的白杨。四月里春风吹过，树上黑乎乎的"毛毛虫"就会掉下来，我们叫它"白腊狗"。白腊狗非常柔软，铺在鸡窝里鸡很喜欢。鸡一喜欢，就会安安生生在鸡窝里下蛋。我每天最愿意干的事，就是帮母亲收鸡蛋。小手伸进鸡窝，摸到几个光滑温润的鸡蛋，小心翼翼地拿出来，放到屋里的瓦罐里。当然，拿鸡蛋也有讲究，不能全部拿走，必须留一个。因为母鸡总喜欢在下过蛋的地方下蛋。

并不是所有的母鸡都那么听话，有的鸡调皮捣蛋，有的鸡活泼好动，它们喜欢闹出一些事，打破平静的人间。比如晚上不愿睡鸡窝，偏偏要像鸟一样，飞到高高的核桃树上安眠。比如不愿在鸡窝里下蛋，而是随便找一个草窝，或者半截墙上的破筐里下蛋。更有甚者，还会把蛋下到邻居家，简直就是吃里扒外的东西了。大家端着碗聚在大槐树下吃饭的时候，就经常听到女人站在房顶上骂街，嗓门很大，雷霆万钧的样子。仿佛只有这样，才能对母鸡野蛋表达最强烈的愤怒，证明事件的严重性。大家听了一嗓子，没有谁放在心上。女人骂完了，也就下房吃饭，好像事情从来没发生过一样。

三婶子从来没有因为母鸡野蛋骂过街，她有她的办法，那就是防患于未然。哪一只母鸡脸红了，坐卧不安，走来走去的，三婶子就知道它多半是有蛋了。趁着母鸡不注意，三婶子矫健地走过去，一把抓住母鸡，

143

一手掐着两翅，另一只手就游移到了鸡屁股的部位，来验证母鸡是否有蛋。判断准确后，就把母鸡塞进鸡窝，用一块砖头挡住，直到它下完蛋才放出来。扔一把粮食，慰劳这个下蛋的有功之臣。

鸡是十二生肖中的一属，我私下认为，属鸡的人德行一定好。因为，鸡被视为勇敢仁义的象征，有"德禽"之雅称。《韩诗外传》文曰："头戴冠者，文也；足傅距者，武也；敌在前敢斗者，勇也；见食相呼者，仁也；守夜不失时者，信也。"属鸡的小姨，一转眼就到了谈婚论嫁的年龄。介绍的对象是邻村一个青年，长相、家世、人品都不错，可惜是属狗的。算卦的说，鸡狗不好，命相不合。为了自己的幸福，小姨勇敢地和姥爷据理力争，和那个青年组建了家庭。现在，小姨和姨夫婚姻美满，儿女双全。看来，鸡狗不合之说完全是无稽之谈。

春天里，两只老母鸡"犯病"了，不想吃东西，浑身发烫，不下蛋，神情还懒洋洋的。母亲把一只母鸡拴在苹果树上，尾巴上绑个草棍儿，强迫它吃点东西多点运动。把另一只母鸡放在一个浅而大的瓦盆里。铺上干净的麦秸，放上21个鸡蛋，老母鸡就半蹲着身子，把鸡蛋都抱在它的翅下、胸下。它在孵小鸡期间极少出来啄食，有时出来了，急急忙忙拉了屎，急急忙忙啄食几下就回去。我想看它怎样孵小鸡，每次去看，它都警惕地叫着，浑身的羽毛和翅膀都竖立起来，挺立着脖子，圆睁双眼，不想让我靠近。过了21天，小鸡破壳而出，蛋黄细软的绒毛、尖尖的小嘴和黑亮黑亮的小眼睛，真是好看。

小院里热闹起来，老母鸡带领着自己的孩子们，自成一个军团。天上有鸟儿飞过，或是风吹树影动，或是什么东西响了一声，老母鸡立刻警戒起来，预备作战，并警告鸡雏要马上集合到它身边来。老母鸡把全部的心思都放在小鸡身上，发现一点食物，就"咕咕"地叫小鸡来吃，自己舍不得下嘴。一天忙到晚，老母鸡的嗉子里空无一物，真是让人心疼。怕小鸡跑丢了，母亲想了很多办法。她把大门关紧，把下水道的口堵住，用红颜料给每个小鸡的身上画个记号。母亲坐在院子里纳鞋底，守着一群小鸡仔。岁月静好，世事安稳的样子。

又是春天了，我坐在屋檐下吃苹果，母亲端着一小瓢玉米去喂鸡。村庄里来了一些外乡人，很清脆地吆喝着："赊小鸡啦，赊小鸡啦。"老太太、小媳妇就围住了他的挑担和箩筐。汉子抓了一把用水泡过的小米，向筐里一撒，小鸡们挤着抢着啄食。女人们说笑着，挑着小鸡仔。槐花开得像雪一样，村庄里到处都是甜甜的滋味。

养牛记

多年前，我们家养过一头牛。

20世纪80年代，牛简直就是农家的顶梁柱，磨面、开荒、耕地、收割、砍柴、赶集，哪一样活儿都离不开牛。牛的默默劳作，换来农人虔诚的感恩。牛，是村庄的恩人，它比人永远高一个辈分。家中养着牛，心中有底气，日子有光泽，走路也会高昂着头。

可我的父母只能低着头，因为我们家最初没有牛。母亲满腹怨气，动不动就冲着父亲发火。父亲一声不吭，只有抽着烟静听的份。谁让爷爷偏心，把那头健硕的大黑牛分给叔叔了呢？母亲耿耿于怀是应该的，父亲只有替爷爷的理亏承担责任。也许在多次被数落之后，父亲才发誓要买回一头牛，在母亲面前一雪前耻吧？

那时我在学校里，根本不知道家里发生了买牛这件大事。周末回家，好奇地发现家里盖了牛棚，垒了牛槽，还多了一个家庭成员，一头漂亮的小黄牛。小黄牛毛色光亮，肚子滚圆，两个犄角像个八字，鼻孔上带着一个崭新的铁环，玻璃样的大眼睛眨巴着，尾巴左右甩动，原来是驱赶身上的苍蝇。我一见它就喜欢上了，还给它起了很多名字。父亲爱牛，每到晚上，总是吸着烟，坐在牛棚里，和小黄牛说几句话，像是把心事说给它听。他还嘱咐我，一定要好好照顾小黄牛。我心疼父亲常年操劳，只要我在家，就主动承包了喂牛的任务。

很快，我就掌握了喂牛的一整套程序。冬天，我会配合父亲给牛切草，坐着小板凳，把长长的一捆玉米秸及时塞进铡刀口，父亲手起刀落，玉米秸被切成短短的草段。喂牛时，我留着心，每隔10分钟左右，就会给牛添上一筛子草，拌上玉米面，过一会，再拎来半桶水饮它，小黄牛吃饱喝好，悠闲地卧在地上反刍。我又会拿着铁叉，把茅草芽子均匀地洒在牛铺上，盖上黄土，经过一段时间，茅草芽子就成了上好的农家肥料。

我辛苦喂牛，养牛，牛却一点也不领情。有时候，我想摸摸它圆圆的肚子和树叶似的耳朵，它就呼哧呼哧喘着粗气，把头和身体躲开。这不是一个友好的开始，它的冷漠浇灭了我对它的热情。我是一个孤独的孩子，平时和父母说话很少，我多么希望和小黄牛建立良好的友谊，来慰藉我乏味的少年时代。

小黄牛的冷漠我可以忍受，但不能忍受它对我的鄙视。它好像看不起我是个身体孱弱的女孩，就憋着劲地欺负我，我吃尽苦头，受够委屈。

暑假里，父母有忙不完的活，我不得不长时间地喂牛放牛，注定和小黄牛紧紧依靠。在有青草的季节里，牛得到一个膘肥体壮的好机会。

村北有一大片草坡，村民起名叫望古坡，坡上碧草青青，是一个理想的放牛好地。放牛的小子用缰绳绑住铁棍，将铁棍插在地上，大牛、小牛、黄牛、黑牛、牤牛、母牛，在一个固定的圆圈里守着自己的范围吃草，谁也不侵犯谁。我家的小黄牛也很快找到了组织，加入了队伍。它在软绵绵的草地上，津津有味地吃青草的样子非常可爱，平伸着头，甩着尾巴，一副心满意足的样子。

小黄牛吃草的时候，我喜欢坐在一棵小榆树下看书。那一段时期，我疯狂地迷恋着阅读。可是，很快，我就再也读不下去了。放牛的是一群野小子，我在他们中间格格不入。他们太野，而我太文静。他们在野地里跑，相互投掷着石子，开着粗鲁的玩笑，流畅地说着脏话，毫不顾忌地一转身，就把广阔天地当成天然厕所。我再也待不下去，羞臊着一张脸，和我的牛落荒而逃。

我发誓再也不去望古坡放牛了，不去望古坡的严重后果，是我失去了固定放牛的理想国，只能牵着牛去田埂边移动放牛了。我去了村西，村西也是山坡，只是种满庄稼，玉米、花生、大豆、高粱，多数是一些旱田。我牵着牛，沿着宽点的田埂一路走着，让小黄牛吃草。田埂上的草有些老，小黄牛不爱吃，它慢慢地走着，鼻子和嘴巴在草间闻着，挑三拣四地吃两口。看来，它还是怀念望古坡绵软鲜嫩的草了。我实在看不惯它挑拣的样子，就在牛头前使劲拽起了缰绳，想让它走快些。没想到，黄牛突然发了飙，一头把我顶在了酸枣丛里。猝不及防，我的胳膊上、腿上被尖利的圪针划了好多口子，牛缰绳也撒开了。我委屈地哭了，心里气苦，这个没良心的，我每天放你，你还恩将仇报，反过来顶我，你还是牛吗你？我挣扎着从酸枣丛里爬出来，仇恨地盯着小黄牛，小黄牛站在不远处，也嘲讽地看着我。我开始怕它了，不敢走近去牵缰绳。可不去牵它，又怕它任性跑掉，它是父母的心头肉呢，把我丢了不要紧，真要把牛丢了，我可怎么交差？

看看裙子，心爱的裙子也破了，那是我要求多次母亲才给我买的。看看胳膊，胳膊上都是血道。伤口疼痛，我狼狈不堪，再也没心思放牛，就牵着牛一瘸一拐地向家走，一路走一路哭。为了防止小黄牛再次发飙，我尽量和小黄牛保持最大的距离。见了父亲，我第一件事就是告状，我哭诉着自己的辛苦和无辜，希望父亲能为我报仇。父亲什么也没说，提着一根棍子就出去了。我暗自得意，就跟在后面看，希望父亲能狠狠地教训这个畜生。父亲嘴里大声骂着狠话，高高举起了棍子，小黄牛虽然敢欺负我，却在高大的父亲面前畏惧如鼠，它不安地在牛槽前扭动着身子，希望能避开一顿毒打。最终，父亲的棍子并没有落在牛身上，出乎意料地，只是把一口唾沫唾在牛脸上，狠狠地骂它说："呸，唾你一脸，你自己检讨吧。"我失望地走开了，巨大的失落和绝望占据了我的心。

　　从此，我拒绝和牛近距离接触，也不牵着牛去田埂上放牛了。虽然不放牛，牛总是要吃草的，给牛割草的任务还是派给我。我忽然很可怜自己了，为什么家里不多些孩子，这样我就不用再伺候一头牛了。父亲派活的时候，我就可以理直气壮地说，为什么喂牛的总是我？可是，我不能，我能做的，就是默默地背上柳条筐，拿上镰刀，走向孤独的旷野。我心里赌着气，给父亲看，也是给自己看，割草就有点拼命的样子。

　　村东有个刘家坟，种了大片玉米。这里是水浇地，玉米田里有牛爱吃的抓地秧。我一头扎进玉米地，半弯着腰，躲避着玉米叶子粗刺刺的袭击和阻挡，勇往直前。一丛丛鲜草刺激着我的嗅觉，我的视觉，左手一拦，右手一割，手里就攥住了一大把草。把草放在地上，继续前进继续割，什么都不去想了，什么杂志，什么理想，都离我远去了，我的世界里只有草。玉米地是闷热的，汗珠子滴答着落在地上。衬衣也贴在身上，发粘了，极度不舒服。我只顾低头割草，一抬头，忽然看到一座新坟矗立在前，闷热的玉米地，无边的绿色中，一座坟茔裸露着黄土，吓得我魂魄都要飞走了。我自小听到村落里很多孤魂野鬼的传说，对鬼就有一种恐惧。何况，这座坟里埋着一个儿时的伙伴，是出了车祸去世的。我扔了镰刀，开始飞跑，玉米叶子哗啦啦地割伤我的脸，我的胳膊，我感觉不到疼了，我只有逃命的份了。

　　人是不能选择出身和命运的，我生在农家，自然要养牛喂牛，这是天经地义的事，没有怨天尤人的道理。可又偏偏是个女孩子，还是个在学校里念书的女孩子，有着强烈的敏感和自尊。小黄牛对我的伤害让我只想逃了。从来没有过的，我迫切地盼着开学，想快点回到书声琅琅的

149

教室里去。

　　夏去秋来，新鲜的庄稼秫秸拉回家，储备了足够的草，我再也不用放牛了。可是，周末回家，我仍然要参加劳动，帮助父母干活。小黄牛也从一个顽皮的孩子，开始承担起劳动的重任。它不会农活，父亲想耐心地调教它，可秋收秋种来得那么快，没有给父亲充足的时间。父亲只好凑合着使唤小黄牛了。如果是一头颇有经验的老牛，父亲只需要一个人使唤着，就能完成耕种的任务。可是，小黄牛是个半生的牛犊子，所以父亲只好让我辅助他劳动，我的任务就是给父亲牵牛种地。

　　天刚蒙蒙亮，露水还很湿重，父亲就喊我下田了。父亲给牛带笼头，拴缰绳，扣好牛肚带和袢绳，他让我拿着牛鞭子，站在牛的身边。父亲在牛的身后扶着耧，一声吆喝，小黄牛迈开了脚步。它呼吸粗重，步履沉沉，肌肉抖动着，仿佛每一块筋肉里包含着一股力气。小黄牛是不惜体力的，有一股子蛮劲，可它是不懂种地的。它不懂，我也不懂，我们的指挥官就是父亲。耧里的麦子被摇动得"唰唰"响，拨籽锤左右摆动着，扣击着薄薄的耧板。这是一幅多么美丽的秋播画面，我甚至想要讴歌生活了。

　　可是，很快状况出现了，麦垄的间距让我和小黄牛搞成一团糟。父亲喊着"冒了"或者"重了"，让我向里拉拉牛，或向外推推牛。我茫然低下头去，用眼睛丈量着我的脚步和畔子的距离，嘴里也像农人们一样，喊着"噫""吁""喔"的吆喝，使劲拉推着牛。可是牛根本不听话，硬挺着身子向相反的方向使劲。父亲很不满意了，但并没有大声责骂我，只轻轻叹口气说："女孩家，到底是不中用的。"父亲的话虽轻，分量却重，我听在耳朵里就有了雷钧之力。我不争气地流泪了，在学校里，我的作文被老师当成了范文来读，我的数学成绩是班级第一，我是老师眼中的宠儿，何时竟落得个"不中用"的评语呢？

　　我对土地和黄牛感到沉重和压抑了，父亲像一座山，也让我沉重和压抑。我心里萌发出一种新的思想，既然我在农村是不中用的，那就凭着读书的功效，到外面去，到更适合我的地方去吧。

我发奋努力，终于如愿以偿，考上了师范学校，一个不小心，成了端着铁饭碗的人了。父亲依然是土地忠实的守望者，守望着艰难和痛苦。小黄牛一天天长大，经过磨炼，逐渐成为一头壮牛。它在我们家服务多年，又从一头经验丰富的壮牛变成老态龙钟的老牛，父亲看它的目光越来越复杂，越来越哀伤了。

我在外地工作，回老家的机会并不多。后来听说，老黄牛得了病，吃不下草，被父亲卖给县外贸公司了。不管我和它之间有过怎样的恩仇，总归是只念着它的好了。就利用一次和母亲去县城赶庙会的机会，拐到县外贸公司去看它。

大门西侧，是一根根木桩，一头头老牛就拴在木桩上，等待被宰割。在众多的老牛中，我一眼就认出了我家的黄牛。它真是老了，瘦骨嶙峋，牛毛稀稀拉拉。见到我，它挣扎着从地上站了起来，在原地踏步，还"哞哞"地叫了几声，透着无限的苍凉。我迅速低下头去，不敢看它，好像是我把它的情谊彻底辜负了。

我不知道还能为它做些什么，只好拿起笔，写下一篇纪念它的文字。

心间的猪

《三字经》曰:"牛马羊,鸡犬豕,此六畜,人所饲。"对于一户农家来说,六畜是完美的标配。豕就是猪,如果离开猪的渲染,日子会少很多滋味。

9000多年前,河南舞阳县贾湖村的一只野猪被人类捕获。这看似偶然的小事件,却开启了一场历史的风暴。生性暴躁,富有攻击性的野猪,结束了漂泊的江湖生涯,开始定居生活。虽说失去自由,但从此换来衣食无忧,倒也谈不上是悲哀还是欢喜。这些"豕""豪""豚"们,每天在猪圈里闲庭信步,吃吃喝喝,想睡就睡,想卧就卧,抬头望见高天的流云,侧耳细听树梢的鸟鸣。生活单调是单调了点,但也算是岁月安稳,世事静好。

很多人对猪的印象不好,认为它又脏又笨,加之《西游记》里猪八戒这个负面形象,让猪又蒙上好色和懒惰的嫌疑。其实,在传统文化中,猪的地位是高贵的。汉武帝小时候名叫刘彘,就是寓意着聪明通达。"家"字的本义,是在房子里养头猪,无猪不成家。猪是财富的象征,素有"乌金"之名。养猪数量越多，越彰显富有。"敢"这个字，指徒手捉猪，当然勇气可嘉。猪表吉祥，古代学子赶考，亲友们赠送红烧猪蹄，祝福他"朱笔题名"。所以，帝王祭祀社稷使用的"太牢"三礼，猪就是其中之一。在我的家乡，至今还保持着用黑猪祭神的习惯，为什么白猪登不上供桌，我还没有考证这个问题。

猪是很好打发的，从来不知道挑拣是何物。只需要一个面积不大的猪圈即可，至于建筑材料，石头也行，砖头亦可，即使凑合着用破门扇、旧车轮，它也不嫌弃什么。吃饭更不讲究，馊饭清水，谷糠野草，花生秧、嫩树叶，但凡可以入口，皆能吃得津津有味，呱嗒有声。更重要的是，猪长肉快，繁殖能力强，还能积粪肥地。猪在农家占有很重要的位置。养猪，如同养家小一样，需付出极大的爱意和精力。

院外东南角，父亲修了一个简陋的猪圈，以石头砌成，厕所、猪窝、粪坑一应俱全。据说，这种猪圈与厕所相连的形式始于汉代，方便利用猪的践踏，将人与猪的排泄物混合形成优质肥料，从而保持土壤肥力不竭。猪圈边还长着一棵椿树，夏日炎炎，为猪提供一片浓荫。浩荡的春风里，父亲骑着自行车，后座上绑一个带着铁丝网的筐，去赶柳林集。他瘦高的身影穿梭在猪市上，东挑西捡，讨价还价，最终带回来一头半大的小母猪。我和母亲欢天喜地围着它看，迎接家庭新成员。

小母猪长得很可爱，眼如宝石，耳像蒲扇，鼻翘尾短，一身黑毛，我给它起名"小黑"。每次站在猪圈边，看着小黑，仿佛能看到很多美好，诸如上学的课本书包，小伙伴那件让我羡慕已久的花衣裳，还有过年吃的肉饺子。正因如此，我们为小黑倾注了很多心力。一日三餐，母亲都会拎着小桶给小黑喂食。父亲每次从田野归来，总会给小黑带回一些红薯秧之类的吃食。过一段时间，父亲还会清理粪坑，换填干草，让猪吃好睡暖。而我放学后的主要任务就是给猪割草，背筐持镰，猪殃殃、狗牙草、荠菜、水稗草，变着法给小黑换口味。在我们深情的注视下，

153

小黑的身体日渐丰盈。

关关雎鸠，在河之洲。青春妙龄的小黑，有了纷纷扬扬的迫切情欲。一向温顺的它，开始变得暴躁不安。很多时候，我们从外边回来，发现猪圈塌了一段，小黑早已杳无踪影。我能想到，它以怎样矫健的身姿，后退，起步，凌空飞跃，在石墙上划过一道优美的身影。焦虑，不安，我和父母分头去找猪。你去东边，我去西边，寻遍每一条小巷，每一个犄角旮旯，见人就问，吆喝有声，搜索的范围渐渐从村庄延伸到野外。好不容易找回来，加固了猪圈，可没过多久，小黑再次上演奔逃喜剧。于是，只好请村东头的印子叔赶着他那头体型健硕的种猪过来，安慰小黑那骚动不安的身心。

怀孕的小黑再也谈不上身材，肚子臃肿硕大，肚皮一摇三甩，几乎蹭到地面。母亲给小黑喂食更勤了，谷糠已经换成玉米面，清水馊饭换成榨油后的花生饼子，对于猪来说，营养相当于牛奶级别。有一次，小黑身体不舒服，不爱吃饭，母亲还特意做了一锅鸡蛋葱花面，香味好远就能闻到。小黑生产那天，父亲和母亲一直在猪圈忙活。冬日风冷，他们用塑料布搭了个棚子，把猪窝完整地包起来，一早在猪窝里铺上软软的麦秸。小黑哼哼着，坐卧不安，以一个母亲无比强大的决心和毅力一连生下 10 个小猪。小猪眼睛半闭，身体粉红，被一层水样薄膜包着。父母忙活着，给小猪剪脐带，擦身体，铲胎衣，弄得身上全是泥。最后，这些小猪全部依偎在小黑的双排扣上，挨挨挤挤，叼住奶头，拉得老长，然后，顶上去，狠劲一拱，借助压力，把奶水顺利吸到了嘴里。

小猪渐渐长大，不需要再吃母乳的时候，母亲就借来一个长长的猪槽，倒以清水，撒点玉米面，10 个小猪你争我抢地吃饭，小尾巴绕成圈儿，人唤猪应的画面，洋溢着生活的温情。一群鸡在不远处窥伺，想瞅准机会偷一嘴零食。母亲站在一边，等着给小猪们添食。栅栏门关着，路过的乡亲不时打个招呼。小猪出栏，母亲催着父亲去柳林集上卖小猪。

相比走街串巷的小贩，去集上卖价格会高很多。可父亲脸皮薄，做不了卖小猪的生意。这时候，舅舅总会挺身而出，帮父亲解决难题。猪多价高，一窝猪的收入相当可观。当然，如果遇到猪价低迷，小猪越多越让人发愁，收益赶不上成本，有人干脆把小猪扔到野外，让它们自生自灭。

除了小黑，我们还喂过很多猪，印象深的，还有一头叫"朵朵"的公猪。母猪的任务是下仔，公猪的任务是长肉。朵朵很聪明，认人。母亲日日喂它，它对母亲的依赖像孩子一样。远远地听到母亲的脚步声，它就把两个前腿趴在猪圈上，一边叫，一边搜寻母亲的身影。喂了一年，朵朵长足了体重，命运只有一个，被杀掉。一大早，几个身强力壮的乡亲来帮忙杀猪。烧好开水，准备好锋利的刀和案板。朵朵从猪圈中被赶出来，它警觉地意识到危险的来临，在人们的围追堵截中拼命奔跑。有人揪耳朵，有人拽猪腿，有人扯尾巴，几个壮汉合力把朵朵摁到案板上，惨烈的叫声让母亲脸色发白。一天忙下来，活蹦乱跳的朵朵变成一堆切好的肉，被乡亲们兴高采烈地分了去。我家剩下的，只有猪血、猪头和猪大肠。傍晚，村庄亮起灯盏，父亲炒了盘血片白菜，母亲却一口都没吃，早早上床躺下了。

猪在这个苍凉人世的生生死死，让人百感交集。

虽然猪为乡村涂抹了质朴的一笔，但我还是从村庄走出去，努力读书，最终在县城安家，成为一名语文老师。乡愁缕缕，只能在记忆的深处和诗词书画中找寻。春节，是乡村最奢侈热闹的节日，挂红灯，放鞭炮，穿新衣，贴春联。裁一条红纸，水缸上写"清水满缸"，鸡窝上写"鸡肥蛋多"，风箱上写"大风常有"，粮仓上写"连年有余"，猪圈上写"肥猪满圈"，喜气洋洋，处处都是朴素的对富裕生活的向往。正月十五，刚娶新媳妇的人家会用黍米蒸年灯，点在土地窑、门墩、猪圈上。一群小孩子鬼鬼祟祟跑过来，偷了猪圈上的年灯就跑。主人看见了，也并不责怪，因为年灯原本就是为他们准备的。

"小池聊养鹤,闲田且牧猪",两行小诗,很有田园韵味。汉武帝时的丞相公孙弘,年轻时因为家贫,就曾经在渤海边养猪,不知道那时候,这个有志青年会不会在猪身上发现治国的方略?苏东坡被贬黄州,竟能从猪肉身上悟出处变不惊的哲理,选取半肥半瘦的猪肉切成方块,小火慢煨,遂成美食东坡肉。画家徐悲鸿曾画过一幅墨猪,赠给其妻廖静文,并附一首题画诗:"少小也曾锥刺股,不徒白手走江湖。乞灵无着张皇甚,沐浴熏香画墨猪。"画中有诗,诗中有画,在猪画上寄托绵绵爱意。可见,猪不仅为我们提供了很好的肉食资源,也在精神领域扮演角色。

猪伴随我们度过贫寒的岁月,赚取人们心头的敬意。山东作家宋长征在散文《猪简史》里写到:"我笃信这样的描述,一个常年在乡下劳作的农人,村子外是草木繁茂的田野,回到家有诸多活物相迎,便觉得生活有了依靠。"我曾固执地相信,猪会永远伴随农人的生活。可是今天,曾经被视为农家宝贝的猪,竟然被乡邻们清理出家门。他们几乎都不再养猪了,上厕所时,再也不用担心猪嘴会拱到屁股上,再也不用看苍蝇乱舞,嗅恶臭阵阵。村里有贴着瓷砖用水冲的公厕,家家户户也都改建了高标准的卫生厕所。猪完成了它的使命,已经被遗弃了。

养猪需要粮食,而人们对土地的热情在明显减退,老一代农民渐入暮年,已经无力耕种。年轻人或做生意,或打工,像候鸟一样在城市间迁徙。有些人在县城买了房,想让孩子接受更好的教育。算起来,种地成了件不太划算的事情。就拿小麦来说,耕种、浇地、施肥、收割,一套活下来,成本比收益还高。所以,有些人干脆不种小麦,只种一季玉米。玉米管理简单,投入成本较低。平整肥沃的水浇地长满青草,真是一件伤怀的事情。

不养猪,并不代表没肉吃。手里有钱,超市的猪肉多得吃不完,想吃后腿有后腿,想吃前膀有前膀。吃就吃品牌肉,为了一个安全放心。还有人特意去深山区寻找农家自己养的黑猪肉,价格虽然贵,但吃起来真叫一个香。

毋庸置疑，社会文明的进程，是一场不断进化与扬弃共存的蜕变。猪作为农耕时代的一个微小物证，和那些石磨、石碾，镰刀、楼耙一样，留在人们的记忆当中。

猪与人相伴走过太远的路，变迁还在继续，对于过去的四十年，我们和猪都是见证者。

黑狼记

小黑是我们黑哥喂养的一条中华黑狼犬，常年陪着黑哥待在石家庄的公司里。

忙完一天的工作，我和黑哥总是习惯聊几句。黑哥的话题总离不开小黑。我一不留神说小黑这狗咋样咋样，黑哥总要郑重其事地纠正我，小黑不是狗，是犬。我第一次诧异狗和犬难道还有区别？黑哥不失时机地教育我，当然了，狗只有8个脚趾，犬有10个。再说，犬是中性词，狗带贬义。好吧，好吧，小黑是犬不是狗，我口头敷衍着黑哥，但一不留神还是把小黑说成狗。对于一个偶尔有点健忘的我，黑哥也很无奈。

接下来咱们就说说这条叫小黑的黑狼犬吧。

自从在石家庄开了公司，黑哥一直寻思着养一条大型犬看家护院，因为公司租住在市郊一个村庄里，是一独栋楼，周围都是陌生人，养一条大型犬多少增加点底气。最起码，陌生人不敢轻易打公司的注意。一开始，黑哥想养黑贝或者狼青，但一直没找到合适的。后来，邯郸一位养狗的朋友听说了，就开车送来了一只黑狼，说啥也不要钱。我们知道小狗价值不菲，心领了朋友的情谊。

小黑来我家时，只有一个月大，两尺多长，装在一个鞋盒里，耳朵软软地耷拉着，眼睛蓝黑。通身没有一点杂毛，只看到一团乌黑。我和黑哥商量，给它起了好多名字，什么呼啸、山狼、雷电、如风等等，这个名叫几天，那个名叫几天，最后，我们俩意见达成一致，简单就是美，干脆就叫它小黑吧。我把小黑的照片在朋友圈里晒，几个朋友调侃说，这狗的颜色真随主人。看到留言我哈哈大笑，黑哥一脸不乐意，我长得黑点得罪谁了？让你们这样揶揄我。

狗和猫不同，猫灵异狡黠，狗憨厚忠诚。土耳其一个纪录片里说，狗以人类为神。所以人们自古就有善待狗的优良传统。尤其是这种黑狼，天性聪明，一旦从小喂养大，一生只认一个主人。十九世纪，西方列强瓜分中国，德国人在山东蓬莱一代建立殖民地，殖民者用黑色的德国牧羊犬与中国北方的大型本土犬种杂交，最终诞生出黑狼犬这种犬种。狗是有义的兽，黑哥对小黑寄予厚望。

在乡村，几乎每个家庭都有过养狗的历史，我们家也不例外，前前后后养过到底几只狗，我也记不清了，养的时候开心，但多以惆怅和悲伤结束。看起来，我不是一个理想的主人，这一点，狗一定比我还清楚。最难忘的是一只叫黑豹的狗，它是一只黑色的小笨狗。儿子五岁的时候，曾经有过一次"远征"，自己一个人带着黑豹穿过神秘的乡间小路，溜达到外村去了。暮色四合，我急得发疯，黑豹竟然陪着儿子安全返回。就这一件事，让我对黑豹心存感激。不幸的是，黑豹没有逃脱误食有毒食物的命运。我看着父亲拎着硬邦邦的黑豹出门，泣不成声。那一刻，我发誓，再也不养狗。

但黑哥养狗，我虽然持反对意见，但也并不坚持。因为他不在家里养，也不用我付出感情与精力，他是要放在公司的。所以，我只是在电话里打听打听小黑的成长而已。小黑长得真快，一年半的时间，就长成一条大狗，体重70公斤，身架高大，像狼一样，威风凛凛。白牙红舌，让人望而生畏。眼睛却干净明亮，白天深褐，晚上发着绿光。全身的毛色光滑细腻，显示出养尊处优的缎光。耳朵早已立了起来，尾巴细长，肌肉发达，骨骼强健，眉宇间透露出一股硬朗的气质。如果犬界搞一次选美大赛，小黑绝对是颜值担当，帅气无比。

当然，小黑如此出类拔萃，傲立狗群，背后离不开黑哥的照顾有加，小黑的吃住都要精心安排。现在这狗，真会享福，有时吃得比人都好。黑哥一直花费重金给小黑买狗粮，这狗粮是把牛肉、谷物、棒子面、动物油等掺杂在一起，加以膨化，保证了充足的营养，粗纤维和芳香的气味。小黑挑剔，再好的狗粮吃多了也腻。每次去饭店和朋友小聚，黑哥常常厚着脸皮给小黑打包吃剩的肘子、牛骨头、猪骨头。鱼和鸡是不带的，因为狗嘴吐不出这些小骨头，不好啃。有时，还给小黑熬粥，做鸡蛋疙瘩汤，青菜炒肉。人吃，小黑也吃。

小黑小的时候，一天喂三顿，长大以后，一天喂一顿就行。小时候，小黑在公司是自由居民，可以楼上楼下到处走。长大以后，小黑的生活范围被限制在二楼的阳台。黑哥买来彩钢板，专门给小黑盖了一座豪宅，长2米，高1.5米，宽1.5米，空间宽敞明亮。小黑懂事，自觉呆在自己的地盘，轻易不迈出阳台一步。但只要它想进来，会用前爪拍下门把手，自己打开阳台的门。小黑懂规矩，做狗有面，讲究，从不偷嘴吃。即使狗粮袋子开着口，它从跟前经过，也是视若无睹。小黑不进厨房，不扒桌子，不上沙发，这些都是黑哥喜欢它的理由。

规矩从何而来？当然是训出来的。小黑聪明，智商相当于一个几岁的孩童，纯洁天真，像白纸一样容易上色，染红就是红，染白就是白。小黑小时也曾调皮捣蛋，喜欢撕东西，大概是狗牙痒痒的缘故。给它铺在狗窝里的纸箱子、旧羽绒服、旧被子都被通通咬烂，后来黑哥干脆啥东西也不给它铺，小黑倒也坦然接受，住陋巷而不改其志。也曾喜欢上沙发，黑哥前者可以容忍，后者不能原谅。一巴掌呼过去，小黑吓得远远跑开，趴在地上，眼睛斜视黑哥，两股觳觫。在黑哥的训斥下，小黑乖而听话。但这仅限于对黑哥，公司其他员工，小黑一点也不服。

一般情况下，小黑不喜欢大叫，它经常蹲在阳台上，看下边的街道和行人。黑哥的车停在门前，如果有陌生人试图靠近，小黑马上一顿狂吠，把陌生人吓走。一旦黑哥出差回来，几天不见，小黑亲热得不行，在阳台窜来窜去，低声地"嗯嗯"着。吃饱了，小黑很老实。一旦饿了，或者黑哥忘了遛它，憋着一泡尿，或者等着拉屎，它就坐立不安，把自己的饭盆从东头叼到西头，来回跑，叼了扔，扔了叼。或者把一把铁锹弄得叮叮当当，目的是引起黑哥的注意。

我经常纳闷，岁月是把催人的刀。黑哥年轻时，浓眉大眼，鼻直口方，有点像《上海滩》中的许文强。现在可好，黑哥胖得完全走样，身高号称1米7，体重却达110公斤。我苦口婆心劝他减肥，但他不爱运动，节食又没恒心，一有时间就愿意靠在沙发上打个小麻将。在家住不了几天，上电子秤一称体重，看着居高不下的数字，备受打击，第二天就嚷着回公司。说在公司每天带着小黑遛弯，能被动减肥，效果比在家强。得，小黑成了黑哥减肥的辅助对象。

让我们设想这样一幅有趣的场景吧，每天早晨和黄昏，一个胖胖的皮肤黝黑的男人，穿着一身黑色的休闲服，带着一条高大威猛的黑狗，向空旷的田野走去。秋后的田野视线开阔，一人一狗，走得越来越远，直到很小、很小。路人侧目而视，完全称得上是乡村一景。

村中喂狗的不少，小黑保持着很好的绅士风度，一向从容不迫。有一家门口铁笼中养一头藏獒，小黑走上前扒着头左看右看。藏獒狂叫示威，小黑也不知道害怕，从来没有惊慌失措过。另外一家在屋顶上养一只小笨狗，小黑一路过，就会一溜烟地大跑过去，小狗在上边汪汪汪，它在下边跑跑跑，尾巴转着圈摇摆，高兴之情溢于言表，可算是撩妹高手了。

　　黑哥带着小黑，穿过村庄，沿着一条蜿蜒的田间小路，闲闲地走。路上遇到一些狗，小黑从来不仗势欺人，没和其他狗打过架，只是友好地问候玩耍，主人一喊，各自走开。遇到一些它看着有趣的人，又爱开玩笑，像老虎看到猎物一样，踏下腰，脚步放慢，一点点靠近，蹑手蹑脚的，等到了一定距离，猛然发力，猛跑到人跟前，直立起来，做出扑咬状。如果对方站在那里不动，它也不向身上扑。如果人家根本不搭理它，它就会悻悻而去。如果对方惊慌失措，只要黑哥大声一喊，小黑就会夹着尾巴跑远了。咬是不咬，但总归是吓人。

　　安全第一，防患于未然，一开始遛狗，黑哥给小黑拴着一条铁链，等到没人的时候再放开。狗毕竟是狗，即使再听话，也难免有犯错的时候。如果咬伤一个人，那麻烦就大了。所以，防范措施一定做到位，包括给小黑打预防针。后来干脆从网上给小黑买了一个嘴套，俗称"籠子"。遛狗时，都在小黑的嘴上套上籠子。每次听黑哥讲到这一细节的时候，我的脑海中总是浮现出带着"籠子"的牛的形象。至于狗，也像牛一样装扮，总感觉有点滑稽的味道。

　　小黑能听懂简单的人话，比如慢点、停下、回来、上楼、下楼、出去、进来、蹲下、卧下等。黑哥走得慢，小黑跑得快，但它很好地拿捏着和黑哥的距离，跑到50~100米时，只要黑哥一喊，它就会立刻停下，慢下来等一等，再出发。小黑有次不看道，横穿马路从外边往公司走，被一辆车撞得鼻子流血，前后腿没皮，差点送了小命。黑哥还竟然让肇事司机走了，说狗再好毕竟是狗。小黑好长一段时间瘸着腿，吓得三个月不敢过马路，半年不敢见车。吃一堑长一智，后来小黑无师自通地掌握了交通规则，过马路时知道看看有没有车，有车时躲车，没车时快速通过。

　　小黑察言观色的能力非同一般，看黑哥高兴了，就颠颠地跑过来，黑哥走到哪儿，它就跟到哪儿，特别粘人。一条大狗撒娇是矫情的，黑哥恨不得一手抓一只它的前爪，三百六十度地抡一圈扔出去。可是，只是想想而已，问题是，他能抡得动这么大的一条狗吗？小黑不知道黑哥的想法，把头枕在黑哥的脚上，把身子往黑哥身上蹭，小孩子粘着大人一样，非常依赖。这份依赖唤起人心最柔软的部分，只想好好地照顾它。一旦看到黑哥不高兴，它就低着头夹着尾巴，远远地安静地卧着，再也不敢到人跟前来。在某些方面，小黑和小孩子的性格是一样一样的。比如小孩子喜欢占便宜，别人往自己家送东西可以，要想往外拿东西，比登天还难。小黑也是，快递员到公司来是常事，如果是来送货的，那没事。如果是取货的，小黑一定发威阻拦，吓得快递员直喊黑哥，最后在黑哥的护送下才安然离开。

小黑三四个月就跟着黑哥，除了黑哥出差和回老家，人和狗基本上常年在一起。相处的时间长了，两者的生命长期依偎在一起，慢慢就相互浸染，小黑浑身弥漫着黑哥纯正的气息。小黑已经成了公司重要的成员，几天不见，就惦记着它的温饱冷暖。出差回来，第一件事直奔阳台，看小黑的盆里是否有水。因为狗饿不着，但能渴着。夏天阳台上热，黑哥就让小黑和自己在一楼待着。公司放假的时候，没人管小黑，黑哥就把小黑带回乡下老家，交给老人照顾。小黑"噌"地窜上车，坐在后座上，东瞅瞅，西看看，人模狗样的。小黑在乡下，黑哥在县城不放心，常常起个大早开车跑回去，按时遛遛狗。到了黄昏，又回去一趟，来回折腾，还不够油钱。

村庄里没有风，静得像封存在旧照片里。

小黑回到老家，给老人添了很多麻烦。一开始，老人把小黑拴在院里的梯子上，可能是换了新地方，小黑不习惯，左奔右突，原地打转，铁链哗啦啦响，还不停地叫，叫得邻居不安生，叫得老人一晚上没睡。第二天，把小黑拴到院外的核桃树上，该给它喂水喂水，该喂饭喂饭。

我想从它身边走过去上厕所,又吓得不敢尝试。家里的鸡也心里突突,本来生活规律,天一黑就从外边踱着方步回家的。可现在,它们却逡巡不敢走进门。即使我在后边拿着棍子赶鸡,它们还是不敢回家。

　　老人不敢对小黑流露出讨厌,知道黑哥护狗。背地里偷偷问我,黑哥啥时候把小黑弄走啊?我只能劝说,再忍忍,再忍忍吧。所幸,没过几天,小黑熟悉了老家的环境,不叫了,那些鸡也终于敢回家了。大家相安无事,落得一个欢喜。这么漂亮的狗真是少见,乡亲们都来欣赏小黑,老人的脸上挂着笑,很有点骄傲。

　　二哥退休后,在一片山冈上盖了几间房,栽树种花,图得一个清净。黑哥带着小黑去串门,和二哥拴在树上的藏獒劈面相逢。小黑下了车,一眼看到藏獒,就友好地跑过去。但藏獒不领情,以为小黑侵犯了它的领地,一直大声狂吼。看两狗无法融合,只能委屈小黑,让它上车避让。于是小黑乖乖地跑到车内待着,知道做客人的礼节不能少。

　　小黑的缺点是吃得多,一小锅饭呱唧呱唧吃个精光。照这么喂下去,总归喂不起。有时我劝黑哥卖掉小黑,黑哥说有人相中了小黑,出8000元要买。我马上瞪圆了眼睛,那你还不赶快卖了?一条狗而已。黑哥摇摇头,你不懂,没听说一句话吗?家贫不卖忠狗?

　　我知道,黑哥感谢的,是小黑不离不弃的陪伴。在陌生的石家庄,员工下班之后,公司就剩黑哥一个人。就像大海的一叶孤舟,灯下难免寂寞。有小黑陪着,黑哥是喜悦的。他可以把一些心里话给小黑说说,反正小黑嘴巴严,也不会告诉外人听。黑哥开车跑山西一家企业,去了好几趟,眼看生意谈成了,最后又黄了。还一个人开着车去沈阳,那么远的路,困了就在服务区眯会,然后继续开。电话打了无数遍,沟通,协商,机器不对又换机器,到现在还欠着尾款。快年底了,存货不能变现。每个月的房贷要还,员工的工资要开,房租要交,钱花得那么容易,挣到手却很难……此时,小黑成了最忠实的听众,默默无言。

我知道小黑对于黑哥的重要意义，被一只威猛高大的狗追随，活在世上的辛劳和艰难都暂时后退，忘记该忘记的，只记住了苦中的一点甜。

讲了这么多小黑的故事，其实我是想通过这只狗来讲黑哥，讲一个下岗职工的人到中年，以及在外漂泊挣扎的孤独与辛酸。

柿柿如意

一

霜降之后，满树的柿子红了，迅速把人送到淳朴的乡村风情里。老舅的脸笑成一朵菊花，层层叠叠都是喜悦。

还是多年的老规矩：每到深秋，老舅就开始制作柿饼。作为一个地地道道的柿庄人，做柿饼是必备的生存技能。

老舅把一年没用的旋刀找出来，用砂纸慢慢打磨。擦去锈斑之后，旋刀半弧形的白刃闪着凛冽的寒光。然后，又从杂物间找出那领秫秸箔和席子，用小扫帚扫了又扫。诸事已毕，老舅把心放稳，坐在墙根前的小板凳上，两手灵巧地配合，左手拿柿，右手拿刀，找准一个切入点逆时针旋转，将果皮转圈旋削。阳光照在身上，白白亮亮，他坐在阳光下，旁边投下一道侧影。世界上最好的地方，就是自家的院子。外边的喧闹、尖削、起伏、动荡，都一一收纳，并抹平所有皱纹。

很快，柿子皮像一条长蛇，蜿蜒爬伏在地，围住了老舅的脚。去皮干净，旋皮薄而均匀，只在柿子顶部残留指肚般大小一点皮，正好上下拿握。旋柿子的时候，老舅的心里干干净净，是全身心的投入。这是一项庄严的工作，柿子在上，老舅在下，一刀一刀，都是一种臣服，是他和柿子之间的心心相交。面对柿子的信赖，他不敢有丝毫的懈怠。

其实，柿子的挑选非常严格，并不是每一个柿子都有成为柿饼的可能。柿子最好色泽鲜红，果形端正，肉质坚硬，要有足够的颜值。摔过的柿子不能用，哪怕只有一点小小的裂纹。长软的柿子也不能，只配横竖切两下，晒成四瓣莲花样的柿子片。老舅旋皮的技术在柿庄是一流的，年轻时的老舅心高气傲，曾经和老黑、老臭比试过。众目睽睽之下，老黑输得面红耳赤，老臭甘拜下风，而老舅凭此赢得了一位姑娘的芳心。

老舅文化程度不高，当然不会知道柿饼和闯王李自成的关系。相传三百年前，李自成在西安称王，深受百姓爱戴。临潼的老百姓就用火晶柿子拌上面粉，烙成柿子面饼慰劳义军，据说这就是柿饼的来历。不知道又有什么关系呢？听别人讲时，老舅不以为然，那个柿饼是面粉做的，和咱的柿饼能一样吗？传说就是个传说，当不得真。

柿子好选，摘柿子难。柿树已生长了几十年，鳞状的树皮包裹着树身，两三个大人都合抱不过来，树冠方圆能覆盖二三十米，枝杈繁茂，树叶森森。像一位慈祥老人，稳坐在田野之上。摘柿子人少了不行，老伴活着的时候，孩子们在家的时候，摘柿子根本不用发愁。孩子们灵活地爬上树，拿着带钩的长竿，瞅准柿子一拧一转，柿子落下的空当，老伴就会不失时机地用大扫帚稳稳接住，不让一个柿子滚落草间。老舅用两根木棍抻开一个塑料袋，柿子落在袋间，不会受一点伤害。那是丰收的盛宴，配合默契堪称完美。

缅怀着往昔的美好，老舅站在柿树下沉默无言。柿树懂他的悲凉，一片叶子落在他的白发之间。人老了，爬树已不可能。生在乡野，老舅自有他聪明的办法。他做了一个"舀子"，就轻松解决了一个老人摘柿子的难题。一根四五米长的木棍，末端安一个铁圈，下面缝上布袋。老舅高高举起舀子，让铁钩勾住紧连着果蒂的树枝，往前一推或者向后一拉，柿子便落到了布袋里。老舅笑了一下，树上的柿子也笑了一下。

　　站在房上，视线开阔，很多人家的屋顶一览无余。那些屋顶被风吹得格外干净，连一个柿子也没有，这一点让老舅分外鄙视。过不了多久，老舅的屋顶就会红彤彤一片。老舅用砖块和木棒在屋顶上搭架，架高一米左右，上面铺上秫千箔。再将去皮后的柿子果顶向上，单层排在箔上曝晒。在阳光下，守着一箔的柿子，老舅觉得特别满足。晚上睡觉前，老舅一定再上房去看看柿子，用席子盖好，像照顾一个睡姿不好的婴儿，生怕他露出胳膊露出腿，着凉。从这天开始，老舅始终保持着警惕的姿势，只要天气有变，老舅就会上房把柿子盖好。

　　过了十来天，柿子不再饱满硬实，果肉皱缩，果顶下陷，老舅把这些柿子轻轻翻动一遍。过个三四天，老舅又翻动一次。当柿饼由圆变扁，由硬变软，又由软变硬，最后不软不硬时，老舅开始捏柿饼。捏也有讲究，先从中间顶部捏起，逐步向四周揉捏，巧捏外形，匀捏内肉，捏至表皮不破，隐约还能看到丝丝缕缕的果肉时，再捏成圆圆的饼状。下一步，老舅将柿饼堆置阴凉处，盖上箔席，捂至柿饼表面出汗，再揭去箔席晾晒，柿饼表面就长满白霜。那一层霜真好看，是一滴雨和另一滴雨的再次相逢，有沁凉猛扑过来，像黑夜留下来的一个洁白的梦，有些冷艳。

　　柿饼终于做好了。老舅拿起一个柿饼尝了尝，真甜。他兴奋地拿起电话，打给在北京打工的儿子，想给儿子寄一些柿饼去。儿子听上去有点不耐烦，这么远寄几个柿饼？快递费多贵啊，留着在家卖吧。老舅"哼"了一声，我做柿饼难道是为了卖？还不是让你们尝尝鲜？想起出嫁的闺女爱吃柿饼，又试探着给闺女打电话。闺女说，爸呀，千万别再让我吃柿饼了，我血糖高。

放下电话，老舅一脸茫然。这做好的一篮子柿饼，送给谁呢？明年，还做柿饼吗？

二

老舅的茫然是有原因的。

曾经，柿庄人对柿子有着说不出的亲近，道不尽的虔诚。而去年，很多人家竟然卖起柿子树，光老舅家就卖了九棵。

柿庄属于丘陵半山区，沟沟梁梁就像衣服的皱褶，小路弯弯，荆棘纵横，特别适合柿树的生长。柿树是柿庄最早的村民，它们最先与土地签下契约。柿庄当然也有其他树木，魁伟挺拔的白杨，纤枝细叶的杨柳，生长迅速的梧桐等，但它们只是柿树留白处的一种陪衬。

柿庄家家户户都有柿树，柿子价格高的时候，柿树就是骄傲和炫富的资本。可是，当柿子便宜到不像话的时候，柿树就成了鸡肋和负担。柿子由青变黄，由黄变红，由红变软的时候，柿庄人就着了急。现在人工贵，干一天活谁不挣个一两百元的，可一天摘下来的柿子，能卖几个钱？这账不能算，一算就知道摘柿子不合算。既然这样，那柿子干脆就在树上长着吧，任风吹了去，任鸟吃了去，任它自然落了去。有人说，柿饼不是还能卖到三元到四元一斤啊？是的，柿饼能卖这个价钱，但柿饼的加工过程漫长而麻烦，算来算去，还是不合算。儿子气得一甩袖子说，走了，到北京好赖找个工作，也比在家摘柿子卖柿饼强。

儿子说走就走，老舅想拦，但张了张嘴没说话。老舅不抱怨年轻人，他知道村庄的土层太薄，养不旺疯长的欲念和拔节的物欲。儿子在北京找了很多工作，干绿化，收破烂，烙大饼、炸油条，最后在一所大学里当起门卫，总算站稳了脚跟。老舅没事了，就爱到田野走一走，柿子在枝头摇头晃脑，似乎在说，摘我，摘我。老舅用粗糙的手捂住脸，老泪纵横，他觉得无颜再见这些柿树了。

村庄一天天消瘦下去，寂静、空旷，风吹过更没了遮挡。老去的柿树，和老去的人，相依相偎的样子，成了村头最常见的风景。

老黑是村庄里头脑最活络的人，他不知从哪儿找的关系，要把柿树卖给政府，因为政府前的大广场需要栽一些现成的老柿树作点缀。对于这种背叛柿庄的行为，老舅嗤之以鼻。居然沦落到要卖柿树？简直是大逆不道啊。老黑挖树那天，周围都是人，大家叹息着，眼睛里很多心疼。可是，当看到老黑手里接过一沓厚厚的钱时，人们的眼睛又亮了。过后，卖树的第二个人、第三个人出现了，更多的人心思动起来。因为政府要采购的柿树有限，为了卖树，有些乡亲甚至吵起来。老舅的思想也转变过来，搭上最后一班车，卖了五棵树。老黑看到卖柿树有利可图，又联系上一家种植药材的药谷，自己赚个差价，帮乡亲们卖柿树。这一次，价格又高了一点。老舅一咬牙，又卖了四棵。卖了九棵，只留下一棵，多少是个念想。

人挪活，树挪死，尤其是老柿树，移栽根本很难成活。可是，现在的城里人有办法，他们会给柿树"输液"，从而保证挪走的老柿树成活。柿树挖走后，留下一个个难看的大坑，就像毕淑敏在《离太阳最近的树》中描写被挖的红柳坑一样，好像摘了眼球的伤员，依旧大睁着空洞的眼眶，怒向苍穹。树坑周围堆满残枝败叶，似乎在诉说着刚遭受的磨难。老舅知道，断手断脚，柿树一定忍受着剧烈的疼痛，那盘旋的树根错综复杂，坚挺硬韧，和大地生死相依。几个壮汉拿着铁锹、利斧，挖啊、掏啊、铲啊，最后动用挖掘机，于是，一棵老柿树就轰然倒地。

河水汤汤，树影茫茫，一棵棵柿树倒下，一棵棵离去。

卖了柿树之后，老舅得了一场重感冒。打喷嚏、咳嗽，头疼，浑身没有力气，还有点发烧。医生给了几天的药，老舅按时服了，每天昏昏沉沉的，躺在床上，眼里心里，到处都是柿树的影子。老舅想找个人说说话，就拿出手机给儿子打，想问问自己卖树到底对不对。人老了之后，儿子就成了依靠。自己退居幕后，儿子成了家庭的主角。儿子粗声大气地说，卖就是卖了，有什么对不对的。儿子似乎给了老舅一个答案，又似乎没给。老舅觉得，给儿子这个电话是白打了。

老舅每天饭吃得很少，思念在心里越发缠绕。柿树早已成了自己的亲人，骤然出了远门，也不知道它们生活得好不好。感冒稍微好点，老舅就去了一趟县城，他要看看他的柿树是否成活。如果柿树挪死了，那真是一种罪过。老舅已经很久没来县城了，这次来，他寻找着，判断着，终于找到了县政府门前的大广场，在周遭几十棵柿树中，他一眼就认出自己的那五棵。树身上个个都挂着一个扁扁的袋子，连着长长的细管子，据说，这是营养液。老舅眯着眼，盯着输液袋子看，心里直犯迷糊，怎么树也能输液了？他一把搂住了一棵柿树，头贴着树干，心跳和柿树心跳的频率是一样一样的。他满怀歉疚地问候柿树，说我来看你来了。柿树有气无力地回答，我知道，你来了。老舅想问柿树过得好不好，可他没有问，柿树的叶子蔫蔫的，还没适应县城的新环境。广场上人很多，跳广场舞，打太极拳，做健美操，大家都忙着自己的事，很少有人去看一眼柿树。老舅气愤了，他的柿树不该受到这样的冷落。

备受打击的老舅，直到今年深秋，才有了勇气，去药谷看那另外的四棵柿树。药谷藏在一个四面皆山的小盆地里，一条土路联通内外，因为赶工仓促，还没有铺上水泥。老舅骑着他的嘉陵小摩托，终于找到了这个新开发的药谷。到处都是花开，游人还真不少。马鞭草、鸡冠花、桔梗、红红黄黄的，游客站在花丛里，变化着姿势拍照。花丛与花丛的分界处，就是一些柿树。老舅穿过花海，一棵一棵辨认着。很快，他就找到了自己的那四棵柿树，树上结着几个不成气候的果。

几个小孩子爬上了树，折了一枝柿子，大声喊叫着。老舅想阻止他们，但他又算什么人呢？一位女生背着画夹子过来了，她看了老舅一眼，再看柿树一眼，马上来了灵感，她觉得这二者之间有着莫大的关联。她请老舅坐下来，坐到柿树下，她要画一幅画，想表达一番她对乡村和农民的理解。一说柿子画，人们就想到网上热炒的三个画家。据说第一位画的是青青的柿子，因为太逼真了，很多人说比真的柿子还好看，售价20万。第二位画家画的也是青柿，但在柿子上多画了一层白霜，他的画售价149万。还有一位画家，是一位法师，讲究禅的意境，他用水墨画了几个黑色的柿子，他的画竟然无价。女生身着长裙，长发飘飘，她不想自己的画能卖多少钱，她只想画柿树本身，以及眼前这位长得很像柿树的人。

老舅很配合地坐在自己的柿树下，脸庞是一成不变的茶色。

三

我想起了那些山果兴旺的时代，确切地说，是山果兴旺的最后时代。

那时候，在柿庄，不但柿子，还有大枣、核桃、黑枣、杜梨等山果树遍地都是。在这些山果中，柿子的身份高于其他，绝对称得上是山果之王。柿庄人真心感谢柿子，陪伴每个家庭都走过一段不平凡的岁月。

柿庄是山村，贫瘠的土地，缺少水的滋养，太多的时候，长出的谷物都营养不良。囤里没粮，心里发慌。"一季柿子半年粮"这话不假，遇上年月不好，地里歉收，青黄不接的日子里，柿子就成了全家人的救命粮。正是因为这些柿树，为人们解决了一个又一个难题，为生活带来了太多的希望。走亲访友时，柿庄人的优越感不自觉地流露出来，因为柿树，心里分外踏实。

柿子的吃法很多。在树梢上长到自然熟，又红又软的柿子叫"烘柿"。拿在手里，揭去如纸般薄透的柿子皮，用力一吸，汁水入口，柔若无物，果肉软如蛋黄，沙沙的凉凉的，一股甜顺喉而下，一直甜到心窝。

有经验的人，专挑鸟啄过的柿子，因为鸟知道哪个柿子最甜。前一段时间热播剧《长安十二时辰》里，张小敬一有空就拿个火晶柿子吃，不知道羡煞多少人。玉米面窝头粗剌剌的不好吃，不要紧，往窝头里摁一个烘柿，一口窝头一口烘柿，粗砺的饭食就有了很多滋味。

柿子没长熟之前不能吃，柿庄种的都是传统的东方柿，柿子富含单宁，如直接生吃，会很涩，咬一口舌头会有一种厚大的感觉，必须想办法脱涩才行。柿庄人有很好的脱涩办法，那就是溇柿子。摘一些即将成熟的半青半黄的柿子，放在一个大盆里，用温水泡住。水不能用开水，也不能用凉水，大约45度就可以。盖上锅盖，早晚各换一次水，用不了几天，柿子就可以吃了。溇柿的口感和烘柿不同，又脆又硬，脆甜爽口，类似苹果，吃一口令人口舌生津。

小孩子自有他们溇柿子的方法。深秋总有那么几天，阳光特别温暖，小孩子就会摘几个柿子，跑到小河里去溇。在向阳的水岸，横向挖一个小洞，把柿子埋进去，再用带泥巴的青草堵住，还要保证流水能不断渗进洞里去。过不了两天，柿子就能吃了。可笑的是，有时候明明惦记着柿子溇好了，兴冲冲去挖，却找不到溇柿，原来早被别的小孩挖走了。

秋天到了，柿庄成了柿子的天堂，家家户户都有了很多柿子。窗台放着柿子，墙上挂着柿子，屋顶上晒着柿子。还有旋下来的柿子皮，也被一些用心的婆娘在石碾上碾成面，掺和着酸枣面和杂粮做炒面吃，做窝头吃。到了冬天，取出晾晒在阴凉处的冻柿子，用凉水化开，化到八九分时，里头变稀变软，但还有点小冰碴。轻轻把皮剥开，拿根小勺子搅着吃，又甜又爽。

柿子是救命粮，是摇钱树，可以当饭用，可以充饥，是粮食的替代品。外出上学的孩子，带着娘做的柿子炒面，或者柿子窝头，心里总是发暖。卖柿饼得了几十元，就有了一年吃盐和点煤油灯的钱。

为了提高产量，早结果，结好果，每年都要对柿子树进行修剪和嫁

173

接。修剪一般在冬天进行，不需要太费力气，只把那些病虫害的干枯枝，和一些长得过密的树枝剪去即可。嫁接一般以黑枣树为砧木，在春季或者秋季进行，可芽接也可枝接。老舅是柿庄出名的嫁接好手。每年春秋时节，东家请，西家叫，老舅就成了柿庄最忙的人。

老舅嫁接柿树有很多讲究，他的接穗削面长度在3～4厘米，外厚内薄，上厚下薄，砧木的断面削平，劈口齐；插接穗时，砧穗形成层要对齐；绑扎时，要严、紧、密；嫁接动作要快，而嫁接部位选在离地面0～15厘米光滑处，方位选在迎风面。嫁接完毕，力争做到上下露白，下不蹬空，中不留缝。捆扎的塑料带宽窄合适，弹性好。经过老舅嫁接的柿子树，一般3～4年就开始结果。

那时的柿庄名副其实，漫山遍野，村里村外，到处都是柿树。秋天的柿庄非常美，美得如梦如幻。让人忍不住诗意大发，轻轻吟诵起郑刚中的"沙鸥径去鱼儿饱，野鸟相呼柿子红"，或者范宗尹的"村暗桑枝合，林红柿子繁"的诗句来。

山果处处的繁盛时代，柿子是怎样一种高贵的存在啊！而如今，柿子已彻底沦为碍手碍眼的无用之物，人们就任由它们在百无聊赖中一岁一枯荣了。

第五辑 民俗：农耕时代的在场叙事

　　四时更迭，草木荣枯有序，隔三百六十日，便历一次轮回。秦汉的礼乐、风俗，在朴素的民间亦慷慨盛行。在农人心里，乡间是有神的。他们浩浩荡荡，居住在天上地下。有的掌管风雨，有的掌管谷物，有的掌管水火，有的掌管顺遂安康。这些民间的仪式，让人觉得日子有滋有味，充盈饱满。人的来处无非是草木深处的一座座村庄，有敬畏才能唤醒一个人的初心。守好民族传统文化，就守住了民族的血脉根系。生活如果没有记忆，终究不叫生活。

石河村里话初一

我的老家石河村，隶属河北省内丘县，东距县城10公里，三面小山，一面邻水，像一个熟睡的婴儿在摇篮中甜睡。《内丘县志》记载："明朝以前，当地有一条河，河底都是石头，河名为石河，故村名为石河村。"全村有270户，900多口人，以王姓居多。在这个典型的冀南小村中，至今还保留着一些传统的民俗。

我虽然在县城安家，却喜欢回乡下过年。石河村的年，繁盛隆重，喧嚣浩荡。腊八、祭灶、除夕、元宵，挂红灯、放鞭炮，在忙碌和疲惫中，浓浓的年味让人沉醉。四时更迭，草木荣枯有序，隔三百六十日，便历一次轮回。秦汉的礼乐风俗，在朴素的民间亦慷慨盛行。

正月初一，原名"元旦"，这一天是新年的第一天，正月的头一天，春季的头一天，所以称为"三元"。乡亲们对正月初一非常重视，大家都想多一些福气和喜气，开个好头，讨个好彩。因此，拜年和敬神就成为两项重要的民俗活动。

大清早，天刚蒙蒙亮，我就被母亲喊醒了。空气清冽，天空中不时开一朵灿烂的烟花。净手洗面之后，我的主要任务就是协助母亲敬神。在母亲眼里，一切地方都有神的存在，都要心存敬畏。既有地位崇高的天地，也有身份卑微的猪和鸡。过年了，都要敬一敬，沾一沾喜气。它们陪同自己一起度过辛劳的日子，都是有功之臣。她与它们，饱暖两不弃。所以，母亲把花花绿绿的内丘神码，贴在家用的静物上，床橱、米缸、桌椅、风箱、灶台、猪圈、鸡笼，房舍人家，一草一木，皆有喜气。

母亲准备了各种供品，雪白的圆馒头，金黄的小面饼，香喷喷的大锅菜，甜而脆的水果，摆了满满一桌子。香烟袅袅，红蜡闪烁，母亲虔诚地行起跪拜礼，这些古朴的木版年画，寄托了母亲所有美好的祈愿，家人的平安，生活的顺遂，粮食的富足，日子的充盈。你看吧，屋子里，院子里，树干上，墙角根，木梯旁，井栏处，到处都是点点烛光。天地、关公、老母、财神、鸡神、井神、梯神、仓官、喜神、路神等各家仙人，熙熙攘攘的，含笑凝视着人丁出入。家中热闹起来了，人和神一起，开开心心过大年。在母亲心中，年就是崇拜自然，敬重生命，对日子心怀感激。

敬完神，拉过一挂长长的红鞭，母亲开始煮饺子。吃饺子有"更岁交子"之意，"子"为子时，"交"与饺子谐音，有喜庆团圆，吉祥如意的意思。一家人正端起饺子来吃，就听着门外几声犬吠，已经有人踏着满地红鞭炮的纸屑，来家拜年来了。

在石河村，拜年是成年男子一项必不可少的仪式。拜年的内容有二，一是祭拜祖先，含追宗怀远之意；二为长者拜贺新年，祝福长辈健康长寿，万事如意。拜年时，一个家族的男丁浩荡结伴而来，跪地磕头，虔诚之余，非常庄严。

祖先通常是被请在屋门的背后，神码上，一个穿着官帽留着辫子的男子面壁而坐，旁有小童侍立。拜年的后辈子侄来了，恭恭敬敬先作揖，后给祖宗磕头，期间面容整肃，不说一句话。敬完祖先，再给长辈磕头，这边刚一跪地,那边就急忙拉起来,气氛就带着点含糊的意思。其后,拜年的人坐在床上、凳子上,开始拉上几句闲话。主人开始敬烟,拿来瓜子花生,把子侄们当作贵客招待。寒暄过后,大家说不了几句要走,因为还要赶去下一家拜年。

有人说,长大后的年,锦绣如织,却再也寻不到当初滋味。物转星移,过往的岁月清明如镜,亦能看到影子。我爱家乡石河村,也热恋着石河村的年。每次过年,都是在举行一次繁华的盛宴,辞别旧岁,迎接新春。尤其是正月初一的一些传统民俗,让我印象深刻并心存敬意。这是生命中新的一天,虽然在逐步老去,心底却依然温暖,依然有爱。

百花深处有牛王

春天最美好的事，莫过于去赶一场庙会。

农历三月十五，是一年一度的牛王庙会。一大早，父亲就把自行车擦得锃亮，母亲细心地梳理头发，把翘起的头发帘蘸点水捋顺。而我，则兴奋地穿上一件新衣。对一个终日忙碌的农家来说，一年中除了两三个大节日，赶庙会便是最亲切的消遣娱乐方式了。此时大地尚未完全解冻，春耕还没开始，难得一份闲情雅致。

母亲还在收拾她的柳条篮子，而风吹来催促的气息。父亲骑着自行车，我坐在前边大梁上，小手愉快地摁响车铃。母亲小跑两步，一偏腿，来个轻盈的小跳，就稳稳地坐在后车架上。牛王庙离我村只有五里，中间隔着一个山坡。清风拂面，柳枝念远，空旷的田野略显枯寂，但只要细心，还是能发现茅草丛里已经泛起一层浅绿。

牛王庙东距县城 13 公里，位于隆昔公路旁一个突兀的小山包上。背靠王交台村，南临小马之水。山包上是十几亩大的平台，有数十棵遒劲的老柏。柏林深处，北有牛王庙，南有古戏楼。它东接平原，西承太行，以傲然独立的姿态，赢得中流砥柱的美誉。又如白瓶染青，透着几分悠悠的古意。

内丘的庙会不少，县城庙会、金店庙会、官庄庙会、侯家庄庙会、近郎庙会、神头庙会等，摇曳在四季深处，别具风情。这些庙会的功能不外乎祭祀神灵、买卖交易、走亲访友、看戏赏景等。在众多的庙会中，牛王庙会显得特立独行，与众不同。

别的庙会祭祀的对象主要是神，玉皇大帝、南海观音，或者厚土奶奶、土地公公。牛王庙会祭祀的不是神，而是人。相传，牛王原来是一个道士，长期在此修行，因对牛马等牲畜疾病有研究，经常为村民的牲畜治病，颇受爱戴，死后被奉为牛王，建庙祭祀。说白了，牛王就是一位兽医。他并非高高在上，而是很接地气。另外，乡间庙会唱大戏，都是露天搭一个临时的舞台，刮风下雨，观众就跑没了影。牛王庙会呢，却有一座带着罩棚的古戏楼，风来雨去，都能安安心心地看戏。

在牛王庙，演戏的理由当然是为了感恩牛王，费用完全靠周边村民众筹而来。约定俗成的规矩，钱数多少往往按照家中牲口的头数来定。当然，多点少点并不太计较，全凭自己心愿。但从来没人徇私，也不敢徇私，据说牛王洞察分明。

萧条清寂的牛王庙热闹起来，浩浩荡荡的陌生人同时涌来，把小小的王交台包围得严严实实。大街小巷，门前屋后，到处都是摆小摊的生意人。因为是平原与丘陵的结合部，该庙会主要是山货、牲畜等集散地。父亲拉着我的手，在人群里挤着。炸油条的香味，卖瓜子的吆喝声交织在一起，给人一种奇妙的体验。父亲停留最多的地方，是卖农具和牲畜的摊点。镰刀是否锋利，锄头是否结实，小牛的牙口几何，买不买的，都愿意和摊主唠嗑两句。母亲呢，一会看看鞋子衣服，一会看看针线簸箕。我和他们不一样，我喜欢那些花花绿绿的糖果，要是能尝一块，那滋味一定很甜。

我们在人群中穿行，但绝不停留过长时间，因为母亲有一件大事要办，那就是祭祀牛王。牛王庙又称三圣庙，由于年代久远，始建年代不详。进了破落的大门，就是牛王岁月沧桑的大殿。殿中塑像色彩斑驳，香烟缭绕中，牛王端坐其上。母亲摆出供品，有白馍、水果、小菜等。再向功德箱内放入一元灯油钱，焚香燃纸，磕头下拜，口中念念有词，祈求牛王保佑家中牲口健康平安。那时的村庄，是牛的聚集之地。牛简直就是农家的"顶梁柱"，磨面、开荒、耕地、收割、砍柴、赶集，哪一样活儿都离不开牛。牛，是村庄的恩人，它比人永远高一个辈分。

办完正事，心里轻松，我们就站在古戏楼的罩棚下看戏。戏种繁多，有河南豫剧、河南坠子、四弦、乱弹、评剧、河北梆子、隆尧秧歌等。曲目也丰富，像《拷红》《对花枪》《穆桂英挂帅》《小包公出世》《樊梨花》《斩罗通》等，生旦净丑，那叫一个热闹。锣鼓一响，眼前都是人的腿，看不见演员我着急。父亲一米八的大个子，他把我托在肩膀上，我顿时比所有人高出半头。丫鬟、小姐、书生、书童，必然是花园私会，楼台密语，私定终身，遭人陷害，最后一个大团圆的结局。武将上场，必然手持花枪大刀，两军对阵，厮杀疆场。我从小就喜欢模仿，演员的小碎步，甩出去的水袖，灵动的眼神，娇羞的表情，都会成为我在小伙伴面前表演的样本。

台下观众识文断字的虽然不多，但几乎所有人都会看戏。戏中无论历史风云还是男女情思，都因其有情有义而被乡人牢记在心。甚至在戏结束后很长时间内，剧中人物和故事仍被乡人津津乐道。无论故事情节如何，亦不管事实还是虚构，都足以滋养乡民的心灵，引导乡民的习惯。

一更山吐月，初夜水明楼。古戏楼现存为清代建筑，庙内道光十二年重修碑记曰：牛王庙昔有戏楼一座，所建不知何时。整个建筑有戏台和罩棚两大部分组成，几百年岁月更迭，凝重之中仍不失简约大方。戏台面南向北，砖石木结构，屋顶布瓦兽档，有前台、后台和台底券洞。

券洞北高南低，既是高台向河内排水的隧道，又是戏台嗡音设备。结构巧妙，布局合理，一举两得，让人啧啧称奇。

罩棚，瓦石木质结构，棚下有26根石头立柱顶支。罩棚的前脸颇为精彩，位于罩棚的前山半腰，突然向外伸出两个角檐，犹如蝙蝠。檐下有斗拱花，门檐两角有铁鼻，夜间唱戏，鼻上挂两盏红灯，红光四射，十里望及。寒月多情，送过梨花影，自有清幽旷远之境。当地有歌谣"从南京到北京，唯俺这儿的戏楼带罩棚"。一句话，道出了古戏楼的罕有和珍贵。

台上演得热闹，台下看得认真，谁也不注意，突然之间变天了，淅淅沥沥下起了雨。山下赶庙会的人，急惶惶地跑上来避雨。人们善解人意地向内紧缩，罩棚下闪出惊人的一溜空地。后来的人顺势向罩棚里挪一挪，照样处变不惊地看戏。就像苏轼写的"一蓑烟雨任平生"，那叫一个淡定。

当然，能在庙会上遇到一位好久不见的亲戚，是再好不过的事，比如我嫁到杨寨村的老姑。老姑孩子多，平日忙着挣生活，回娘家的次数当然不多。人群中看到她熟悉的背影，父亲就大声喊一嗓子。望一眼，十里春风。心有惦念的人，总会在光阴里喜悦相逢。两个人站在柏树前的光影里拉家常，相互讯问近日可好。然后，父亲一定要请老姑吃饭。几根油条，两碗鸡蛋汤，亲情盈盈，人世是这样的安宁。

一年容易到秋风，事隔多年，牛王庙会成了我心中最宝贵的记忆。一径走来，从六朝华都，五陵年少，走进一池萍水，几点荷灯。对于我们凡夫俗子来说，总有一些小事情，充满迷人的气质。每每想起牛王庙会，就会吟诵诗人赵厚民的诗："小村深处几人家，古柏层叠醉晚霞。岭上高台听戏阁，溪中流水奏禅蛙。"诗意汤汤，温暖了日常。

随着邢台市首届旅发大会的召开，牛王庙被赋予了新的历史使命。村居粉刷一新，统一的灰瓦白墙。牛王庙周围嘉木繁花，台阶整齐。大殿修整彩绘，雕梁画栋。古戏楼这边塑了牛郎像，那边塑了一个织女。河上驾起两座鹊桥，每天都有年轻的游客来凭吊七夕。

土地流转，机械化耕作，村庄里早已不再养牛。斜阳草树，百花深处，牛王走进乡村档案厚厚的册页里。如同琥珀的那滴松脂眼泪，满目慈悲，不惊不悔，不苦不慌。牛王作为一种意象，见证了农耕文明的蓬勃与声色。但凡有牲畜的地方必有故乡，但凡有故乡的地方总能让人挂肚牵肠。另一方面，牛王以形而上的姿态凝集在文士的内心，牵扯起无边的抒情与乡愁。

明年春天，牛王庙会一定更加热闹。小巷村边，早开的杏花，是否在等主人归来？我只想坐在声声慢慢的翠色里，以一种清凉的方式，眷恋牛王庙会的一个黎明，一个黄昏，一个开满花的月亮。

生活如果没有记忆，终究不叫生活。

七夕：散落在内丘的传说

古县内丘，七夕的传说源远流长。

童年的夏夜，常常是在屋顶上度过的。月亮升起，远远近近的人家都拢在一抹月色里。小孩子在屋顶上到处跑，从这家串到那家。奶奶怕我们一不小心跑到房下去，就用一把蒲扇赶走蚊蝇，摇出清爽的风。树叶抖动，把我们的目光引向星空。

顺着奶奶的指点，我们看到头顶上方有一颗明亮的星星，旁边还有四颗小星，好像织布的梭子，奶奶说这是织女星。隔着一道银河，在东南方有一颗亮星，两旁各有一颗小星，与织女星隔河相望，那就是牵牛星。星星在天上眨着眼，说着话。我们望着浩瀚的星空，安静地听奶奶讲故事。

七夕的夜充满仙气。

牛郎是个勤劳善良的小伙子，住在内丘东关。织女是天上的仙女，心灵手巧，会织布。牛郎父母早亡，跟着哥嫂过日子。嫂子虐待牛郎，把他分出去单过，只分给他一头老牛。没想到，老牛是神牛。在它的安排下,牛郎认识了下凡洗澡的织女,两人倾心相爱,结为夫妻。男耕女织,生儿育女。王母娘娘知道了,就派二郎神把织女捉回天庭。牛郎踩着老牛的牛角,担着一双儿女在后边追。眼看要追上了,王母娘娘拔下银簪画一道天河,把恩爱夫妻分隔两岸。菩萨慈悲,向玉皇求情,玉皇恩准每年七月初七,喜鹊架桥二人相会。

奶奶的讲述波澜不惊,我们听得惊心动魄。我们问奶奶,你怎么知道这个故事的?真的假的?奶奶笑着说,我不知道故事是真是假,就知道咱们县有很多村子都和它有关。县城东关有个玉皇庙,每年七月七都有庙会。牛郎和老牛住的山叫牛王寨,织女洗澡的地方就是相河。近郎村有个二郎神庙,织女抱着儿女的地方就叫报子口。菩萨求情就有了菩萨岭村,喜鹊搭桥就来自鹊山。在我们懵懂的认知中,奶奶几乎是无所不知的存在。家境贫寒的凡夫俗子牛郎,竟娶得天上的仙女做老婆,盛夏七月,所有的美好都如夏花一般绚烂。

小孩子心性,故事就是故事,听完了就忘了。只有玉兰姑姑,大眼睛忽闪着,蓄了两汪亮晶晶的泪。

七夕节,又名乞巧节,在农历七月初七庆祝。它最早起源于春秋战国时期的《诗经·大东》:"跂彼织女,终日七襄。虽则七襄,不成服章;睆彼牵牛,不认服箱。"但那时候的七夕,只是单纯祭祀牵牛星和织女星,并无以后的故事。大概到汉代,其细节才与牛郎织女的故事联系起来。七夕乞巧,这个节日起源于汉代,东晋葛洪的《西京杂记》有"汉彩女常以七月七日穿七孔针于开襟楼,人俱习之"之句,这便是古代文献中所见到的最早的关于乞巧的记载。"柔情似水,佳期如梦,忍顾鹊桥归路。两情若是久长时,又岂在朝朝暮暮。"读着秦观的《鹊桥仙》,日历也翻到了中国的传统情人节——七夕。

七夕,注定了它是与众不同的。

这一天,总会有雨,有时白天下,有时晚上下。有时本来是晴天,也会忽然来一阵太阳雨。老人们说,这是牛郎织女悲伤的眼泪。也是,一家人难得团聚,一年才见一次,不哭才怪呢。这一天,也很难看到喜鹊,树林里,田野里,没有了它们的身影。老人们说,它们都飞到天上搭鹊桥去了。民间俗语:"花喜鹊,尾巴长,娶了媳妇忘了娘。"但自从知道它们去给牛郎织女相会帮忙的事,我就再也不讨厌它了。吃罢晚饭,玉兰姑姑就来约我们,去葡萄架下听织女和牛郎的悄悄话。大家谁也不说话,挤在葡萄架下,躲在密密匝匝的叶子里,侧着耳朵听,听来自天上的私语……

年年七夕。

对于玉兰姑姑来说,二十岁是一个敏感的话题。她的身材凹凸有致,她的脸庞光滑细腻,她时而高兴,时而忧伤,像一朵暗夜的花悄悄开放。二十岁的玉兰姑姑像一个背叛我们的逃兵,再也不愿意和我们玩了。七夕这天,她骑着一辆借来的自行车,一个人悄悄去县城赶庙会。熙熙攘攘的人流裹挟着她,来到玉皇庙。在庄严的神像前,玉兰姑姑袅袅下拜,双手合十,悄悄许下一个心愿,希望找到一个如意的夫婿。许完愿,玉兰姑姑并不急着回家,而是站在戏台下,看一处《天河配》。锣鼓铿锵,玉兰姑姑看得入迷。

到了七夕,家家户户都要做南瓜丝的菜卷卷吃。瓜是一个神奇多情的物种,总给人一种饱满和喜悦之感。种瓜,是乡亲们的生活方式,颇具田园之风。瓜叶翻卷,南瓜色白如玉。摘一个回家,去皮,掏瓤,擦丝,拌点葱花,撒点盐,搁点油,再和好一块不软不硬的面,擀成薄饼,把南瓜丝均匀地摊在面饼上,一层一层卷住,放在篦子上蒸熟。捣点蒜泥蘸着吃,面的柔软,南瓜的清香,蒜的微辣,混合在一起,真是一种美妙的享受。

暮色四起,村庄里安静下来。打一桶井水,洒在庭院里,空气湿润润的,有了一丝妩媚。玉兰姑姑和几个同龄的姐妹坐在院子里,一手拿着针，一手拿着线，对着月光，眯着眼睛，把线向针眼里穿。这是她们的乞巧活动，谁穿得快，谁就是像织女一样的巧姑娘。我相信，在这群女孩中，玉兰姑姑一定会赢，因为她的巧远近闻名。她会纺棉花，会织布，会做鞋，会纳鞋底，会绣鞋垫。她绣的鞋垫是鸳鸯戏水，鲜活得就像一幅画，要多好看有多好看。我还喜欢看玉兰姑姑织布的样子，沿着小木梯下到地窖子去，坐在一架木质的织布机上。寂静的时光里，看得见空气中飞扬的粉尘。双脚有节奏地踏着踏板，两只手飞快地投梭接梭，"哐当""哐当"，她织的布图案新、花纹美，即好看又鲜亮。

姑娘大了，该说门亲事了，玉兰姑姑家的门槛快被人踏破了。可放着那些家底殷实的人家不要，玉兰姑姑偏偏相中了深山里的一个穷小子。玉兰娘极力反对，一哭二闹三上吊，玉兰姑姑就是不低头。最后，她没要家里一分钱陪嫁，就把自己嫁出去了。玉兰姑姑出嫁后，我们再也没见过面。玉兰姑姑仿佛也成了一个传说。

时光染指，刹那芳华。出于对民俗文化的热爱，2019年七夕，我到玉皇庙去考察内丘七夕的缘起。内丘县城一年共有八个庙会，其中，七月七玉皇庙庙会是专为祭祀牛郎织女相会而设的庙会，规模最大，也最为兴旺。庙会设立久远，大约始于明代隆庆年间。烟雾缭绕，香客云集，见证一场盛大而神秘的祭祀仪式。香客们将天棚地棚平铺在玉皇殿前搭起的棚子内，用纸制作龙衣龙轿，准备各种乐器和办喜事的物品。从农历七月初一开始，不分昼夜，焚香朝拜，敲打乐器，念唱自编的关于牛郎织女的俗曲。"牛郎织女好夫妻，年年见面七月七。金钗划河隔两岸，牛郎东来织女西……"庙会期间，会请来剧团轮番演唱爱情戏，七月七这一天，必唱《天河配》。等这一曲目唱完，上供点香，将天棚地棚烧化，主管玉皇殿的会首率香客跪拜，整个祭祀仪式才宣告结束。

内丘自古就有七夕节拜天棚、地棚的祭祀活动。天棚、地棚为纯手工剪纸，不着一字，尽得风流。天棚为五彩纸制作，宽5.8尺，长8.6

尺，底面黄色，周围饰有花边，四边中央设有南北东西四大天门。斜对角两行星星组成弯弯曲曲的银河，围着银河有喜鹊搭成的鹊桥。银河左上角一轮红日，里面有山川火苗，中间为日神。红日旁有牵牛星。银河右下角有蓝色圆月，月中有山川桂树和玉兔，中间有月神。圆月旁边有织女星。结构巧妙，色彩考究，既喜庆红火，又古朴典雅。地棚与天棚一样大小，图案主要为莲花地母、大鲨鱼、小金鱼、青蛙、蝌蚪、蜗牛和四大地门等，在神秘中带出几分忧伤和凄凉，是内丘农耕文明的典型反映。

  庙会上，我遇见了玉兰姑姑的妹妹，问起玉兰姑姑的近况，她叹了一口气，说玉兰姑姑嫁过去，家里穷得叮当响。玉兰姑姑没日没夜地忙，辛苦操持这个家。说玉兰姑姑生了两个女儿，遭到婆婆嫌弃。你说，她过的是什么日子呢？我问："丈夫对她好吗？"妹妹说："她丈夫对她倒是不错，知道心疼人，过日子也是一心一意。"我说："这就行了，你就别替玉兰姑姑操心了，也许，她觉得生活很幸福呢。"王小波说，有趣的灵魂只能独行。不是所有人都能懂得织女的幸福。

  七夕，是用来爱的。那些散落在内丘的传说，就这样凝固成我永远的记忆。

月夜说书

早些年的冀南农村，最受欢迎、最接地气的曲艺，莫过于河南坠子书了。

夏末秋初，天气已不太热，庄稼还未成熟，有那么一小段的农闲时间。物质文化生活贫困的乡村，侃大山总有烦了的时候，于是，村里的热心人刘德爷爷就会邀请说书人来村里说书了。

论岁数，刘德爷爷不是村里最老的，但威望却是最德高望重的。刘德爷爷肩膀上常搭一条布口袋，抽着长长的旱烟袋，迈着不急不慢的脚步，串东家走西家，帮说书人募集钱粮。有钱的，可以拿个一块八毛；愿意出粮食的，可以端上一小瓢。多少并没有定数，全凭主人的心意。我们几个小伙伴跟在刘德爷爷身后，很快形成一支小小的队伍。

吃过晚饭，我就急慌慌地向村中心跑去。村中心是村庄最繁华的地段，也是公众聚集地。一座小小的祠堂，供奉村庄的祖先。旁边一家商店，驼背的售货员站在高高的柜台后。说书人在祠堂前早早摆开了场子。桌子上放一块醒木，伴奏的坐在桌子一侧，演唱的立于桌前。伴奏的乐器通常是坠子弦，也叫坠胡。演唱者左手持简板，右手拿一个小竹棍，时说时唱，说的是河南方言，唱的是平腔、快扎板、武板、五字坎、剁板等七字句，抑扬顿挫，很是好听。

天黑了，谁家的房檐下亮起一盏灯。树梢黑郁郁的，一丝小凉风从远处吹过来。不知名的小虫在墙角叫着，月亮慢慢升起，像沙子一样淡淡的黄。几颗星子若隐若现，似乎也来凑一个人间的热闹。桌子前留一小块半月形空地，密密麻麻围了一圈人，有的蹲着，有的坐着小板凳，有的靠在树上，有的坐在石头上，以男子和老头老太太居多，还有小孩子，在人缝里挤进来挤出去。俗话说"武看戏，文听书"，说书人都有一副好嗓子，虽然没有扩音器，但只要说书人一开唱，人群马上就安静下来，无论坐在哪个位置都能听得清楚。

说书有单口，对口，也有群口。和相声差不多，单口指的是一个人自拉自唱，脚还踩着木梆。对口指的是二人班，一个人伴奏一个人唱。群口指的是三人班，一个人伴奏两个人唱，通常唱的两个人是一男一女。我们见得最多的是二人班，一个人伴奏一个人唱，分工明确，配合默契。《辕门斩子》《包公铡美》《反唐传》《施公案》《罗成算卦》《刘秀传》《蓝桥会》《回龙传》《三打四劝》等曲目，道尽前朝兴亡事，慢诉人间悲欢情，人间奇境，沙场雄浑，千军万马，刀光剑影，全在艺人的嘴上和惟妙惟肖的表演，看得人如痴如醉，听得人时喜时悲。

有的人心急，有的人性慢，有的来的早，有的来的晚，听众不多时，说书人总有办法活跃气氛，先即兴演奏一个小帽，也叫闹场。"大鼓一敲扑嗵嗵，各位客官听分明，刚板一拍响叮咚，客官你听我表前情。今天咱不把别的表，表一表关公战秦琼。"关公和秦琼不是一个朝代的人，怎么可能发生战争？就在听众会心一笑中，诙谐幽默的小故事开始了。当然，说书人不可能每次都说关公战秦琼，还说老百姓爱听的《大伯哥逗弟妹》《王二姐思夫》《老来难》《小寡妇改嫁》《懒婆娘吃年糕》等，带着点乡野特有的荤、辣、讽刺、调情，直击人心。你看吧，第二天，在地里干活，人们开起玩笑来，可就有了新内容。

至今回想起来，对两个说书人印象深刻。一个女艺人，叫柳月，三十多岁的年纪，身材匀称饱满，该凸的凸，该凹的凹。肤色很白，眼睛大而有神，头发很黑很亮。她的嗓音唱腔婉转，妩媚细腻，颇有点郑州三刘之刘明枝、刘桂枝的风范。另一个男艺人，叫老虎，五十多岁，个子不高，扁平脸，小眼睛，其貌不扬。可是一开嗓，板眼规整，朴实明朗，有慷慨豪放之气，有郑州三刘之刘宗琴的味道。

说书人属于江湖，凭技艺吃饭，和那些锔碗的、爆米花的、修鞋理发的匠人相比，赢得的尊敬会更多一点。不知道他们是哪里人，也不知道从哪里学来的拉弦、说书的本领，更不知道他们走过了多少村庄。他们一边自谋生存之路，一边充当着文化的使者，播撒忠孝之道和英雄之义，使人们怀忠知义，明礼守信，也使像我这样的农村孩子深受古典文学的吸引，给我的童年带来很多无忧无虑的欢乐。

柳月和伴奏的瞎子借住在第四生产队的队部，村里那些好事的青年经常去闲坐。不大的小屋，挤满了人。有的大着胆子和柳月开两句玩笑，柳月和颜悦色的，也不恼。有的躲在人背后，只为偷偷瞧一眼偶像。晚饭后，这群小青年早早就去为柳月捧场，占据最有利的前排位置。那时候，说书的内容已经不限于传统，也有一些宣传婚姻法的，破除封建迷信。年轻人爱听新书，经常点唱《小姐俩摘棉花》《考神婆》《杨发贵摔子》等曲目。老年人爱听传统的，可是人老言轻，柳月往往听从年轻人的意见唱新书。有一次，几个老人气愤地离场，拉着孩子，搬着小凳子走了，弄得一帮小青年很不好意思。

老虎说书，喜欢说长篇，一晚一晚地听下来，听得人上瘾。为了吊足听众的胃口，这情节的推进实在是有些慢。花开两朵，各表一枝，主线正在推进中，忽然生出一个旁枝，然后顺着这个旁枝走下去，等到回头再说主线，没说多长，又该散场了。有人跑出去方便，回来再听，加点自己的想象，依然能连上刚才的内容。加"水"加得巧妙，有"水"的故事更加醇厚、精彩。老虎越说越来劲，一身精力似乎源源不断。观众紧盯着老虎的每一个手势，每一个神态，生怕错过关键的情节，或者有什么地方听不清楚。正听到兴头上，忽然，老虎醒木一拍，来一句"欲知后事如何，且听下回分解"。真是让人遗憾。老虎喜欢书中人物的侠义，每每慷慨激昂，颇能打动人心，引发共鸣。在枯燥无味的乡村生活中，听书颇有节日的气氛，是最美的精神享受。

多少年过去了，乡村生活发生了巨大的变化。随着城市化进程的推进，互联网的普及，人们对任何戏曲和曲艺似乎都失去了兴趣。说书人的身影在乡村也绝迹了。偶尔还有老年人在欣赏电视上河南坠子书的时候，还念叨两句当年在村里听说书的盛况，也只是念叨两句而已。只有我这个喜欢写作的人愿意记录儿时记忆，询问村中老年人这些说书人以后的命运时，据说柳月最后竟嫁给了为自己伴奏的瞎子，大出人们意料之外。老虎八十多岁还精神矍铄，能徒步到县城去赶集。遇到几个小青年欺负一个女孩子，围观的人不少，敢上前的不多。老虎大喝一声，挺身而出，却在和小青年的推搡中一头磕在石头上，去世了。无论是柳月的婚姻选择，还是老虎轰轰烈烈的离世，都像极了说书中的人物。

月夜听书，总让人生出几番感慨。冷火秋烟，不只是村落的寂寞，更是一代人的乡愁。在一个特定的时代，说书人带给村庄无尽的精神愉悦和心灵温暖。后来，渐渐明白，我心生明净的秉性与为人处世，与柳月和老虎这两个人非常有关。

年前年后都是节

祭灶

"腊月二十三,灶王爷上天。"腊月二十三俗称小年,在冀南农村,自古就有祭灶的习俗。

在我家厨房的北墙上,张贴着灶王爷和灶神奶奶的神码。颜色花花绿绿,线条极为简洁。灶王爷面目慈和,眼神中蕴含一抹笑意。神码上印有一年的日历,上书"一家之主"四字,表明了灶王爷的地位。两旁贴有"上天言好事,下界保平安"的对联。天色黑下来,祭灶就带上一层神秘的色彩。

母亲盛水净手,在灶王爷前上香点烛,再摆上丰盛的供品,以及糖官,俯身下拜,嘴里念念有词。在母亲心中,灶王爷是一个值得信赖的倾诉对象。然后,还要用糖官在灶王爷的嘴上抹一下,意为糊灶王爷嘴,免得上天瞎汇报。灶王爷负责各家的灶火,也是一家的保护神。腊月二十三，是灶王爷天庭述职的日子，灶王爷的汇报具有重大利害关系，实在马虎不得。

乡下的神很慈祥，刚跟神说过话的母亲也很慈祥，总会微笑着给我发糖官吃。糖官，所有糖果里面唯它是尊，可谓"糖的大官儿"。白白的，圆圆的，用麦芽糖制作而成。咬一口，脆脆的，香香的，还有点粘牙。这种美食平时吃不到，只有到了腊月二十三祭灶时才有。我偷看了一下，母亲给我的糖官没有灶王爷的多。但有一点让我很高兴，离年越近，大人越是和蔼。

每逢祭灶日，我都会想念老家的土灶。对于一个家庭来说，土灶在日常生活中占据重要地位。一家好几口人，包括鸡鸭猪狗，都张着嘴，等着吃。风箱"咕哒""咕哒"，一天三顿地响着。土灶喜欢劈柴，兴奋地手足舞蹈；烧麦秸、玉米秸，则乐呵呵的，火苗噼噼剥剥；烧树叶的话，就哼哼唧唧，吐一股浓烟。熬粥，煮红薯，贴玉米面饼子，这是我们的日常饮食。家中来客，方才烙饼。只有过年的时候，才炖肉蒸馒头。

土灶贪吃，柴火总是不够烧。母亲总会在青瓦结霜之前去寻找合适的野柴，落叶、枯枝、野草……如果外边刮着很大的风，别人躲在家里不出门，母亲则很高兴，包着头巾，背着大筐就去了村外很远的柳林。她要感谢风，会把很多枯枝刮下来。母亲用耙子搂，用刀砍，用尽所有的方式收集这些野柴，然后堆满院子里的小库房。一个大大的陡坡，让背柴的母亲耗尽体力。每次她都要坐在坡顶上，休息好大一会。

母亲常年做饭，我们打下手，从来没有见母亲厌烦过。她总是想尽办法，让我们吃饱吃好。这个切菜，那个淘米，一家人隔着烟火大声说笑。灶膛里熊熊烈火，灶台上热气腾腾，屋里的火坑温暖舒适，屋顶上炊烟袅袅。日子过得幸福不幸福，灶王爷比谁都清楚，他无形中充当了生活的参与者和见证者。

穿越时光回味，腊月二十三的祭灶带有乡村浓郁的年味，已被根深蒂固地打上鲜明的地域文化烙印，彰显冀南文化厚重的迷人魅力，并成为东方文明复兴的有力注脚。

除夕

"寒辞去冬雪，暖带入春风。"进入腊月，年味越来越浓。我对春节的深刻记忆，莫过于除夕守岁了。

大年三十，最是忙碌。男人们负责对家进行最后的清扫，院子里里外外，边边角角，都要打扫干净。农具摆放整齐，桌凳抹得一尘不染。女人们忙着切菜、调馅、包饺子、熬大锅菜。空气中都是年的味，面和水交融的气味，酵母和蒸汽蔓延的气味，大料和葱姜的气味。再接着，就被火药的气味——铺满。

我家的年夜饭，丰盛而不奢侈。炒几个家常小菜，拿一瓶好酒。小酌几杯，谁也不会过量。比平日家宴多出的菜，就是鸡和鱼。如果有人家娶亲办喜事，母亲会在大年三十晚上宴请新娘，用一种朴素的方式，表达村庄对一个新成员的欢迎。当然，祭祖敬神也是隆重的事情。天地、老母、关公、灶神、土地、仓官、猪神、井神等，家里请了很多神，香烟缭绕，红烛闪烁，给我家平添了茫茫的喜气。母亲端着供品，在院子里走进走出，虔诚祈祷家人的平安顺遂。

晚饭后，一家人守着火炉看电视。不管春晚好看还是难看，都是我们必看的节目。母亲端出果盘，瓜子、花生、橘子、苹果，让这个吃，又让那个吃。父亲沏一壶清茶，慢慢品尝其中的滋味。老公和孩子玩着手机，给各自的朋友发去拜年的祝福语。我有意无意地和父母拉着家常，询问亲人的消息，乡亲们的近况，或者听他们讲讲过去的艰苦岁月。大门"吱呀"一声响，大舅过来串门。大舅刚走，小舅又来。他们来给孩子发红包压岁。孩子笑着说声谢谢，暂时忘记了玩手机。

午夜12点，钟声敲响，村庄里突然鞭炮齐鸣，普天同庆。我们一起到院子里看烟花璀璨，天空五彩缤纷，要多好看有多好看。老公在苹果树上点燃长长的鞭炮，很是响亮，寓意吉祥而美好。孩子胆子小，怕危险，只愿意玩摔炮，象征性维持一下男子汉的尊严。父亲聊发少年狂，拿出两根二踢脚蹲在地面，拿香点燃炮捻，在我们嘱咐要小心的喊声里，快速跑回来，二踢脚就飞上了天。

后半夜，爆竹声渐渐零落，天空开始飘雪。雪落在柴垛上，柴垛上一片晶莹。公鸡清远地叫了几声，想是在和雪说话。这时候什么都不用说，喝水的喝水，吃瓜子的吃瓜子，打瞌睡的打瞌睡，一家人相守着过除夕。辞旧迎新，守岁需要一种庄严的仪式。岁月匆匆，一年又将成为生命的过往，怎能不让人依依不舍？新年未知，充满希望，怎能不让人小心翼翼？守着自己的时间和生命，传递着复杂而真切的情义。

除夕守岁，最是庄严美好，它完成了岁月的转换，是对时间和生命的敬畏。守好民族传统文化，就守住了民族的血脉根系。

元宵

元宵节，又叫上元节，是正月里最重要的一个节日。为了庆祝，民间会举行很多娱乐活动，比如赏花灯、吃元宵、猜灯谜、划旱船、扭秧歌等。在河北省内丘县的西部深山区，至今还保留着吃茶饭和偷年灯两个奇怪的民俗。

茶饭，不是茶，也不是干饭，而是一种汤。春节前后，人们吃腻了饺子和大锅菜，早就盼着能在十五早上喝一碗清淡的茶饭。捅开火炉子，坐锅添水。然后把炒面在小瓢内用水搅匀，等到没有生面疙瘩，再倒进开水锅内。同时放入黄豆、红薯粉头、海带丝，加少许盐即可。所谓的炒面，就是把一勺白面放在小锅内干炒，炒到焦黄色，自有一股清香。

做茶饭的过程并不繁琐，可谓一学就会。可是吃茶饭就很讲究了，不能用筷子，必须端着碗，嘴巴吸溜着，慢慢品。有些女孩子不管这些老规矩，拿双筷子就用，一定会被奶奶伸手抢走："不要用筷子，你想长白头发啊，还是想让家里的地荒了啊？"女孩子听了这严重的警告，吓得吐一吐舌头，乖乖地把筷子放回原处。

傍晚时分，上灯了，小孩子们聚在一起，商量着去谁家偷年灯。凡是做年灯的人家，都是当年娶了新媳妇的。十五前一天，婆婆会在村里唯一的碾盘上碾好新的黍米，用小细箩细细筛过。然后净手和面，蒸年灯上锅。年灯，又叫黏灯，十二连灯，形状多为十二生肖，每一盏灯分别代表着每个月，也可预知每月的雨水。蒸熟的年灯内要插上灯芯，倒满灯油。灯芯是用谷茎缠着棉花做的，灯盏里加的油是菜籽油或者麻籽油。年灯通常供奉在天地、仓官、土地，喜神等各个神位前，没了油就再续上。孩子们在茫茫夜色中向着心目中的年灯进发，见那些新妇之家的年灯在黑暗中闪烁着，煞是好看。大家观察环境，见四周无人，就一窝蜂地跑过去，谁先抢到是谁的。院子一般不敢进，只敢向大门口的土地神、门外的喜神、猪圈旁供奉的猪神前的年灯下手。他们不知道，那些新妇们正躲在黑暗的角落里发笑，看到自己的年灯这么受欢迎，她们高兴还来不及呢。

孩子们偷年灯，主要是为了在第二天吃。正月十六，当地有烤柏树枝除杂病的习俗。孩子们会把偷来的年灯放进柏枝火中烤着吃，一嘴乌黑，却满脸幸福。当然，谁也不敢吃灯边，据说吃灯边的人会在嘴边长黑痣子的。要是长了黑痣子，会多难看啊。

正月十五，天还不是很暖，如果再落一层茫茫的白雪，更透出几分料峭的春寒。但是因为吃茶饭和偷年灯这些民间的仪式，让人觉得日子有滋有味，充盈饱满。人的来处无非是草木深处的一座座村庄，有敬畏才能唤醒一个人的初心。元宵节后，仿佛听到一声呼哨，就走向了含情脉脉的春天。

二月二

二月二，龙抬头。农历二月初二，是民间传统的盛大节日，称作青龙节，或春耕节。这一天，会有很多庆祝娱乐活动，也会有很多讲究和忌讳。

儿时记忆中，每年二月二，一群老太太们都要到村南的一座小桥下求雨。她们头上戴着柳条编成的帽子，手里捧着香烛花纸，在写有"龙王"二字的石壁前虔诚祈祷，祈祷风调雨顺，五谷丰登。我知道，附近村庄的乡民们都有崇拜龙王的倾向，每个村都供奉着龙王的神位。老太太们讲，武则天当皇帝惹得玉帝生气，命令龙王三年不下雨。龙王不忍天下大旱，偷偷降了一场大雨。玉帝把龙王压在大山之下，老百姓感龙王降雨大恩，天天向天祈祷，最后感动了玉皇大帝，在二月初二将龙王释放。龙王对百姓有恩，不能不敬啊。

好一个有爱的传说，苍凉而凄美。耳濡目染，我也渐渐喜欢上了这个民间的节日。这时候，阳气回升，大地解冻，春耕将始，正是运粪备耕之际。"二月二，龙抬头，大家小户使耕牛。"父亲会套起一挂牛车，拉上一车草木粪，慢慢悠悠驶向广阔的田野。春风和煦，田埂上模模糊糊有了点点浅绿。父亲的心情很好，悠然地唱起了小曲。我不希望他如此辛苦，劝他把地租出去，跟我到县城来住。他总是理直气壮地说，皇上还自理一亩三分地呢，我能放弃种田？他热爱劳动，竟然搬出伏羲氏的传说来压我。"皇娘送饭，御驾亲耕"，这样一比，我还真没了再劝他的理由。

二月二，会因为一些仪式感的存在而熠熠生辉。在河北内丘，每到这一天，人们必然会吃一碗面条，美其名曰"龙须面"。母亲手擀面的手艺在村里首屈一指，一根擀面杖在面板上辗转腾挪，面饼由小到大，由厚到薄，折叠有序，切面如丝。再配以新鲜的春韭，家养的笨鸡蛋，那滋味真叫一个香。父亲喜欢吃龙须面，却故意给母亲开玩笑，年年二月二吃面条，今年换换口味，咱们烙饼吧。母亲总会认真地纠正说："别胡说，那不叫烙饼，那叫龙鳞饼。"母亲眼中，二月二的一切面食都要和龙有关。

这一天，最忙的就是理发师了。流行的一个说法是，正月里是不能理发的，否则会死舅舅。既然关乎娘家人的性命，则兹事体大，也就马虎不得了。所以，乡亲们总会赶在大年三十理个发，然后憋足一个正月，让头发任意生长。只等二月二这一天，才欣欣然走进理发馆，这叫剃龙头。你看吧，无论走街串巷的剃头匠，还是城镇里的理发店，人来人往，熙熙攘攘，大有把理发师累趴下的节奏。每个人都喜气洋洋的，相互开着玩笑。

二月二，龙抬头，新的一年，撸起袖子加油干，日子多的是期待和美好。春天，已经缓缓拉开帷幕。

捎话

特喜欢一篇散文的开头:"煤火炉子早早封上了。插门,止灯,我和姥姥各自钻在一条紫花被里。"多年前的一个冬夜,我和母亲也以同样的动作来完成睡觉的前奏。

那晚,也有月光,在苹果树的老枝上跳跃。小北风吹着窗户上钉的塑料布,"扑啦啦"作响。谁家的狗在深巷中"汪汪"有声,引得鸡也怪叫了起来。我把身子瑟缩一团,极不愿意钻进冰凉的被窝。脚试探着向下伸,终于触到一个烫烫的输液瓶。头蒙到被子里,把被窝口再次卷紧,仍有穴隙钻进凉风。被子上盖着我的棉袄棉裤,棉袄棉裤上盖着一条压脚被子。虽然已经竭尽所能,但冷这个东西,还是让我一时睡不着。

母亲也没有睡着,我知道她又翻了一个身。忙了一天,她的身体怎么安放都不舒服。那时,每一个农妇都像陀螺一样从早忙到晚。下地、开会、种菜、喂猪、喂鸡、喂牛、做鞋、纺花、织布、洗衣、做饭、做衣服。睡不着就说说话,母亲给我说小曲:"小老鼠,上灯台,偷油吃,下不来。"我不想听,这个小曲我也会说。我问母亲,父亲什么时候从苇庄回来。今天我看到喜子从苇庄回来了，他和母亲说了好一会儿的话，一定带回来父亲的消息。父亲走了好多天了，他在那里帮人们打苇茬。母亲的话里透着喜悦，她说父亲捎话来了，还要在苇庄干一段时间，他在那里一切都好。他让我听母亲的话，好好上学，回来给我买好吃的。于是，我暗自扳着手指数，盼着父亲早点回来。

父亲回来了，我有好多话要告诉他。

清晨醒来，旁边的被窝是空的，母亲已经早早起来，把鸡从鸡窝里放出来，给猪拎一桶猪食，给牛槽里添了一荆筛干草，打扫了院子，做好了饭，然后再叫我起床。我说好冷啊，我想再睡会儿。此时，火炉上熏得漆黑的锡铁壶冒着丝丝白汽，我的靴子在火炉边上暖着。母亲了解我的借口，她微笑着，把锡铁壶拎到一边，两手撑住我棉袄的两个袖子，把棉袄里子在火炉上烤热，然后递给我穿。再不起床上学就迟到了，我不敢再拖，快速穿好衣服，吃了饭上学去了。

背着书包跑啊跑，我总是早早到学校。上课的哨子还没吹，我们就在院子里玩碰拐的游戏，右手搬起左腿，右腿蹦跳着，和小伙伴撞来撞去。还有一群人溜着墙根挤痒痒，两头的用力向中间挤，嘴里念着小曲："挤，挤，挤痒痒，谁挤出去没有娘。"上课了，老师在泛白的黑板上写字，我们大声读着课文。石头墙糊一层麦秸泥，大梁裂纹下垂，用一根立柱顶着。教室里也生着一个煤泥炉子，从墙缝里渗进来的风，把微弱的一丝热气吹没了。我们的脚在地上悄悄跺着，同桌的清鼻涕流到嘴边了，她用袄袖子快速抹掉。我们的脸蛋粗糙，冻得红红的。手背红肿瘀青，一攥拳头就裂开口子，痒起来很难受，但又不敢去抓。

煤油灯下，我趴在方桌上写作业，另一边柳条椅上，母亲在给我做一副暖袖。棉袄一穿就是好几年，个子长得快，棉袄的袖子就越来越短。她在针线筐里找到做衣服剩下来的边角料，裁好样式，再絮棉花，最后就成了两个瘦长的圆筒。母亲让我套在腕间试一试，暖袖从棉袄里伸出老长，一直伸到手背上。说实话，我对暖袖是抗拒的，因为觉得不好看。但母亲不准我摘下，她说戴着吧，戴着暖和。

下雪了，雪花大朵大朵地飘，一下就是一两天，村庄变成了一片白。我和母亲扛着扫帚木锨到屋顶上扫雪，大雪压着屋顶，如果不及时清扫，就会把屋顶冻坏。母亲用木锨从屋顶中心把雪推到屋顶边，再推到屋顶下，我在母亲后边用扫帚扫残雪。扫雪是力气活，邻居家的几个半大小子闹着玩似的，一会就把屋顶上的雪扫完了。我们娘俩没力气，扫一会就要歇一歇。母亲害怕我滑倒，大声警告嘱咐着，要我离屋檐远点。屋顶上的雪好不容易扫完了，还要扫院子里的雪，扫大门外的雪。雪太厚了，实在没力气彻底打扫，那就先开出几条雪道来说，通向柴垛、茅厕、鸡窝，并连接巷子里我上学的路。

冬天里，娶媳妇的人家多起来。一个村住着，总要送个人情聊表心意。头一天晚上，我和小英子喜欢跑到村祠堂去，那是最热闹的所在。祠堂位于村中心，是地标性建筑。屋子不大，挤满了人。地上放一个火盆，里面的木柴沤着烟。烟熏火燎中，人们喜气洋洋，相互开着玩笑寒暄。老成会装裱中堂画，有山水、草木、人物、古代故事、四大名著、古代传说等，价格有一角、两角、五角、一块的不等，最贵的三块钱。两三个人商量着，共买一幅中堂画，当做贺礼，还要请村里的老先生用毛笔工整写上贺喜人的名字。母亲也来到祠堂，她犹豫着，和哪几家一起买画，买什么价格的画都是有讲究的，人情的厚薄，关系的远近，都在这贺礼上了。母亲叹口气，嘴里开始埋怨父亲，要是在家就好了，也能拿个主意，何至于让她作难呢。

小孩子的关系说不好，三天好两天闹的，这不，我和小英子居然打起来了。我把小英子掀翻在地，骑在她身上，她的手也没闲着，狠狠揪住了我的辫子。嘴里骂着难听话，打得难解难分。至于打架的原因，是一点也不记得了。不知道最后被谁拉开的，我头发凌乱地往家里走，路过碾棚，三奶奶套着毛驴在磕黄豆。路过井台，井台上结了一大块冰坨子，打水的人都加了十二分的小心。我哭着向母亲诉说委屈，满心希望得到母亲的安慰。母亲却拉着我去给小英子道歉，我埋怨母亲处事不公。母亲告诉我，小英子从小没了娘，跟着爹和奶奶过日子，今后可不准再和小英子打架了，要知道相互谦让。我拉着母亲的手，似乎明白了一些道理。只感觉，母亲的掌心是那么温暖。

过周末，美美地睡一个大觉，醒来不知道干点啥。一出门，遇到邻居大海扛着一杆鸟枪出门，他家的黑狗一蹦一跳地跟着。看那雄赳赳气昂昂的样子，就知道他要去打野兔。我嚷着要和他一块去，他不让，说打猎和女孩子没关系。我才不听呢，腿长在我身上。他在前边走，我在后边走，大海一点办法也没有。一定有这样的时刻，去啜饮星宿，去骑马疾行，于暗夜中独自大雪纷飞。那时，我一定是怀着这样一种豪情壮志。

冬天是狩猎的季节，田野里经常看到兔子、黄鼠狼、野鸡等动物。

茫茫雪地，干净而空旷，玉米秫秸被一群麻雀占领，冻坏的田埂和倔强的麦苗，遍野都是收藏之意。树枝抽搐着，害病似的打着冷战。我们向着野狼沟走，大海一路走，一路停，仔细辨认着野兔的脚印，判断它们藏身的灌木丛。我的面颊和耳朵边儿像要冻裂，围巾被哈气冻得硬邦邦。我高兴听大海给我讲打兔子的知识，那是我不了解的知识范畴。在向阳的山坡上，我们发现了一只灰色的野兔，黑狗快速跑过去，和野兔展开一场角逐，慢慢把兔子赶到我们的势力范围。距离二三十米的时候，大海一枪放过去，铁砂四散，正中兔子的屁股。大海把兔子的腿绑起来，挑在枪上，嘴里哼起了山歌。结束战斗，我们高兴地往回走。

有时，我会去小丽家玩。她家开着棉花坊，三间配房里安装着轧花机和弹花机。地上一包袱一包袱都是待弹的籽棉。阳光敷衍着，从小窗户中洒进来，空气中飞舞着纤维和灰尘，墙壁上、灯泡上、地面上、花包上落了厚厚一层。小丽的爹戴着口罩，只露出来两只眼睛。胳膊上戴着套袖，双手利索地掐了一大把籽棉，放在轧花机的机口。快速地把籽棉抖擞开，均匀地平摊成一层，方便机口的吞吐，增加工作效率。籽棉经过轧花机的加工，棉籽漏在机器下，那皮棉就滑到了对面的地上，再经过小丽娘的手送进弹花机，皮带转动，弹好的花穰子就自动滚压成一层层的"棉被"。等"棉被"积累到一定厚度，小丽姐姐就用一根光滑的木根插到"棉被"中间，一挑，一管花穰就好了。三个人配合默契，心有灵犀，这是长期合作达成的共识。我跑进来的时候，小丽娘看见了我，她扬起手打个招呼，即使再忙，她见到我总是和蔼可亲的。

快过年了，母亲拉着排子车，去菜园里起萝卜。每年冬天，母亲会把又白又胖的白萝卜切成丝，晒干之后储存起来。再挑选一些萝卜腌成咸菜，剩下的埋在菜园里，挖一个深坑，保鲜。我们来到菜园，却意外发现埋萝卜的坑被人挖开了，有人偷走了我们的萝卜。母亲检查了一下，萝卜少了一半。左看右看，看到小东背着柳条筐蹒跚而去的背影。一定是他，偷了我们家的萝卜。我正想大声骂小东，母亲阻止了我。她说，一个光棍汉生活不容易，每年过年都是他老姐姐给他蒸干粮。他没有萝卜，就当咱是送他了。我感到好委屈，我们辛辛苦苦种的萝卜被人偷走，母亲为什么不追究呢？

这年冬天，发生了好多事，因为父亲不在家，我就只能憋在心里。我们拉着排子车往回走，迎面遇到喜子，头上包着白毛巾，穿着青棉袄，骑着自行车，看样子又要出门到苇庄去。母亲站定了，和喜子说话。母亲包着蓝头巾，背已经微驼。母亲托他给父亲捎个话，我凑上前去，有一肚子的话要捎给父亲。我猜母亲一定会给父亲说说给人家送画贺礼，小东偷我们的萝卜，还有我和小英的打架，但母亲什么都没说，就捎了一句话，家里一切都好，千万不要惦记。

那一年的冬天很冷，也很难忘记。

顾盼生姿的村戏

正月里，鸟翅带着薄冰，海棠的空枝上挂着月光的碎片。我们村又要唱戏了。

村南有一高台，台前一片空地。每到正月，高台就成了戏台，空地就成了露天剧场。由于是临时演出，戏台都用钢管搭建，台面铺上厚厚的木板，四周围上厚实的帆布，再装上专用的彩灯幕帐，一个漂亮结实的舞台就呈现在人们眼前。舞台虽说只有两层楼那么高，但在我幼小的眼睛里，却是那样巍峨壮观。

农人艰辛，植五谷，饲六畜，春耕夏耘，秋获冬藏，低效率地进行重复简单的生产，慢节奏地过着清贫朴素的生活。春不得避风尘，夏不得避暑热，秋不得避阴雨，冬不得避寒冻。四时之间，无日休息。但人生在世，需要一点高于柴米油盐的品相。正月农闲，看戏就成了农人主要的娱乐方式。

那时，一场戏下来，动辄几百元或上千元，连唱几天，就是一笔不小的开支。所以，凡是有能力唱戏的村庄，都是相对富裕的。唱戏的消息一经落实，村民马上怀着骄傲的心情给外村的亲戚朋友捎口信，请他们来看戏玩耍。即使客人拎几根油条，拿几个馍馍上门，主人也会热情相迎，安排丰盛的午饭，然后扛着板凳去看戏。有时，客人一住就是好几天，拉拉家常，说说闲话，尤其热心当个牵红线的月老。一来二去，就把李家的姑娘说给了张家的儿子，成就一对好姻缘。在某种意义上，看戏成了一次集会，把亲情友情和淳朴的民俗民风纽结得更加牢固。家里人来人往，人情暖暖。

戏开演之前要响铃两遍。第一遍响是提醒大家戏马上要开演，看戏的赶快来。也提醒演员以及音响师做好准备。第二遍铃响，幕帐徐徐拉开，好戏就开始了。街道上车水马龙，男女老幼，急匆匆往戏台下赶。有人一边走，还一边讨论将要唱戏的内容，兴致盎然。戏台下更是热闹，卖瓜子、卖冰糖葫芦、炸油条、卖玩具的小生意人，吆喝声嘈杂而凌乱。村戏一般是两开厢，下午一场，晚上一场。白天吵杂声多，人们的心不在戏上，大多是来凑热闹。有经验的老戏迷都愿意晚上看戏，一是安静，二是增加了美丽的布景和灯光，演员看上去更加美丽。

村里唱的第一出戏是河南曲剧《小老包出世》，讲宋代清官包拯从出生到走上仕途，为民伸冤，为民请命的故事。几天下来连续唱，相当于电视连续剧。这一看，人们就爱上了戏；这一看，就上瘾了。戏一连唱了十天，剧团转了台口，可乡亲们还想看。过了几天，又把这个剧团请回来继续唱，唱到演员没了熟戏，没办法，只好每天上午临时排戏，下午晚上接着唱。观众的热情真叫疯狂。

唱戏时间一长，演出的剧种和剧目就越来越多。最受欢迎的剧种有河南豫剧、河南曲剧、老调、乱弹、丝弦等，每个剧种都有自己的代表剧目。比如《麻风女》《穆桂英挂帅》《铡西宫》《三哭殿》《樊梨花征西》《卷席筒》《陈三两》等。内容多是历史故事和民间传说，宣扬善有善报、恶有恶果的做人理念。看戏打开了人们的视野，增加了饭后的谈资，丰富了精神文化生活。看戏越多，乡亲们的品味也越高。他们会评价哪个演员演技好，手到眼到，脚步轻盈，嗓音洪亮，也会批评某个演员是滥竽充数，一看就是刚入行。聚在一起闲聊，多是舞台上的历史趣闻、朝廷大事、忠肝义胆、英雄侠义、儿女多情，包拯如何铡的陈世美，穆桂英如何挂的帅，白素贞如何水漫金山。看戏给了他们做人的标准和行为准则，哪些应该做，哪些不应该做，都有一种是非的标准和衡量。

夜幕来临，舞台的幕帐紧紧拉着，里面传来胡琴或扬琴的声音，那是奏乐师在练手。台下人头攒动，黑压压一大片，说话的，吃东西的，喊人的，想事情的，还有人不知什么原因又要出去的。戏台棚顶上吊一盏大汽灯，整个台下都亮如白昼。有些调皮的孩子不安分，喜欢趴在戏台边子上看戏。戏台最前边坐着一片人，后边站着一圈人，再后边自行车架上，石头上，树上，半坡上，也总有一些人，眼光会越过前边人的脑袋，居高临下看戏。寒冷在膝盖里冬眠，却没人舍得离开，只是不断把身上的衣服裹了又裹。一会有人向外挤，可能是上厕所，一会有人往前挤，都愿意离戏台更近一点。挤来挤去，就挤出了矛盾。你踩了我的脚，我撞了你的背，骂人打架的事也偶有发生。为了能坐在前边看戏，就需要占座。戏台前永远有很多长板凳，一排一排的，也不见什么人守着。

锣鼓铿锵，丝竹悠扬，一个打扮漂亮的女子出场了。戏剧人物全要画描装扮，小旦一般都是粉红的脸，弯弯的眉，红红的唇。公主要头戴珠冠，肩有霞披，身着绫罗绸缎。若是丫鬟，也头戴鲜花，衣衫鲜亮。小生也好看，粉面大眼，长衫高冠，手拿一把折扇。花脸怒目圆睁，血红大嘴，高靴，八字步，不是黑衣黑脸，就是红衣红脸。一出声就带着喉音，粗犷豪迈。脸谱是有讲究的，穿着官袍又是白脸的往往是奸臣，红脸的自然是忠良了。还有青衣、老旦、老生等角色，各有各的特点。武将背后插着小旗子，护心镜明亮闪烁。娘娘的戏服上有很多饰物，彰显身份不同一般。生末净旦丑的舞台，演绎着离合悲欢。有些人只看到小姐的美艳，公子的多情，有些经历过风霜雪雨的人，就会看出戏中的复杂人生，看着看着，就泪水涟涟。

正月里唱戏，村委会出钱，生产队出粮，演员的吃住百姓自愿承担，类似下乡干部的"派饭"。开戏前一天，孩子们就早早在大队部等着，等着剧团的车来，争着抢着往自己家里带演员。有一年，我们家的北屋刚盖，曾住过一对新婚的男女演员。女的面白如玉，男的帅气英俊。半夜散了戏，听着大门声响，就知道是他们回来了。又听到他们轻声说话，加餐，然后入眠。一切都安静了，只有月亮挂在中天。

对于小孩子来说，最神秘的是后台。戏还没开演，我们总会掀开帆布的一角，偷偷向里观看。后台生着一个炉子，但显然还是冷。有些演员化好了妆，身上还披着自己的大袄，端着一杯热水捂手。舞台上，他们必须衣着单薄，这样才能身段婀娜。否则腰粗腿慢，看上去不美。花脸、小姐、丫头、公子、员外、皇帝、大臣，前台他们等级分明，上下有别，后台则和谐地待在一个狭小的空间，一点也不见外。我们纳闷，怎么皇帝还会给丫头献殷勤呢？也许他们原本是一家人吧？唱戏的演员很多都是亲戚，或者恋人，在外一漂泊就是一年半年，不是亲人也成了亲人，相互照顾起来，会很方便。

人们对待演员的感情很复杂，有新鲜，有歧视，又有敬畏感。唱戏时，村里娇养的小孩就会有大人抱着，去找演员给打个大花脸，这叫"开脸"。据说开过脸的孩子好养活，会顺顺利利长大成人。开过脸，大人会诚心诚意送上一些微博的报酬，三元五元都成，全看个人心意。除了唱大戏，村里还会请几个唱功好的演员去给土地爷唱小戏，就唱一折，人看戏，神也要看戏。

剧情在人们心中发酵弥散，直到生活各个空间。有人陷进戏里出不来，比如村里一个小媳妇，看戏迷了眼，迷了心，迷到跟着剧团走了，丢下丈夫孩子都不管。村里风言风语，说什么的都有。丈夫花了很长时间，才把媳妇找回来。媳妇寻死觅活，丈夫好言相劝。又是给媳妇买衣服，又是在家里洗衣做饭。后来，小媳妇终于不闹着唱戏了，又开始好好过日子。现在，她早已当了奶奶，每天抱着小孙子在超市门前玩，当年的冲动早成了笑谈。戏毕竟是戏，只能看看，不能当真地去演。

随着生活的好转，电视、网络、手机的普及，戏曲被人们冷淡起来。村里最后一场戏演得很尴尬，演员在台上卖力地唱，台下只有五个老头在认真地听。风呼呼地刮着，戏台前寂寥而悲凉。从那以后，我们村就再也不唱戏了。如同犁耧锄耙、织机纺车、石磨石碾一样，这些散发着深厚浓郁的农耕文化风味的风物，已渐渐走出了人们的视野。

生活永远比戏更精彩。

屋顶上的集体主义欢歌

近来,我常常做一个同样的梦,关于故乡,关于春天。

村庄的春天有一种自由而野性的美。大地苏醒,麦苗返青,野草欣欣然睁开了眼睛。三两株桃花艳了,一大片油菜花开了,红与黄交相辉映,空气中洋溢着一种清香。我们在田野上跑着,闹着,风在耳边呼呼吹过。春天是不缺少音乐的,远远传来整齐的号子声"嗨嗨",夹杂着"呼嗙"声,密集的"啪啪"声。不用猜,这肯定是哪个乡亲在盖新房打房顶了。

对于一个农民来说,盖新房是一辈子的大事,和娶妻生子同等重要。新房是一个家庭生存的保障,是综合财力的体现,是一个男人能力的象征。一座新房高高矗立在一片老屋当中,就给它的主人挣来了尊严和体面。儿子渐渐长大,新房也成了说对象的一个必备条件。找村里批一块宅基地、打夯、垒地基、布线、剔角、开砖、走高、上梁檩、摆椽子、铺苇箔、铺苇叶、糊麦秸泥、上土、踩实、用石磙推平、打房顶,每一个步骤都有条有理,每一块砖石都饱含深情。

屋顶并不仅仅是遮风挡雨，它在农家的生活中扮演重要角色。春天，孩子们到屋顶上摘槐花、采香椿。夏天，一家人在屋顶上乘凉、吃饭、睡觉。秋天，沉甸甸的芝麻、谷子、玉米晒在屋顶上。因此，屋顶必须平整、结实、耐用。打房顶是一件技术活，房顶打好了，许多年不开缝，不漏雨，人住着舒舒服服的，一天一个好梦。

打房顶之前，需要做很多准备工作，首先是选一个好日子。所谓的好日子，一是天气好，而是吉利。打房顶忌讳下雨，雨天不能干活。但太阳过于强烈也不好，打出的屋顶容易开裂，最好是个半晴半阴天。俗话说："初五、十四、二十三，太平老爷不得安。"像这样的黑道日当然要避免。找个占卜人算一算，翻翻老皇历，选个吉祥好日，这是当然也是必然。

打房顶所用的材料有沙子、炉渣、砖瓦碎瓷片等，最好的结合就是炉渣和熟石灰。这二者搅拌后打成的房顶，重量轻，保温与隔热效果好。炉渣既要自己攒，也要大家凑，实在不行去工厂的锅炉房买回一些。全家老少齐上阵，每人一把锤子围在炉渣的周围，把一些大的炉渣砸成山杏大小。生石灰买回后，放进大铁锅里与水发生化学反应，生成石灰水浆，咕嘟咕嘟的，热浪翻滚。炉渣和熟石灰按比例搅拌，就有了一定的粘性与韧性。

茫茫夜色中，一轮明月挂在中天，几颗星斗清而亮。男主人走街串巷，进这家出那家，开始找人帮忙打房顶。那时候人们金钱观念很淡，帮忙纯粹是义务。本家的，沾亲的，关系好的，一个生产队的，是帮忙的首要人选。这个时候，没有人拒绝一个邀请者，即使再厉害的媳妇也不去干涉，变得善解人意了。因为，谁家不盖房子呢？谁都有请人帮忙的时候。

天刚蒙蒙亮，帮忙的人就带着铁锨向主家走来。来的人总比请的人多，因为有一些人是不请自来。大家先简单吃点东西，然后就热火朝天地向房顶上料。地面与房顶的中间位置已经搭好架子，铺上架子板。一些人把炉渣铲到架子板上，架子板上站的人再把炉渣铲到屋顶。依次传递，全靠人工。屋顶上是一些年龄大的人，力气虽小，经验丰富。他们用耙镢把炉渣摊平，把边缘整理好。几十个人一起干活，没有人偷懒，没有人闲着，干活儿卖力，效率颇高。早饭之前，小山似的炉渣就会全部运到房顶。

早饭后，人们拿着耙镢或者锤子把炉渣用力往一块墩实。为了整齐划一，掌尺的师傅带领人们喊起响亮的号子"一、二、一"，有时又吹起响亮的哨子。伴着节拍，人们才墩得整齐。一场冲锋前的战斗打响了，抑扬顿挫，慷慨激昂，忽高忽低。无数次重复性劳作，炉渣墩实在了，还出了一层浆。用打房板横着一刮，就刮平了。累了，小歇一会，歇一会再继续干。人群中，掌尺的师傅威风凛凛，他是整场战斗的指挥者，房顶打多厚，怎么打，全靠他的经验与衡量。

炉渣墩实在之后，下一步工作就是踩浆。支起大锅，把熟石灰和水混合成粘稠的浆，用桶拽到房上去，均匀地泼撒在炉渣中，这是为了增加粘性。几十个人穿着雨鞋一阵踩，脚步根据号子的节拍忽高忽低，忽左忽右。身体舒展，步伐灵活，就好像舞蹈一样。踩浆之后，房顶出现一层光滑的水面，就像镜面一样。

吃了中午饭，稍事休息，人们拿起打房板，戴上眼镜，开始对敦实的房顶进行拍打。打房板是打房顶的专用工具，家家户户都有，长五十厘米，宽十几厘米，类似洗衣的棒槌，但底部是平的。戴眼镜是防止石灰浆水溅到眼里。阵势更猛烈了，号子的声音更整齐了，响声震天，回荡在村庄的上空。

然后，人们很自然地分成两大班人马，一班人马打房顶，一班人马打房檐。两支队伍交错进行。打房顶时，打房檐的就在一边休息。打房檐时，打房顶的就在一边休息。谁也不耽误谁的事。相对而言，打房檐的更有技术含量。房檐分两部分，一部分是用砖砌成的墙体向外的一个延伸，一部分是在这个砖檐上，再打出一个高于屋顶的房檐，安瓦口用的。掌尺师傅先用一个长木板贴着砖房檐竖起来，向空隙处添料，砸实在，再用打房板拍打，无数次地修理房檐，直到它光滑美观。隔一定的距离，再安上流水的瓦口。记忆中屋顶永远氤氲着一股潮湿的味道，黛青色的瓦口有序排列，形成浅浅的沟渠。下雨的时候，雨水从瓦口流下一道优美的水帘，雨滴或急或缓，落在地面某一个位置，滴答有声。

打房顶不能急，这不是一次性能完成的工作。打一阵，晾晾，再接着打。休息一会，人们对房顶开始又一轮的"攻击"。和着掌尺的哨声，"呼嗙""啪啪"的响声不绝于耳。几十个人蹲着打，有时站成几队，有时摆成一条长龙，齐头并进，变化多端，场面火爆。打房板的起落很有规律。比如，八个人站成一排的话，一、三、五、七位置的人手中的打房板高高举起时，二、四、六、八位置的人手中的打房板就已经落下。一支队伍前进到了房边上，再往回倒着打，这样就保证不会出现脚印了。房顶打平坦之后，还有一些修饰的零碎工作。一人一块光滑的石头，在房顶上来回摩擦，再用一些灰泥，把一些小坑补平，犹如镜面一般。到此为止，屋顶才算彻底完成。回想起来，打房顶是农村特有的集体主义欢歌，互帮互助，淳朴的民风民俗，在冀南一带广为流传。

屋顶上是男人的宇宙，院子里是女人的世界。打房顶是体力活，大家都是义务帮忙，为了慰劳男人的辛苦，女人就要负责做好饭，让男人吃饱吃好。为了这一天四顿饭，她们使出浑身解数，做出只有过年过节才有的美食，一忙就是一整天。打房顶这天，本家的几个女人都来帮厨。一清早，她们就推着黍米到石碾上碾成面，回家烧大锅开水，在笼子上一层一层撒米，撒红豆，撒红枣，盖上锅盖一阵烧，等到白汽直冒，蒸年糕出了锅，帮忙的人也来了，拿一块金黄的年糕先填填肚子再说。那个年代，物质贫乏，平时多吃窝头红薯，蒸年糕自然是稀罕物。早饭，蒸的是白面馍，做的是面片汤。中午，要请村里红白事大锅小灶上的厨师炸油条，熬大锅菜。这些节俭的女人啊，平时谁舍得吃这么多的油！一倒就是半锅。晚上除了主食，还有几个凉菜热菜，咸豆、豆芽、粉条、海带、鸡蛋等，外加白酒。地上放几块砖头，横铺架子板，大家蹲在架子板前喝酒吃菜。兴致上来，还要划拳行令，热闹非凡。有时停了电，点上一根根蜡烛，烛光明灭，欢声笑语。这时候，吃饭的人又少了很多，有些人已经悄悄走掉了。

五间新房傲然挺立，在村庄里非常惹眼。主人长长舒了一口气，紧绷的神经松弛下来，今晚终于可以自在地睡个好觉了。土话说："庄户人的根，房檐下扎得深。"一座房子，收纳了一家人的希望和梦想。几年后，会有一个新娘羞答答地走进这个家，会有一个婴儿呱呱坠地，村庄时代绵延，人丁越来越兴旺。

房子盖好，村庄又恢复了平静。经过这一闹腾，人们反而好一阵子回不过神，对于平凡的生活不适应起来。不要紧，过几天，又有一家人要盖新房打房顶了，生活就在这枯燥与偶尔喧闹的交替中延伸，在贫瘠简单而快乐幸福的时光中推进。有时一天打一家房顶，有时一天打两家房顶，就这样，从农历三月能一直忙到四月。一个繁忙的春天走近又走远了。

如今，随着农村城市化进程，很多庄稼人都去县城买房子了，村庄里盖新房的人越来越少。偶尔有人盖新房，用的也是钢筋水泥，振动器浇筑顶。蛮音渐远，打房顶的场面再也见不到了。人情暖暖，如一春花事无限，摇曳在梦中，很是美好。